ullstein

Das Buch

Louisa, 28, ist bekennende Spießerin: Sie lebt mit ihrem Freund zusammen, samstags gehen sie zu REWE, sonntags sehen sie den *Tatort*, und beim Autofahren hören sie James Blunt, das musikalische Äquivalent zum Bausparvertrag. Als Louisa am Valentinstag ins Restaurant ausgeführt wird, ist ihr klar, dass nun der nächste Schritt in ihrer Lebensplanung gekommen ist, nämlich der Heiratsantrag. Doch stattdessen sieht sie sich plötzlich als obdachloser Single wieder. Doch da nicht nur Betrunkene und Kinder einen Schutzengel haben, sondern auch Menschen mit Liebeskummer, findet Louisa ein WG-Zimmer bei Sophie und Paul. Dass die beiden zwar Studienanfänger sind, aber schon Mitte sechzig, verstört Louisa nur kurz – viel schlimmer ist es, dass sie als Ordnungsfanatikerin und Planungsperfektionistin plötzlich gezwungen wird, mit all ihren Regeln zu brechen. Schuld sind: Sophie mit ihren Cannabis-Smoothies, die Mädels aus der WG nebenan, die Louisa notfalls mit Gewalt davon abhalten, in ihr altes Leben zurückzukehren – und Ben von gegenüber, bei dem Louisa kriminelle Energie vermutet, der aber vor allem witzig und sexy ist …

Die Autorin

Jennifer Bentz ist Jahrgang 1980, studierte Publizistik und Filmwissenschaft und lebt mit ihrem Sohn in Mainz. Bekannt wurde sie für ihren autobiographischen Roman »Einfach mal klarkommen«, in dem sie ihr Burn-out verarbeitete.

Von Jennifer Bentz ist in unserem Hause außerdem erschienen:
Wenn alle Stricke reißen

Jennifer Bentz

Frühstück mit Sophie

Roman

Ullstein

Besuchen Sie uns im Internet:
www.list-taschenbuch.de

FSC
www.fsc.org
MIX
Papier aus verantwortungsvollen Quellen
FSC® C083411

Originalausgabe im Ullstein Taschenbuch
1. Auflage Dezember 2015

Umschlaggestaltung: ZERO Werbeagentur, München
Titelabbildung: FinePic®, München (Hanf, Häuser, Bordüre, Katze, Lampe); Getty Images (Gärtnerin, Kellner)
Satz: LVD GmbH, Berlin
Gesetzt aus der Berling
Druck und Bindearbeiten: CPI books GmbH, Leck
Printed in Germany
ISBN 978-3-548-28752-2

Prolog

Harmonie ist der
Friedhof des Gefühls
Martin Walser

Es heißt, wenn die FSK einen Film über dein Leben ohne Altersbeschränkung freigeben würde, machst du was falsch. Wenn das stimmt, habe ich die letzten achtundzwanzig Jahre alles falsch gemacht. Und in etwa einer Stunde werde ich auch noch dafür sorgen, dass es für den Rest meines Lebens so bleibt.

»Sag mal, hast du gerade dieser Frau hinterhergeguckt?«

Ich blicke zum Nachbartisch.

»Geht das jetzt schon wieder los?«, antwortet ein Mann, dessen langer Hals aus einem beigefarbenen Rollkragenpullover herausragt. »Herrgott, Sarah, ich hab doch nur die Toiletten gesucht.«

»Du hast dich sogar nach ihr umgedreht, als sie an uns vorbeigelaufen ist«, erwidert Sarah. Ich kann sie nur von hinten sehen. Sie trägt ein schwarzes Oberteil aus Samt, auf dem sich ihr hellblondes Haar in dicken Strähnen verteilt.

»Weil die Toiletten da drüben sind.« Der Mann deutet mit dem Zeigefinger über seine Schulter.

»Wollen Sie schon mal was zu trinken bestellen?« Ein Kellner mit gezücktem Stift verstellt mir die Sicht. Er hat auffallend viele Schweißperlen auf der Stirn und atmet schwer.

»Gerne, ein Mineralwasser«, antworte ich. »Oder bringen Sie gleich zwei. Alles in Ordnung bei Ihnen?«

»Ganz und gar nicht. Mit oder ohne Kohlensäure?«

»Ohne.«

»Schlimmster Tag des Jahres.« Er steckt den Stift hinter sein Ohr.

»Wirklich? Ich dachte, gerade heute machen Sie ein gutes Geschäft.«

»Nicht der Rede wert.« Er wischt sich mit dem Ärmel über die Stirn. »Das Datum setzt Paare unter Druck. Die Frauen sind hysterisch und die Männer mies gelaunt. Viele kriegen Streit und gehen, bevor der letzte Gang serviert ist. Manche vergessen sogar zu bezahlen. Es ist ein Desaster.«

»Oh.« Er tut mir aufrichtig leid. Man kennt schließlich miese Tage im Job. »Bei uns wird es weder Streit noch ein Desaster geben, das kann ich Ihnen versprechen.«

»Na dann.« Er trottet davon.

Steffen und ich sind ein Paar jenseits der Kontrollverluste. Was mich angeht, ich suche und finde grundsätzlich Harmonie. Aus Gesellschaftssicht bin ich ein zweckdienlicher Bürger, zahle meine Steuern, wenn mich jemand beleidigt, sehe ich den Fehler bei mir, und seit ich denken kann, ist es mein schlimmster Alptraum, versehentlich aus der Reihe zu tanzen. Als Kind habe ich mich noch nicht einmal getraut, bei *Malen nach Zahlen* ein Feld mit einer falschen Farbe auszufüllen, selbst wenn ich mir sicher war, dass das Gesamtkunstwerk damit besser aussehen würde. Und was Steffen betrifft, er ist ein Kaltblüter. Ein halblautes *»Das gibt's doch nicht«*, wenn er ein Knöllchen an der Frontscheibe seines Autos vorfindet, ist die Spitze seiner Eskalationsfähigkeit. Schließlich bringt das die Bilanz seiner Monatseinnahmen und -ausgaben durcheinander, und er muss es in der aktuellen Spalte seines Finanzheftes unter *Unvorhergesehene Ausgaben* vermerken. So etwas hasst er. Steffen ist der berechenbarste Mensch der Welt, und zusammen sind wir das unaufregendste Paar der Stadt. Samstags gehen wir zu REWE, sonntags gucken wir *Tatort*, und beim Autofahren hören wir James Blunt, das musikalische Äquivalent zum Bausparvertrag. Seit Jahren befinden wir uns in einer Art herzleeren Leidenschaftslethargie, die anderen langjährigen Paaren bekannt sein dürfte und die man einfach deswegen nicht thematisiert, weil sie einem schlicht peinlich ist – und irgendwie auch nicht wichtig genug.

»Schaffen Sie es nicht, eine Gabel unfallfrei auf eine Serviette zu transportieren …?«

Ich drehe mich um. Am Tisch hinter mir ist Besteck in eine Salatschüssel gefallen, und das Dressing hat das Hemd eines Herrn mit graumeliertem Haar bespritzt. Der Kellner fummelt die Gabel aus dem Salat, der Mann tupft sich die Krawatte ab, und die Frau, die ihm gegenübersitzt, zischelt hinter vorgehaltener Hand: »Helmut, bitte …« Sie ist auf unbeholfene Weise adrett gekleidet, so adrett, wie man eben aussieht, wenn man selten ausgeht, aber an einem Tag wie diesem etwas ganz Besonderes tragen will.

»Du wolltest doch unbedingt, dass wir hierherkommen«, murrt Helmut. Will wohl heißen, der Umstand, dass er gegen seinen Willen hier ist, hat ihm automatisch das Recht verliehen, seine gute Laune zu Hause zu lassen.

»Und du hast immer gesagt, wenn die Kinder groß sind …«, erwidert die Frau, während der schwitzende Kellner davonläuft. »Und heute ist Valentinstag.« Ihr roter Lippenstift beißt sich mit den orangefarbenen Glitzerelementen der Bluse, an der eine goldene Brosche hängt, die so schwer ist, dass sie vornüberkippt und man das Motiv nicht erkennen kann. Mit ihrem rundlichen Körper, den grauen Locken und den weichen Gesichtszügen kann man sie sich gut als fürsorgliche und herzliche Mutter vorstellen.

»Eben, Elke! Das nutzen die Halunken hier doch schamlos aus! Ich will gar nicht wissen, wie hoch die Rechnung wird.« Ich vermute mal, Helmut ist der Prototyp des mies gelaunten Valentinstags-Begleiters, von dem der Kellner gesprochen hat.

»Wir haben noch nicht einmal die Vorspeise gegessen, und du hast schon wieder Angst ums Geld«, sagt Elke und klingt dabei, als wäre sie nicht überrascht. Ich drehe mich wieder um. Bei uns gibt es auch nie Überraschungen. Heute macht Steffen mir einen Heiratsantrag. Wieder keine Überraschung. Vor allem, da er den Valentinstag in den letzten fünf Jahren zuverlässig vergessen hat. Dass er mich also ausgerechnet heute Abend in mein Lieblingsrestaurant auf der anderen Rheinseite bestellt hat, ist verdächtig. Sogar so verdächtig, dass es beinahe die Romantikerin in mir kränkt. Aber da diese im Gegensatz zu meiner inneren Pragmatikerin ein Zwerg und noch dazu in ihrer Durchsetzungskraft degeneriert ist, komme ich ausgesprochen gut damit klar. Steffen ist gestern geschlagene fünfundzwanzig Minuten später als sonst nach Hause gekommen und war etwas durch den Wind. Vielleicht hatte er Angst bekommen, dass ich nein sagen könnte. Das wäre beinahe süß. Oder er hatte gerade die Ringe besorgt. Auf Steffen ist eben Verlass. Da es im Durchschnitt etwa ein Dreivierteljahr dauert, bis man nach dem Antrag heiratet, und noch mal ein halbes Jahr, bis man nach der Hochzeit schwanger ist, passt der Zeitpunkt haargenau. In exakt eineinviertel Jahren werde ich nämlich schwanger sein, haben wir ausgerechnet, damit die Geburt noch im mütterlichen Durchschnittsalter von neunundzwanzig Jahren stattfindet. Nicht zu spät, aber keinesfalls so früh, dass ich etwas verpasst haben könnte. Zumindest sage ich das, weil man das eben so sagt. Im Grunde habe ich in der Zwischenzeit nicht viel unternommen, um irgendetwas nicht zu verpassen. Man will ja immer mehr rausgehen, mehr reisen, mehr erleben, aber dann bekommt man eine Grippe, oder die Wohnung ist schmutzig. Oder die Partyeinladung fällt auf einen Sonntag, und am Montag ist das wichtige Meeting. Und beim Städtetrip könnte das Wetter mies sein. Dann kann man es auch gleich sein lassen. Da ist niemand so deutsch wie ich. An meinen Socken kann man stets den richtigen Wochentag ablesen, und ich habe zehn Regeln, deren Einhaltung sicherstellt, dass mein Leben in meinem Sinne verläuft. Mutig sein bedeutet bei mir, eine neue Kaffeesorte auszuprobieren. Und als ich das letzte Mal *mein Leben ändern* wollte, gipfelte der euphorische Ausbruch in der Anschaffung eines Billy-Regals für unseren Kellerraum, bei dessen Aufbau ich mir den Daumennagel abgehämmert habe. Ich like Facebook-Sprüche wie *»Vielleicht sollten wir mal das tun, was uns glücklich macht, und nicht das, was das Beste ist«* und tue das, was das Beste ist. Und all das ist auch kein Wunder: Ich wurde in das wohlsortierte Leben einer so durchschnittlichen Familie hineingeboren, dass wir, als ich zehn war, die Vorzeigegruppe einer Panelstudie über das Konsumverhalten der deutschen Normfamilie wurden und beinahe täglich Fragen am Telefon beantworten mussten. Im Reihenendhaus mit faltenfreier Bettwäsche und L-förmiger Vorgartenhecke, in die unsere drei Mülltonnen millimetergenau eingepasst waren, wurde ich planmäßig und komplikationslos großgezogen. In unserer Straße einer Wiesbadener Vorstadtsiedlung lebt noch heute fast meine gesamte Familie: die Großeltern gegenüber, Onkel, Tante und mein gleichaltriger Cousin zwei Häuser weiter. Sie alle sind gut angepasste Durchschnittsbürger, im Großen und Ganzen liebenswert und harmlos. Na gut, manchmal streunt mein Opa aus Langeweile durch die Stadt, um Falschparker auf die Straßenverkehrsordnung hinzuweisen und bei anhaltender Reuelosigkeit an die Politessen zu verpetzen. Aber sonst wirklich harmlos. Seltsamerweise besitzt keiner meiner Familienangehörigen einen Gartenzwerg, obwohl die doch als Inbegriff des Spießertums gelten. Ich vermute mal, sie wollen die Welt bewusst an der Nase herumführen. Und ich? Bin vom Baum geplumpst und direkt am Stamm liegen geblieben. Als ich auszog, habe ich den vorbildlich durchgetakteten Alltag von zu Hause übernommen und kam mühelos in der Welt zurecht. Dann kam Steffen, zeitlich vorteilhaft, als ich Mitte zwanzig war, immer gut gekämmt und mit festem Plan für die Zukunft. Unser zweites Date fand in seinem nahezu keimfreien Wohnzimmer statt, und als er, nach einer Sturmankündigung des Wetterberichtes, seine Balkonpflanzen zur Sicherheit nach drinnen schleppte, wusste ich, dass wir zusammenpassten. Ich könnte nicht mit jemandem zusammenleben, der nachts Krümel in der Küche hinterlässt, Kleidung über den Badewannenrand hängt oder samstags noch nicht weiß, was er am Sonntag tun will. Deswegen ist Steffen Fluch und Segen zugleich: Wenn zwei zu hundert Prozent unspontane Planungsfreaks aufeinandertreffen, werden sie nicht einfach zu einem Pärchen aus insgesamt zweihundert Prozent, sondern es steigert sich in einer unauflöslichen Symbiose ins Unermessliche. Und so optimieren und verzahnen wir die Abläufe unseres Alltags dermaßen penibel, dass wir um uns herum kaum noch etwas mitbekommen. Man könnte uns als spießig bezeichnen. Oder einfach als harmonisch. Es hat sich eben eingeschliffen. Mir ist bewusst, dass das Leben mit Steffen eher Einklang als Leidenschaft, eher Organisation als Abenteuer verheißt. Aber da eine Ehe, die auf pragmatische Art geschlossen wird, deutlich länger hält als bei einer leidenschaftlichen Spontan-Hochzeit und ich eine ganze Latte an Langzeitplänen habe, spielt mir das in die Karten. Nur ganz selten wimmert ein unterdrücktes Freiheitsgefühl kläglich aus irgendeinem verschütteten Seelenwinkel, ich schätze, das ist normal. Der Alltag kommt mir dann vor wie eine Plastikfolie, die über allem liegt. Wie in einem Geisterhaus, in dem man die Möbel abgedeckt hat: Es ist alles da, und doch nimmt es nicht am Leben teil. Bisher dachte ich auch immer, alles würde noch losgehen. Kurz vor Steffens Heiratsantrag sollte ich mir allerdings klarmachen, dass da gar nichts mehr losgeht. Bis auf Eigenheim, Kinder und Teilzeitjob. Aber das passt zu meinem geradlinigen Weg. Schließlich hat mich niemand gezwungen. Steffen hat mein Faible für Organisation und Ordnung nur noch perfektioniert. Es mag etwas eintönig erscheinen, aber wenn man so darüber nachdenkt, lief doch alles wie am Schnürchen. Und bitte, in welchen Fällen bekäme mein Leben schon einen respektablen FSK-Stempel? Die Drogen müssten ziemlich hart sein, die Sprache obszön, ich müsste jemanden umbringen (aber nicht aus Versehen) oder irgendwelche abgefahrenen Sexualpraktiken beherrschen. Muss das echt sein? Alternativ könnte ich von ein paar Zombies zerhackt werden. Steffen wird ungefähr in einer Viertelstunde hier auftauchen, und wie ich ihn kenne, wird er nach der Vorspeise zum eigentlichen Thema kommen. Ganz in Ruhe natürlich, frei von Pathos und mit dem geradlinig stabilen Ruhepuls eines Kampfbullen – wie immer und bei allem. Im Gegenzug werde ich das *Ja* weder schreien noch schluchzen und im Anschluss auch nicht hysterisch gackernd im Kreis tanzen – erstens, da es in meiner Natur nicht angelegt ist, und zweitens aus Rücksicht auf den nicht besonders stressresistenten Kellner. Ich werde einfach ja sagen, als hätte er mich gefragt, ob ich die Buntwäsche schon in den Trockner geräumt habe; wir können essen und uns wieder unserem Alltag zuwenden. In einer Stunde wird alles anders sein. Und doch auch nichts.

»Hallo.« Steffen drückt mir einen trockenen Kuss auf die Wange und hängt seinen Mantel über die Stuhllehne gegenüber.

»Ich hab dir schon ein Wasser mitbestellt.«

Steffen nickt und setzt sich. Er wirkt noch immer konfus, wenn ich recht hinsehe, vielleicht sogar etwas blasser als sonst. Außerdem ist er tatsächlich zu früh aufgetaucht. Sein Vorhaben scheint ihn regelrecht aus der Fassung zu bringen. Ich lächle.

»Ich muss mit dir reden.«

Ich nicke und lächle noch mehr. Auch wenn ich finde, dass es heute für Steffens Verhältnisse verflixt schnell geht. Ich strecke eine Hand über den Tisch zu ihm. Er tätschelt sie kurz, dann schiebt er sie zurück und nestelt seine Serviette auseinander.

»Ähm …«

»Ja?«

»Cornelia Rabe ist schwanger von mir.«

Das ist die falsche Information. Und nicht mit meiner

Lebenswelt kompatibel. Sie kann in keinem der bekannten Programme geöffnet werden, was zum Systemabsturz führt. Mein Hirn geht offline.

»Äh …, äh … was … äh, hast du? Äh … gesagt?«

»Cornelia Rabe ist schwanger von mir.«

So langsam bilden sich neue Synapsen. Heißt das etwa, Steffen ist *fremdgegangen*?

»Äh …«, stammle ich. Ich glaube, mein Mund steht offen. Mein Steffen, der Leidenschaftslegastheniker? Der selbst Sex innerhalb einer Beziehung mindestens drei Tage im Voraus plant (allerdings nur den ungeplanten, der geplante findet unverrückbar am Samstagabend statt) und jeden Anflug von Romantik oder Spontaneität für eine abnorme Form menschlicher Schwäche hält? Kurz schießen mir noch die Begriffe *Missverständnis*, *Intrige* und *Samenraub* durch den Kopf. Aber egal, wie es dazu gekommen war, sollte es stimmen, wird das Leben, das wir geplant hatten, niemals stattfinden. Mit einem Mal kommt die Information auch in meinem Körper an. Ich springe von meinem Stuhl auf. »*Waaaaas?*«, schreie ich und stoße gegen den Kellner hinter mir. Ich drehe mich um, und er blickt mir in die wahrscheinlich schockgeweiteten Augen.

»War ja klar«, murmelt er und wischt eine Pfütze aus übergeschwapptem Mineralwasser auf seinem Tablett weg.

»'tschuldigung.« Ich setze mich.

»Bin ja Kummer gewohnt.« Der Kellner stellt unsere beiden Wassergläser auf dem Tisch ab, setzt ein depressives Gesicht auf und trottet davon. Ich blicke zu Steffen. Jetzt bin ich wohl diejenige, die blasser ist als sonst.

»Cornelia Ra … Rabe? Die Assistentin von deinem Chef?«

Steffen nickt. Er faltet die Serviette wieder zusammen, dann wieder auseinander. Dabei schaut er zu mir, dann dem Kellner hinterher, schließlich auf die Serviette, und am Ende wandert sein Blick durch den ganzen Raum. So nervös habe ich ihn tatsächlich noch nie erlebt.

»Kannst du … k-k-kannst du mir das irgendwie genauer erklären?«

»Die Abteilungsweihnachtsfeier.«

»Die Abteilungsweihnachtsfeier?«

»Die Abteilungsweihnachtsfeier.«

»Steffen!«

»Ich war betrunken, ach, angetrunken. Ich vertrag doch nichts, ich trink doch nie.«

Das stimmt. Steffen trinkt nur einmal im Jahr, eben bei dieser Abteilungsweihnachtsfeier. Und das auch nur, weil er Angst hat, dass ihn seine Kollegen sonst für einen Freak halten.

»Und Conny hat mir ja schon immer, ich meine, so ein bisschen …«

»So ein bisschen *was?*« Ich werde zum Satzende hin lauter, sogar sehr laut. Der Kellner, der gerade an einem Tisch auf der anderen Seite des Restaurants beschäftigt ist, dreht sich zu mir um. Meine Lippen formen ein lautloses *Sorry.* Dann wende ich mich wieder Steffen zu. »Sie hat dir schon immer so ein bisschen gefallen, wolltest du das gerade sagen?«

»Nein! Nachgestellt. Sie hat mir schon immer ein bisschen nachgestellt. Gefallen hat sie mir nicht.«

»Aber das hat dich nicht daran gehindert, mit ihr … Herrgott, wir hatten auch Sex, als du betrunken von der Weihnachtsfeier … Steffen, das ist so ekelhaft!«

Steffen blickt auf die Tischplatte. »So was passiert mir

garantiert nicht noch mal! Deshalb hab ich auch nichts gesagt, ich wollte keine schlafenden Hühner … Also … Aber gestern kam sie dann zu mir und hat mir von der Schwangerschaft … also sie hat mir ein Ultraschallbild …«

»Gnade dir Gott, wenn du noch mehr Details auspackst!« Ich springe wieder auf. »Ich glaub's einfach nicht …« Ich laufe in Richtung Tür, blicke Steffen aber noch an. »Hast du vielleicht eine Ahnung, was jetzt …« Dann spüre ich einen Stoß an meiner Schulter.

»Geht's noch?« Eine auffällig kleine Frau mit knallroten Locken blickt zu mir auf. Sie trägt ein anthrazitfarbenes Businesskleid und kommt mir irgendwie bekannt vor. Sie reibt sich den Kopf.

»Herrje, entschuldigen Sie bitte, ich hatte Sie überhaupt nicht gesehen, ich …«

»Ja, weil Sie rückwärts durch den Raum laufen! Herrgott noch mal! Da würd ich auch …«

»Sag mal, glotzt du der Tussi schon wieder hinterher?«, fragt Sarah am Tisch daneben. Jetzt kann ich sie auch von vorn sehen. Sie ist im Gegensatz zu ihrem Begleiter noch sehr jung.

»Sarah, wenn du so weitermachst, geh ich! Das …«

»Entschuldigen Sie mal!« Die Rothaarige wendet sich an Sarah. »Nur weil Sie offenbar 'ne notgeile Pimmelbirne zum Freund haben, brauchen Sie mich noch lange nicht als *Tussi* zu bezeichnen!«

»Was bin ich?« Der ohnehin lange Hals des Mannes wächst noch ein Stück weiter aus dem Rolli heraus.

»Was ist denn hier los?« Der Kellner taucht mit seinem Tablett auf.

»Wieso gehen Sie auch alle paar Minuten aufs Klo?« Sarah streckt einen Arm in Richtung der Rothaarigen aus.

»Wieso hab ich mich jetzt zu rechtfertigen?«, gibt diese zurück. »Hatten Sie schon mal 'ne scheiß Blasenentzündung, bei der …«

»Hören Sie mal!«, mischt sich Helmut vom Tisch hinter uns ein. »Ich möchte hier mit meiner Frau einen romantischen Abend verbringen, können Sie sich bitte ein bisschen zusammenreißen?«

»Wie romantisch kann's denn sein, wenn Sie die ganze Zeit rumnörgeln und sich schon im Vorhinein über die Rechnung beschweren?«, sage ich laut – und wundere mich über mich selbst.

»Da hat die Frau nicht unrecht«, sagt Elke.

»Louisa!«, höre ich Steffens Stimme. »Also bitte! Setz dich hin!«

»Dann kann ich ja auch gehen!« Helmut steht auf und pfeffert seine Serviette auf den Tisch.

»Halt du die Klappe, du hast Conny Rabe geschwängert!« Meine Stimme klingt schrill.

Der Kellner blickt an die Decke. »Lieber Gott, bitte mach, dass es aufhört!«

»Olala, da kommt's raus«, sagt die Rothaarige mit Blick zu Steffen und wendet sich zum Gehen, während Helmut einen Fünfziger auf den Tisch wirft. *»Soll mir noch mal einer sagen, dass ich geizig bin«*, murmelt er und stampft hinaus. Steffen blickt mich an. Auch Sarah und ihr Freund schauen zu mir. Die Rothaarige setzt sich ein paar Tische weiter zu einem Mann, der mir ebenfalls bekannt vorkommt. Der Kellner wimmert irgendwas und verschwindet in die Küche. Wie aus dem Nichts taucht die Rothaarige wieder vor mir auf und steckt mir eine Visitenkarte zu. »Falls Sie zu Hause raus wollen, ne? Würd ich ja an Ihrer Stelle empfehlen«, flüstert sie mir zu. »Bei uns im Haus is grad was frei.«

Wie in Trance reiche ich ihr im Gegenzug meine Karte aus der Brusttasche meines Jacketts. Sie schnappt danach und verschwindet wieder. Ich blicke auf die Karte. *Lea Kronberger, Redaktionsleitung Rheinhessen-aktuell.* Jetzt fällt's mir ein. Und der Mann ihr gegenüber ist Philip Weidmann. Die beiden moderieren die Abendnachrichten. Lustig, dass sie privat ein Paar sind. Ich blicke mich um und habe keine Ahnung, was ich als Nächstes tun soll. Da ich im Improvisieren keinerlei Übung besitze, setze ich mich einfach wieder zu Steffen.

»Louisa, ich …«

»Sei ruhig!«

In irgendeinem Parallelwinkel meines Gehirns wundere ich mich inmitten des ganzen Chaos darüber, dass ich das Bild nicht sehe. Dieses Bild, von dem so viele Menschen reden, wenn der Partner sie betrogen hat, wie er oder sie sich mit einer anderen Person innig herumwälzt. Es taucht nicht auf. Und wenn ich es bewusst nachzeichne, mir Steffen mit Conny Rabe vorstelle, lässt es mich kalt. Mich stört nur, dass unser Plan nicht aufgeht, dass Chaos ausbricht und ich gerade die Kontrolle verliere. Und Steffen? Ist tatsächlich fremdgegangen. Obwohl er Sex für vollkommen überschätzt hält. Kann das Liebe sein?

»O Mann«, sage ich vor mich hin. »Der arme Kellner, ich hab ihm versprochen, dass bei uns keine Katastrophe passiert, und jetzt habe ich …«

»Der arme *Kellner?*«, unterbricht mich Steffen. »Ich hatte ein einziges Mal was mit einer anderen Frau, Louisa! Ein einziger Fehler in meinem ganzen Leben, und sie ist sofort schwanger. Das habe ich nicht verdient!«

»Steffen!« Ich schlage mit der flachen Hand auf die Tischplatte. »Du lädst mich am Valentinstag zum Essen ein und sagst mir, dass du ein Kind mit einer anderen bekommst! Und jetzt willst du *Mitleid* von mir?«

»Valentinstag?«

*

Das Flugzeug hat sich noch nicht in Bewegung gesetzt. Früher habe ich Fliegen gehasst: Für einen Kontrollfreak wie mich ist es der blanke Horror, keinen Einfluss darauf zu haben, in welchem Aggregatzustand man wieder auf dem Boden ankommt. Seit dem Valentinstag hat sich einiges verändert. Ich blicke auf mein Organisationsbüchlein, das etwa in der Mitte eingerissen ist. Da stehen sie, sauber aufgelistet, meine zehn Grundregeln, an die ich mich seit Jahren akribisch halte. Meine Sitznachbarin dreht den Kopf zu mir, als ich auflache: Als ich am Valentinsabend das Restaurant verlassen hatte, war mir noch nicht einmal im Ansatz bewusst gewesen, dass ich innerhalb kürzester Zeit jede einzelne dieser Regeln brechen würde …

1
Die erste Grundregel

»Beherrsche dich selbst.«

Meine Koffer waren gepackt, die Umzugskisten geschnürt. Ich hatte sogar mitten in der Nacht meinen Kleiderschrank abgebaut. Es war mittlerweile elf Uhr morgens, ich saß auf einer umgestülpten Getränkekiste und wollte nicht weg. Als das Gespräch am Vorabend angefangen hatte, sich im Kreis zu drehen, hatte ich Steffen gebeten, das Restaurant zu verlassen. Er war meiner Bitte sofort nachgekommen, wahrscheinlich war er sogar erleichtert gewesen. Nicht, weil er meine Anwesenheit meiden wollte, sondern weil er nicht wusste, wie er sich in dieser Situation verhalten sollte. So weit kannte ich ihn. Was Gefühlskram anging, war er immer schon etwas unbeholfen gewesen. *»Emotionsresistente Arschnase«*, hatte Lea Kronberger geschimpft. Mit ihr hatte ich im Anschluss vor dem Restaurant gestanden, auf den Schock ein ganzes Glas Rotwein getrunken und mich zu einem ähnlich folgenschweren Ausbruch hinreißen lassen wie Steffen bei der besagten Abteilungsweihnachtsfeier: Ich hatte mit Lea ausgemacht, heute noch aus der gemeinsamen Wohnung mit Steffen auszuziehen und ab sofort zur WG-Untermiete bei einem Studentenpärchen zu wohnen, das neu bei ihr ins Haus eingezogen war. Lea hatte aufgeregt mit beiden Armen vor meinem Gesicht herumgefuchtelt und mir erklärt, was sie so alles mit Steffen anstellen würde, wäre es ihr Freund. Von öffentlicher Bloßstellung über körperliche Gewalt (im glücklicherweise bagatellisierbaren Bereich) bis hin zu erstaunlich detailliert geplantem Psychoterror war so ziemlich alles dabei. Aber was ich mindestens tun sollte, war, *die untreue Sackratte gedanklich beizusetzen* und *ab sofort mein eigenes Ding durchzuziehen.* Ich hatte den Wein viel zu schnell getrunken, und Leas Gesicht und die fuchtelnden Arme waren immer mehr vor meinen Augen verschwommen, irgendwann hatte ich einfach beständig alle paar Sekunden genickt. Nach einem weiteren Glas Wein war ich mit eingestiegen und hatte mich lallend bei Lea über Steffen, mein bisheriges Leben an sich und meine eigene Spießigkeit beschwert. *Jede Woche ist gleich, ab und zu ist Weihnachten, und plötzlich ist man alt!* Und dass ich nichts, aber auch rein gar nichts zu erzählen hätte, wenn ich dann alt wäre. Oder dass ich noch nie aus Europa und nur selten aus Deutschland rausgekommen war, weil zuerst meine Eltern und danach Steffen der Überzeugung waren, Sparen käme doch immer vor dem Reisen. *Das geht ja so nicht weiter,* hatte Lea beschlossen, ich glaube, sie hatte dabei sogar mit dem Fuß aufgestampft. Und auf einmal war ich fest davon überzeugt gewesen, dass Conny Rabes Schwangerschaft das Beste war, was mir hätte passieren können, weil ich nun endlich die Möglichkeit haben würde, frei und unabhängig zu werden. Das typische esoterische Gefasel, mit dem man sich eine ungünstige Lebensphase schönredet, um nicht vollends durchzudrehen. Nun aber war der Alkohol aus dem Blut verschwunden, mein Hirn drückte von innen gegen die Schädeldecke, und ich hatte eine pelzige Zunge. Ich wollte mein Leben nicht hergeben. Manchmal Ausbruchsgedanken zu haben und dann wirklich auszubrechen sind doch zwei völlig verschiedene Dinge! Außerdem war mein Alltag gar nicht so leer, unter Alkoholeinfluss dramatisiert man gern mal. Wir hätten ein ruhiges und geregeltes Wochenende vor uns gehabt. Am Samstag hätten der wöchentliche Wohnungsputz und Großeinkauf stattgefunden, am Sonntag hätten wir Steffens Eltern in Kassel besucht – zum Mittagessen wären wir dort und zum Abendessen wieder zu Hause gewesen. Mein Leben war alles andere als leer. Manchmal sogar ziemlich vollgestopft: mit Überstunden, Weiterbildung, Sport, und dauernd hatte irgendjemand Geburtstag. Es war doch alles gut. Und solange ich es vermied, viel drüber nachzudenken oder *The Clash* zu hören, fühlte ich mich auch ganz wohl. Je länger ich zwischen meinen gepackten Sachen saß, desto inständiger wurde mir meine dämliche Lage bewusst: Steffen hatte ich erst am Abend erlaubt wiederzukommen, wenn ich planmäßig mit Sack und Pack ausgezogen war. Lea wollte mich später abholen, meine neuen Mitbewohner warteten bereits in einer Wohnung am Mainzer Gartenfeldplatz auf mich – und ich hatte mich gerade umentschieden. Ich wollte meine Beziehung und meine Pläne nicht aufgeben. Es gab Tausende von Beziehungen, die einen Fehltritt überlebt haben, man konnte sicher daran arbeiten. Ich fragte mich nur, woran genau? Und immer wieder auch, wie es so weit überhaupt hatte kommen können. Die ersten zwei Jahre unserer Beziehung waren gut gewesen, für unsere Verhältnisse sogar vergleichsweise romantisch. Dann war es eben gekommen, wie es immer kommt: Die Jobs hatten uns immer stärker vereinnahmt, abends waren wir erledigt und hatten uns nicht mehr von morgens bis abends umeinander bemüht. Aber das war doch normal. Der Lauf der Dinge. Und da lag auch der Fehler im

System: Die Beziehung beenden und eine neue eingehen war keine Lösung, weil es mit dem nächsten Mann auf das Gleiche hinauslaufen würde. Man bräuchte nur wieder eine ganze Zeit lang, bis man nicht mehr zu aufgeregt war, um nebeneinander einschlafen zu können, bis man eine SMS schreiben konnte, ohne zehnmal den letzten Satz umzustellen, oder bis es einem egal war, was der andere denkt, wenn man ohne Mascara zum Frühstück erschien. Aber genau da will man doch letztendlich sowieso wieder hin. Das war das Ziel der ganzen Aufregung. Aber Ziele sind eben auch Enden. Man will quasi schnellstmöglich an den Punkt kommen, wo eine Beziehung am Ende ist. Wo steckte in diesem dämlichen Kreislauf der Sinn? Ich griff nach meinem Handy und tippte Leas Nummer ein.

»Ja?«

»Du, ich hab mir das alles noch mal überlegt, also, ich ... Ich will doch nicht ausziehen, tut mir leid für den falschen Alarm und eure Umstände, falls ihr schon welche hattet. Und das mit Steffen ... also ... ach, ich weiß nicht, irgendwie ist es ja auch so, dass ich ihn trotzdem irgendwie ... also, du weißt schon ... Lea, hörst du eigentlich zu? Hallo? Lea?«

»Was?«

»Was meinst du mit *was*? Ab wann hast du mich nicht mehr verstanden?«

»Ich hab nicht zugehört, wir suchen grade dein Haus ... Sophie, schau mal, da, Nummer, äh, Dings, ja, das muss es sein! Louisa, bist du noch dran? Mach uns mal auf, wir stehen vor der Tür!«

»Was?« Ich sprang von der Getränkekiste auf. »Wieso *jetzt*? Wir hatten doch vierzehn Uhr vereinbart, und es ist gerade mal Viertel nach elf! Und wieso *wir*?« Lea hatte angekündigt, mich mit dem Technikbus ihres Senders abzuholen, der angeblich jedes zweite Wochenende für irgendeinen Wohnungsumzug zweckentfremdet wurde. »Lea, das, äh, überfordert mich jetzt!«

»Du wirst doch wohl in der Lage sein, einen Türöffner zu bedienen, Herrgott noch mal!«, schrie mir Lea ins Ohr.

»Das meine ich doch nicht, ich ...«

»Mach jetzt sofort auf, es ist arschkalt!«

In einer Art Reflex drückte ich auf den Knopf. »Dritter Stock«, sagte ich noch ins Handy, aber Lea hatte bereits aufgelegt. Ich öffnete die Wohnungstür und stellte mich paralysiert in den Türrahmen. Im Erdgeschoss hörte ich bereits Gemurmel, Frauenlachen und Absätze, die auf Treppenstufen klackten. Ich hätte die Tür einfach wieder zuhauen und so tun können, als wäre ich nicht da. Als hätten sich Lea und ihre Begleiter im Gebäude geirrt. Zu dumm, dass ich so ordentlich gewesen war, sogar die Wohnungstür mit Steffens und meinem Vor- und Nachnamen zu beschriften.

»Warum gibt's hier keinen Aufzug?« Lea bog um die Ecke und kam auf mich zu. Ihre sommersprossigen Wangen glühten. Sie blies sich eine rote Locke aus der Stirn, und in ihrer Hand baumelte eine riesige Axt mit Holzstiel. »Für Leute mit meinen kurzen Beinen, ist das viel zu ...«

»Um Himmels willen, wieso hast du eine *Axt* dabei?«, unterbrach ich sie.

»Manchmal entscheidet man spontan, dass irgendwas zum Sperrmüll soll oder so. Ich bin echt erfahren im Umziehen.« Sie blickte auf die Axt in ihrer Hand. »Man könnte das Ding aber auch als Kriegsbeil benutzen, falls du ein paar von Steffens Sachen vernichten willst, hä? Bock?«

»Lea, das geht zu weit, ich wollte dir sowieso sagen, dass ...«

»Hallo erst mal!« Sie fiel mir um den Hals.

»Äh … hi.« Wie ein nasser Sack hing ich in Leas Arm. Als sie sich von mir löste, hielt sie mich noch an den Schultern fest und blickte mich an. »Du siehst fabelhaft aus!«

Das wagte ich zu bezweifeln.

»Sophie ist auch dabei, ich hab dir ja schon von ihr erzählt.« Richtig. Würde ich tatsächlich umziehen, fiel mir ein, wäre Sophie meine neue Mitbewohnerin, die sich demnächst für das erste Semester an der Schauspielschule bewerben wollte. Lea trat zur Seite. Ich hielt inne. Und musste noch mal hinsehen: Sophie sah überhaupt nicht aus wie Sophie. Zumindest nicht wie eine Schauspielschülerin. Und schon gar nicht wie eine aus dem ersten Semester.

»Äh …«, sagte ich. »Äh, aber …« Ich blickte sie an. Sie trug ein langes Strickkleid mit Holzknöpfen, hatte kinnlanges braunes Haar mit vielen grauen Strähnen, weiche Gesichtszüge – und war mindestens sechzig. Sie strahlte mich an, und hinter ihrer Brille erschienen Tausende kleine Lachfalten. Bevor ich sie begrüßen konnte, stand sie bereits vor mir, und während sich Lea an uns vorbei ins Wohnzimmer quetschte, drückte Sophie mich an ihre Brust. »Hallo, Louisa. Louisa, richtig? Das ist ja wirklich schlimm, was dir da passiert ist. Schlimm, schlimm, schlimm.«

Sophie drückte meinen Kopf in ihr Haar, das nach süßem Parfüm roch. Mir fiel noch auf, dass mich zum ersten Mal jemand in den Arm nahm, seit am Vortag meine komplette Welt implodiert war. Und viel zu schnell, um sie zurückzuhalten, schossen mir Tränen in die Augen. Mitten im Hausflur schluchzte ich zusammenhanglose Satzfetzen an die Schulter einer Frau, die ich überhaupt nicht kannte: *»Immer gedacht, das wäre …«, »weiß gar nicht, was ich jetzt …«, »und außerdem …«*

Sophie tätschelte meinen Hinterkopf.

»Wer bitte beklebt Umzugskisten mit ausgedruckten Inhaltsverzeichnissen?«, rief Lea von drinnen.

Ich riss mich zusammen, löste mich von Sophie und wischte mir mit dem Ärmel über die Augen. »Tut mir leid, normalerweise weine ich nie, ich …«

»Jetzt packen wir erst mal deine Sachen in den Bus, und dann geht's in dein neues Zuhause«, sagte Sophie. »Da kannst du dich von dem Schock erholen.«

Schon wieder stiegen mir die Tränen in die Augen, aber ich hatte keine Zeit, ihnen nachzugeben. »Hallo, ich heiße Tine«, rief eine Frau, die etwas schwerfällig die letzten Stufen heraufkam. »Ich bin Leas Mitbewohnerin, wir wohnen einen Stock über Sophie und Paul. Du bist Louisa?« Schnell wischte ich mir noch mal über die Augen und nickte ihr zu. Sie war ungefähr in meinem Alter, etwas pummelig und hatte die blonden Haare zu einem Pferdeschwanz zusammengebunden. Dass Lea in einer WG lebte, wunderte mich noch immer. Ich hatte immer gedacht, TV-Moderatoren wohnten in einem schicken, vom Sender bezahlten Loft mit persönlicher Assistentin und sprachgesteuerter Sicherheitsanlage. Als ich Lea am Vorabend vor dem Restaurant darauf angesprochen hatte, hatte sie nur gemeint, dass das leider nicht aufs Regionalfernsehen zuträfe und ihre persönliche Assistentin vermutlich ein höheres Gehalt bekäme als sie selbst. Aber sie könne sich das Ganze durchaus sehr gut vorstellen und würde es zeitnah mit ihrem Redaktionsleiter besprechen.

»Ich geh mal Lea helfen.« Sophie tätschelte meine Schulter und wandte sich von Tine und mir ab.

»Halt, ich …« Ich wollte Sophie hinterhergehen, um endlich klarzustellen, dass ich gar nicht ausziehen wollte. Doch bevor ich mich richtig abwenden konnte, fiel mir Tine um den Hals. Das schien mir eine Hausgemeinschaft mit sehr viel Körperkontakt zu sein.

»Da steht dir ein schwerer Umbruch bevor«, sagte Tine, als sie sich wieder von mir löste. »Das kommt sicher erst mal wie ein Schock. Aber rückblickend ist es hundertprozentig genau das, was du jetzt für deinen Lebensweg brauchst, weißt du? Das chinesische Wort für Krise bedeutet gleichzeitig Chance! Letztes Jahr hat sich mein Therapeut erhängt, und mein Freund hat Schluss gemacht, und alles an einem einzigen Tag! Am Ende war das für mich ein Segen, verstehst du?«

Ich blickte sie ratlos an.

»Unbewusst ruft man Veränderungen sogar«, fügte sie an. »*Nenn es nicht fremde Gewalt, du bist's in eigener Gestalt.*«

»Nimm's ihr nicht übel«, schrie Lea aus dem Wohnzimmer. »Sie ist 'ne Therapeutentochter und hat neuerdings noch 'nen Hang zum Buddhismus.«

»Äh, ich … ich weiß nicht so recht, ob ich es gerufen habe, dass mein Freund eine andere schwängert …«

Lea zwängte sich mit einer riesigen Kiste voller Bücher über Unternehmensführung an uns vorbei. »Was liest du eigentlich für 'ne Scheiße?«

»Äh, stopp, also …« Lea blickte auf, als ich mich ihr in den Weg stellte. »Das wollte ich schon vorhin am Telefon sagen, ich hab's mir anders überlegt, ich will nicht ausziehen. Ich will mit Steffen reden und alles wieder …« Ich spähte über die Schulter nach drinnen zu Sophie, die Trennwände meines Kleiderschrankes aufeinanderstapelte und vor sich hin summte.

»Bist du irre?« Lea ließ die Kiste los und richtete sich auf.

»Ach herrje, du klammerst dich an jemanden, der dich nicht respektiert. Ich war früher genauso.« Tine sah mich aus riesigen Augen an und legte mir eine Hand auf die Schulter. »Aber du musst so nicht leben. Es gibt Menschen, die dir da helfen können!«

»*Was?*« Ich reckte den Hals.

»Mein Gott, Louisa!« Lea schüttelte den Kopf. »Lass uns 'ne Voodoo-Puppe mit seinem Arschgesicht nadeln, aber mehr Aufmerksamkeit hat er echt nicht verdient! Was hast du vor, wenn du hierbleibst? Willst du ihm 'ne fröhliche Dreier-Kommune mit seiner Kollegin vorschlagen? Und das Kind einträchtig mit den beiden zusammen großziehen, oder was?«

»Ich … hab noch nicht drüber nachgedacht.«

»Hast du denn eine Ahnung, was deinem zwanghaften Handeln zugrunde liegt?«, fragte Tine dazwischen.

»Meinem *was?*«

»Oje, du hast das ja noch gar nicht reflektiert, hm.« Tine zog die Augenbrauen zusammen. »Es gibt immer einen Grund für unser aktuelles Verhalten, weißt du? Meistens liegt er in vergangenen traumatischen Erlebnissen verborgen und …«

»Ich denke nicht, dass es einen Zusammenhang zwischen …«

»Natürlich gibt es einen, du kennst ihn nur noch nicht.«

»Lass sie.« Lea lehnte sich an den Türrahmen und seufzte. »Wär doch voll Avantgarde, wenn sie keine psychologische Basis für ihr verkorkstes Handeln hat.«

»*Verkorkst?*«

»Wo sind die Möbel?« Ein älterer Mann mit blauer Latzhose, bürstenartigem Riesenschnauzer und Werkzeugkasten tauchte vor uns auf.

»Paul, na endlich, komm rein!«, schrie Sophie von drinnen.

»Schrei doch nicht so«, schrie er noch lauter zurück. »n'tach«, sagte er im Vorbeigehen und nickte mir zu.

»N-Nein!«, hörte ich mich sagen, nachdem ich ihm für ein paar Sekunden verdutzt nachgeblickt hatte. Paul drehte sich um. Sophie, die eine weitere Regalplatte in der Hand hielt, blickte auf. »Ich will nicht ausziehen«, platzte es endlich aus mir heraus. »Tut mir leid, dass Sie sich alle so viel Mühe gegeben haben, aber das will ich schon die ganze Zeit sagen.« Ich schluckte und spürte die Blicke der anderen. Langsam senkte ich den Kopf und zog die Schultern nach oben. Wahrscheinlich waren nun alle wütend auf mich. Wenn es darum ging, dass ich etwas falsch gemacht haben könnte und mit Konsequenzen zu rechnen hatte, verfügte ich über eine ausgeprägte Phantasie. In meiner Vorstellung donnerten Sophie, Paul, Lea und Tine nun Werkzeuge und Umzugskisten auf den Boden und sagten mir, dass sie nie wieder etwas mit mir zu tun haben wollten. Auf ihrem Weg nach draußen lachten sie mich aus und fragten sich, wie verzweifelt man eigentlich sein musste, um eine halbe Nacht lang alkoholisiert über Freiheit zu schwadronieren und am nächsten Tag bedürftig zu seinem untreuen Typen zurückzukriechen. Ich schluckte und sah mich um. Es passierte nichts dergleichen. Meine Vorstellung war immer schon so abstrus gewesen, dass sie von der Realität sowieso niemals eingeholt werden konnte – fiel mir ein.

»Lea?« Sophie hielt noch immer eine Regalplatte meines Kleiderschranks in der Hand. »Du hast doch gesagt, sie will umziehen?«

»Will sie ja auch, sie ist nur etwas speziell.«

»Wie bitte?«, fragte ich.

Sophie legte die Regalplatte vorsichtig auf die anderen. »Du, das klingt mir aber gar nicht so. Wir wollen doch niemanden gegen seinen Willen …«

»Es ist ja nicht wirklich gegen ihren Willen!« Lea hob die Hände. »Ihr müsstet mal sehen, was passiert, wenn man ihr eine homöopathische Menge an Alkohol einflößt und …«

»Sollen wir sie jetzt etwa abfüllen, damit sie mitkommt?«, fragte Sophie.

»*Was?*« Ich hob den Kopf.

Lea wandte sich an mich. »Louisa, echt, das ist doch jetzt Kacke! Gib dir 'nen Ruck! Du musst doch sowieso erst mal runterkommen, und er muss erst mal Reue zeigen! So kannst du zwei Katzen mit einer Klappe schlagen!«

»Fliegen«, sagte Tine.

»Genau, du kannst zwei Fliegen mit einer Katze schlagen!«

»Lea, du musst dringend lernen, den Dingen ihren Lauf zu lassen«, sagte Tine. »Wenn sie sich jetzt so entschieden hat, ist es eben noch nicht die richtige Zeit für sie, die Dinge …«

»Bin ich jetzt völlig umsonst hier aufgekreuzt, oder was?« Paul blickte auf seinen Werkzeugkoffer.

»Bleib mir bitte vom Hals mit deinem *Alles-kommt-schon-wie-es-soll-Mist*, Tine, ich kann es nicht mehr hören«, sagte Lea. »Nur weil du jetzt *ein* Buch über Achtsamkeit gelesen hast.«

»Und eins über Feng-Shui.« Tine verschränkte die Arme vor der Brust.

»Paul, ich bitte dich, du siehst doch, wie mitgenommen

das Mädchen ist.« Sophie blickte zu Paul. »Jetzt sei um Himmels willen nicht so unsensibel.«

»Das wollte ich sowieso noch sagen: Feng-Shui verbiete ich dir ab sofort!« Lea fuchtelte mit dem Zeigefinger vor Tines Nase herum. »Wenn du weiter unsere Wohnung umräumst und ungefragt meine Pflanzen entsorgst, mach ich da nicht mit!«

»Wie bitte?« Paul reckte den Kopf in Sophies Richtung. »Da komm ich an meinem freien Tag hierher und muss mich von dir als *unsensibel* beschimpfen lassen?«

»Palmen mit spitzen Blättern schaffen eine aggressive Stimmung im Wohnzimmer«, sagte Tine zu Lea. »Und davon bringst du ja schon von Natur aus genug mit.«

»Gottchen, Paul, jetzt sei doch nicht so sensibel.« Sophie verdrehte die Augen.

»Willst du mich jetzt auch auf den Balkon stellen, bis ich erfroren bin?«, fragte Lea an Tine gewandt, während Paul sich auf seinen Werkzeugkoffer setzte und die Arme verschränkte.

»Sei nicht albern, du könntest es ja genauso gut mal zu schätzen wissen, was ich in der WG alles für das Allgemeinwohl tue«, sagte Tine. »Menschen, die nach Feng-Shui leben, sind nachgewiesenermaßen viel glücklicher.«

»Weil sie die Verantwortung für ihr Scheitern auf den falschen Standort von Möbeln schieben können, Himmelherrgottnochmal«, schrie Lea. »Das nennt man Verblendung!«

»Ich lass mich doch von dir nicht anschreien«, piepste Tine und rauschte an mir vorbei ins Treppenhaus.

»Ich komme mit.« Paul stand auf, schnappte seinen Werkzeugkoffer und folgte ihr.

Lea stand noch immer im Türrahmen, Sophie schüttelte den Kopf. Ich überlegte, was ich sagen könnte, mir fiel aber nichts ein. Und ich musste korrigieren: Meine abstruse Vorstellungskraft konnte doch von der Realität eingeholt werden, und überholt.

*

»Ich muss ja sagen, ich finde es schön, wenn die jungen Leute nicht bei jeder Kleinigkeit alles hinschmeißen.« Sophie saß mir in meinem ausgeräumten Wohnzimmer auf einer Getränkekiste gegenüber. »Eine Beziehung beenden, das geht ganz schnell. Aber zusammen auch mal eine Durststrecke meistern, das kriegen ja heutzutage die wenigsten hin. Oder, Lea, wie siehst du das?«

»Kann man das essen?« Lea stand vor dem geöffneten Kühlschrank und hielt einen Teller mit einem in Klarsichtfolie verpackten Lasagnerest in der Hand. Ich nickte ihr zu.

»Was ich sagen will, es hat doch auch etwas Romantisches, wenn du deinen Freund so sehr liebst, dass du ihm alles verzeihen kannst.« Sophie strahlte eine solche Gutmütigkeit aus, dass ich es nicht übers Herz brachte, sie anzulügen.

Ich seufzte. »Es liegt nicht an der Liebe.«

»Woran dann?« Sie blickte auf.

»Ich habe einfach keine Lust, mit fast dreißig alleine dazustehen und ganz von vorne anzufangen. Und was die Zukunft angeht, auch wenn es sich vielleicht nach den jüngsten Ereignissen nicht so anhört, aber mit Steffen bin ich da auf der sicheren Seite.«

»Auf der sicheren Seite parken lauter silberne Audi TT.« Lea setzte sich mit ihrem Teller neben uns auf den Boden.

Die Hälfte der Lasagne hatte sie bereits auf dem Weg vom Kühlschrank ins Wohnzimmer verputzt.

»Woher weiß ich denn, ob es ohne ihn besser ist? Oder ob ich noch mal jemanden finde? Mal unter uns Frauen, ich bin jetzt auch nicht mehr die Jüngste.«

Sophie blickte mich verwirrt an. »Kannst du mir das irgendwie genauer erklären?«

»Na, für ... also ...« Beinahe alles, was ich hätte sagen können, hätte Sophie und ihr Alter diskreditiert. Ich seufzte. »Lea, kannst du es ihr bitte erklären?«

»Kein Problem.« Lea wandte sich an Sophie. »Sie ist verrückt.«

»Hey!«

»Um mit neunundzwanzig so zu reden, braucht man wirklich eine Extraportion schrägen Humor«, sagte Sophie.

»Die meint das todernst.« Lea hatte die zweite Hälfte der Lasagne auf einmal in den Mund gestopft und starrte nun auf den leeren Teller. Ich stand auf und ging in Richtung Vorratskammer, um Lea ein paar übriggebliebene Weihnachtsplätzchen zu holen.

»Andererseits muss man es auch akzeptieren. Es gibt viele Frauen, die der Meinung sind, zu ihrem Glück einen Mann zu brauchen«, hörte ich Sophie sagen.

»Brauchen sie ja auch«, sagte Lea. »Am besten einen mit 'ner Couch und fundiertem Fachwissen über Freud.«

»Ich will doch nur alles richtig machen.« Schon wieder den Tränen nah, reichte ich Lea die Plätzchendose.

»Hm.« Sophie blickte meine kahle Tapete an. Wo heute Morgen noch gerahmte Bilder gehangen hatten, sah man nur noch rechteckige Flecken, die sich heller von der Tapete absetzten.

»Was denn?«, fragte ich.

»Wenn du immer nur alles richtig machst, machst du immer nur alles richtig, sonst aber auch nichts.«

»Soll heißen?«, wollte ich wissen.

»In den Sackgassen des Lebens ist es am aufregendsten.« Sophie blickte von meiner kahlen Wand wieder zu mir. »Wenn du immer alles richtig machst, findest du dort aber nicht hin.«

»Und erlebst nix.« Lea riss den Deckel von der Dose.

Das war zwar mein wunder Punkt, aber trotzdem. »Ich will doch nur, dass alles wieder so ist, wie es war.«

»Ach, Unsinn.« Sophie schüttelte den Kopf. »Glaub doch nicht, dass du nur glücklich sein kannst, wenn dein Leben so aussieht, wie du es dir vorgestellt hattest. Sonst erkennst du die guten Wendungen nicht, weil sie sich hinter den Dingen verstecken, die deine Vorstellung als falsch abstempelt. Paul und ich hatten unser Leben auch anders geplant. Als wir jung waren, wollten wir einen Kunstladen eröffnen, haben uns verschätzt und hoch verschuldet. Aus dem Kunstladen in der Innenstadt wurde ein Gemischtwarenladen in Ginsheim-Gustavsburg. In dem ganzen Stress wurde ich mit Zwillingen schwanger, noch bevor wir verheiratet waren. Was war das damals für eine Katastrophe! Und was bin ich heute froh. Manchmal muss was Gutes kaputtgehen, damit was noch Besseres entstehen kann.«

»Oje, habt ihr die Schulden wieder zurückzahlen können?«, fragte ich.

»Das ist jetzt bei der Geschichte das Einzige, was dich interessiert?« Lea steckte sich eins meiner selbstgebackenen Vanillekipferl in den Mund.

»Letzten Monat haben wir unsere letzte Rate bezahlt.

Und nebenbei sogar noch ein bisschen Geld angespart, das wir jetzt zum Großteil unseren Töchtern geschenkt haben. Wir sind seit kurzem endgültig in Rente und haben viel Freizeit. Also wollen wir endlich mal studieren, auf die Kacke hauen und was man sonst noch so macht, wenn man jung ist. Vierzig Jahre später als geplant, aber immerhin.«

»Scheiße, was ist das denn?« Lea spuckte eine breiige Masse aus einem eingespeichelten Kipferl in ein Taschentuch. »Die sind steinhart und schmecken wie ... jedenfalls nicht nach Plätzchen!«

»Die sind gluten-, zucker-, laktose- und eifrei.«

Lea beäugte den Brei in ihrem Taschentuch so misstrauisch, als könne er sich jeden Moment in ein todbringendes Raubtier verwandeln. »Und was ist dann da *drin*?«

»Hirse und Vollkornreis. Keine Konservierungsstoffe. Jagen deinen Blutzuckerspiegel nicht allzu hoch, und du verlierst deine Figur nicht.«

»Dafür sämtliche Zähne.«

Sophie räusperte sich.

»Richtig, Louisa, zurück zum Thema bitte.« Lea blickte mich an, als sei ich diejenige gewesen, die abgeschweift war.

»Ich will doch nur endlich mal ankommen.« Ich starrte auf den Boden.

»Wo?«, fragte Sophie.

»Na, im Leben. Im fertigen Leben.«

»Und was machst du dann da?«

»Na, mich gut fühlen, weil ich angekommen bin. Ich habe dann nichts mehr zu erreichen, nichts mehr, was mir Angst macht, nichts mehr, was schiefgehen kann, keine Ziele mehr, auf die ich hinarbeiten muss.«

Sophie blickte ins Leere. »Herrgott, ich hoffe, dass ich niemals irgendwo ankomme.«

*

Es war der schlimmste Tag meines Lebens. Ich saß auf der Rückbank meines eigenen Autos, und auf meinem Schoß stand eine Topfpflanze. Klischeehafter als mit einer Topfpflanze im Schlepptau kann man nach einer gescheiterten Beziehung nicht ausziehen.

»Ich glaube, da darf man nur in Notfällen parken.« Sophie zeigte vom Beifahrersitz aus auf einen Straßenbereich mit weißen Schrägstrichen.

»Wenn man in der Neustadt einen Parkplatz sucht, ist das ein Notfall«, motzte Lea vom Fahrersitz.

Paul und Tine waren mit dem vollbeladenen Bus bereits am frühen Nachmittag losgefahren. Lea, Sophie und ich hatten den Rest eingepackt und den groben Umzugsdreck beseitigt. Als Lea nun meinen sonst so pfleglich behandelten Golf auf den überhöhten Bordstein jagte, knallten die neben mir gestapelten Schranktüren aufeinander. Ich blendete den Ton aus. Ich war auf dem besten Weg gewesen, alles zu erreichen, was ich wollte. Und dann hätte mein Leben endlich anfangen können. Ich wusste, es war ein weitverbreitetes Problem, dass die Leute immer dachten, das Leben ginge erst noch richtig los. Da war ich kein Einzelfall. Und man merkt erst, wie lächerlich dieser Gedanke war, wenn man pensioniert in einem mühsam abbezahlten Eigenheim sitzt, das man nie so richtig schön fand, neben einem alten Mann, den man auch nie so richtig schön fand, geschweige denn geliebt hat, aber dessen Marotten einem seit Jahrzehnten den letzten Nerv rauben. Und das alles hat man lange vorher schon geahnt. Also ich zumindest. Auf diese Art von Depression hätte ich mich in Ruhe vorbereiten können. Die aktuelle Katastrophe hatte mich kalt erwischt. Vielleicht war es eine Strafe, weil ich vorgehabt hatte, mit einem mäßig passenden Mann ein mäßig interessantes Leben aufzubauen. Aber das machten doch viele so. Und außerdem müssten die höheren Mächte doch Besseres zu tun haben, als den Spaßfaktor im Leben von Endzwanzigern zu checken. *Was willst du Steffen erzählen, wenn er nach Hause kommt?*, hatte Lea gefragt, als wir in meinem Wohnzimmer gesessen hatten. *Wenn du jetzt einfach hierbleibst, machst du es ihm viel zu leicht!*

Und dann war es passiert. Ich hatte eingewilligt, für ein paar Tage mit in die WG zu kommen. *Um ein bisschen Abstand von der ganzen Sache zu bekommen,* hatte Sophie gemeint. *Um Steffen, die dämliche Aushilfsamöbe, ordentlich schmoren zu lassen,* hatte Lea gesagt. Und dann hatte Lea Sophie erzählt, dass ich ein »Riesen-Potential« hätte, was auch immer sie damit gemeint hatte. Sie hätte es an meinem Kontrollverlust im Restaurant erkennen können. Seither war ich davon überzeugt, dass Lea mein Temperament irgendwie überschätzte, und ich fühlte mich wie eine menschliche Produkttäuschung. Was gestern im Restaurant passiert war, schockierte mich selbst noch in hohem Maße – ich hatte sonst noch nie die Beherrschung verloren, schon gar nicht in der Öffentlichkeit. *Am stärksten ist, wer sich selbst beherrscht,* hatte Seneca schon vor Christi Geburt gepredigt, und bei mir war es sogar die erste meiner zehn Regeln für ein erfolgreiches Leben. Sie galt für alles: erst die Arbeit, dann das Vergnügen, keine Kohlenhydrate nach sechzehn Uhr, täglich vierzig Minuten Frühsport, abends vor zweiundzwanzig Uhr ins Bett, und, um beruflich weiterzukommen, las ich so viele Bücher über Unternehmensführung und Controlling, dass mir schon langsam die Fachliteratur ausging. Alle anderen jammern immer über den inneren Schweinehund. Vielleicht stimmte irgendwas nicht mit mir, aber wenn ich mir Ziele setzte, dann setzte ich sie auch um. Was hinderte mich denn daran? Ich nahm mir ja nicht vor, immerwährenden Sonnenschein über lauschigem Weltfrieden herzustellen, sondern nur keinen Süßkram zu essen oder mich mehr zu bewegen. Ob das klappte oder nicht, hing nur von mir ab. Und es war bei weitem angenehmer, auf die Schokolade zu verzichten, als hinterher mit mir selbst unzufrieden zu sein. Wahrscheinlich hatte mich der Schöpfer, wie beim Modegeschmack, einfach vergessen, als er die inneren Schweinehunde verteilt hatte. Oder ich hatte nur ein gerupftes Exemplar abgekriegt, das kleinlaut in der Ecke gesessen hatte und das sonst keiner haben wollte. Es machte mir Spaß, mich an Pläne und Zielvorgaben zu halten und zu sehen, wie alles reibungslos funktionierte. Dann wusste ich, was zu tun war, und fühlte mich sicher. Wobei ich sagen musste, dass seit dem Vorabend alles etwas holperte. Ich hatte innerhalb der letzten vierundzwanzig Stunden zweimal die Beherrschung verloren: die Szene im Restaurant und der Heulkrampf an Sophies Schulter im Flur. Damit war eine der Regeln gebrochen. Aber nur eine und nur ein einziges Mal, das konnte man noch auf die emotional aufwühlende Situation schieben. Gerade deshalb war es umso wichtiger, die Kontrolle über mich und mein Leben wiederzubekommen. Drei Tage würde ich bei Sophie bleiben, hatte ich beschlossen. Drei Tage Zeit für Steffen, um eine Lösung für alles zu finden und sich angemessen bei mir zu entschuldigen. Um ihm die Möglichkeit zu geben, das Ganze ernst zu nehmen, hatten wir alle meine Sachen, inklusive der Möbel, eingepackt und in einer Scheune untergestellt, die Lea irgendwann mal geerbt hatte. Alles bis auf das Bett – hätte ich es eingepackt, hätte ich Steffen an einem Samstagabend vor die vollendete Tatsache gestellt, auf dem Boden schlafen zu müssen. Lea hatte die Idee einwandfrei gefunden, aber ich hatte es nicht übers Herz gebracht. Nicht bei Steffens sensiblem Rücken. Paul und Tine hatten sich, nachdem Sophie sie beruhigt hatte, als motivierte Umzugshelfer erwiesen. Bevor ich schließlich am späten Nachmittag meine ausgeräumte Wohnung verlassen hatte, hatte ich meinen Wohnungsschlüssel exakt mittig auf der nun riesigen freien Bodenfläche im Wohnzimmer drapiert. Ein bedrückendes Bild, das Steffen ein schlechtes Gewissen bereiten sollte. So was konnte ich gut. Obwohl ich gänzlich unreligiös war, verteilte ich auch seit Jahren Abreißkalender mit Bibelzitaten in der gesamten Wohnung, um mutmaßliche Einbrecher in die moralische Bredouille zu bringen, solch fromme Menschen zu beklauen. Schweren Herzens hatte ich die Tür hinter mir zugezogen, und seither fühlte ich mich bleiern schwer. Da Steffen noch nicht einmal im Ansatz versucht hatte, mich aufzuhalten, fühlte ich mich auf eine gewisse Art sogar vor die Tür gesetzt. Und auch sonst fühlte es sich falsch an, meine Wohnung zu verlassen, selbst wenn es nur für kurze Zeit sein sollte. Obwohl ich sagen musste, dass ich, unter anderen Umständen, schon immer mal gern in einer WG gewohnt hätte. Meine Eltern waren allerdings seit jeher der Meinung gewesen, WGs eigneten sich nur für linksalternative Geisteswissenschaftler oder freischaffende Künstler, beides war als Beleidigung aufzufassen. So hatte ich, bis Steffen kam, immer allein gelebt und mich damit getröstet, dass meine Ordnungsliebe, meine Hygienestandards und mein leichter Schlaf ohnehin wenig kompatibel mit anderen Menschen waren. Vielleicht sollte ich diese drei Tage als willkommene Ablenkung sehen, als kleinen Ausflug in eine andere Welt, die ich bisher immer verpasst habe? Und danach könnte ich, wohl wissend, dass es nie etwas zu verpassen gegeben hatte, zu Steffen zurückkehren. Er würde mich in der Zwischenzeit ebenfalls schrecklich vermisst und seine Werte neu sortiert haben. Wir würden ganz von vorn anfangen, und alles würde um ein Vielfaches besser sein, als es gewesen wäre, wenn sich der Zwischenfall nicht ereignet hätte. Das war zumindest mein mittelfristiger Plan. Wie in Trance stieg ich aus dem Auto und lief Lea und Sophie hinterher in einen sanierten Altbau am Gartenfeldplatz. Im Treppenhaus sah ich Lea dabei zu, wie sie eine riesige Umzugskiste mit roher Gewalt in einen winzigen Aufzug presste. Ich folgte Sophie die Treppe nach oben. Immerhin würden es drei ruhige Tage in einem gepflegten, beschaulichen Rentner-Domizil werden. Das war der Vorteil daran, wenn man bei einer Omi landete und nicht, wie angenommen, in einer echten Studenten-WG.

»Was willst du trinken?«, begrüßte mich Paul, als wir die linke Wohnung im zweiten Stock betraten. Reglos stand ich im Türrahmen und blickte auf … ein unsägliches Chaos. Direkt am Eingang stand ein riesiger Holztisch, der mit halbleeren Teetassen, aufgeschlagenen Zeitungen, einer herrenlosen Computertastatur und mehreren angebissenen Croissants übersät war. Wer stellt seinen Esstisch bitte genau vor die Wohnungstür? Die beiden schweren Bücherregale aus dunklem Holz an der Wand gegenüber platzten aus allen Nähten und enthielten allerlei Dinge, die da nicht hineingehörten: kaputte Lampenschirme, eine Ikea-Großpackung Teelichter und ein Faxgerät. Dafür lagen stapelweise Bücher, alte Zeitungen, Fotoalben und aufgeschlagene Notizhefte daneben auf dem Boden. Ich stand noch immer im Türrahmen, meine Lieblingsprimel in einem Arm, die Jacke über dem anderen. Noch nicht einmal in meiner Umzugswohnung hatte es heute zu irgendeinem Zeitpunkt auch nur annähernd so unsortiert ausgesehen. Allein das Chaos in meinem Kopf konnte es noch mit dieser Misere hier aufnehmen.

»Ein W … Wasser wär super«, antwortete ich.

»Neiiiin.« Paul schüttelte den Kopf. »Ich meine, was willst du *trinken*?«

»Wir müssen doch auf deinen Einzug anstoßen.« Sophie zog mich am Ärmel in die Wohnung, nahm mir die Pflanze aus der Hand und stellte sie auf dem Boden ab. Dann griff sie nach einer Flasche in einer antiken, mit staubigem Vintage-Geschirr überladenen Glasvitrine. »In deiner Situation kann ein edles Tröpfchen nichts schaden, Louisa. Hab ich recht?«

Ich nahm an, sie hatte recht, und zuckte zusammen, als sich am Fuß der Vitrine etwas bewegte.

»Das ist nur Hemingway, schläft immer, manchmal dreht er sich um.« Sophie deutete auf einen Rauhaardackel, der sich in seinem Körbchen neu positionierte, ohne die Augen zu öffnen. Ich blickte mich weiter um. Überall an den Wänden hingen, völlig systemlos verteilt, Familienfotos in Bilderrahmen. Auf den Fensterbrettern standen unzählige Pflanzen und Porzellankätzchen, die sich wohl über Jahrzehnte angesammelt hatten, und die Couch war überladen mit den verschiedenartigsten Kissen und Häkeldeckchen. Von der Decke baumelte ein staubiger Kronleuchter, und an den Fenstern hingen schwere dunkelrote Vorhänge. Lea hatte mir erzählt, dass Paul und Sophie erst seit wenigen Monaten hier wohnten. Wie konnte eine Wohnung dann schon dermaßen vollgestopft sein? Und gab es wirklich kein erkennbares Ordnungssystem, oder erschloss es sich mir nur nicht? Noch nicht einmal in der Küche gab es geschlossene Schränke, man konnte vom Esstisch aus die einzelnen Dosen im Gewürzregal erkennen. Kochutensilien wie Suppenkellen und Pfannenwender hingen lose an einer Stange über dem Herd, und in und neben der Spüle stapelte sich das Geschirr. Eine Kollegin hatte mir vor kurzem beim Mittagessen erzählt, es gäbe einen neuen Wohntrend, bei dem alles so aussehen musste, als sei der Einbrecher gerade frisch durch die Hintertür entkommen. Sie meinte aber auch, das sei wohl schon wieder durch. Egal, ob aus nachzüglerischen Trendgründen oder nicht – diese Wohnung war eine Katastrophe für Menschen, die es übersichtlich und strukturiert mochten. Menschen wie mich. Ich bevorzugte außerdem weiße Wände, schwarze oder anthrazitfarbene Designmöbel, wenn es ganz gewagt sein sollte, ein paar dezente Farbelemente in wiederkehrenden Pastelltönen. Modern, geschmackvoll und ohne persönliche Note, so dass es den größtmöglichen Durchschnittsgeschmack traf. Und Schränke, verflucht noch mal, Schränke musste man doch schließen können! Damit, selbst wenn mal nicht alles perfekt sortiert war, wenigstens von außen alles ordentlich aussah.

»Wirf deine Jacke einfach irgendwohin, und mach's dir bequem.« Sophie wischte mit einer Handbewegung ein paar Zeitungsfetzen vom Tisch, so dass ein Stück der zerkratzten Holzoberfläche zum Vorschein kam. Sie wies mir den Platz. Ich setzte mich auf einen der zahllosen, verschieden aussehenden Stühle und klammerte mich an meine Jacke. Etwas »einfach irgendwohin werfen« war in meinem genetischen Programm nicht angelegt. Obwohl die Jacke wirklich nirgends auffallen würde. Noch nicht einmal der Fußboden blieb in dieser Wohnung von überflüssigem Krimskrams verschont. In einer Ecke standen Getränkekisten, direkt neben dem Tisch ein Nähkästchen, ein ausgestopfter Vogel und eine Obstschale mit braungefleckten Bananen. Wahrscheinlich würde ich die Jacke, einmal abgeworfen, einfach nie wiederfinden.

»Hier, bitte schön!« Paul reichte mir eine Espressotasse mit durchsichtigem Inhalt, während Sophie ein Blech mit selbstgemachter Pizza aus dem Kühlschrank nahm und in den Ofen schob. »Unsere Schnapsgläser sind noch nicht sauber.«

Das hieß, entweder tranken Paul und Sophie morgens schon die harten Sachen, oder sie hatten seit dem Vortag kein Geschirr gespült. Ich wusste nicht, was ich schlimmer fand.

»Kein Problem«, sagte ich und stieß mit Paul an. Der Alkohol floss warm durch meinen Körper, und ich fragte mich, wie ich auf die beknackte Idee gekommen war, mein Zuhause zu verlassen. Steffen hatte uns den ganzen Mist eingebrockt, er sollte es sein, der sich in der formlosen Wildnis außerhalb unserer Wohnung zurechtfinden musste.

»Wie gefällt's dir hier?« Paul setzte sich zu mir an den Tisch.

»Super«, hörte ich mich sagen und nickte mehrmals hintereinander, vielleicht etwas zu oft. »Echt schön, echt.«

Wenn ich eins nicht konnte, dann lügen. Sagen, was ich

denke, war aber auch nicht meine Stärke. In diesem Fall kam ich um die Notlüge aber nicht herum, ich wollte Paul und Sophie auf keinen Fall kränken, weil mir ihr Wohnkonzept nicht passte. Wenn ich ehrlich war, war ich mit meiner überpeniblen Art auch nicht immer einverstanden: Es war mir schon wiederholt auf die Nerven gegangen, dass mich die kleinste Unordnung störte – wenn ich wusste, dass in der Küche ein benutztes Brotmesser lag, konnte ich nicht mehr entspannt im Wohnzimmer sitzen –, und mir war klar, dass das übertrieben war.

»Wir sind nicht die Ordentlichsten«, sagte Paul.

»Fällt jetzt aber nicht auf oder so.« Ich schluckte.

»Paul kann nicht aufräumen«, sagte Sophie und setzte sich zu uns an den Tisch. »Der schiebt immer bloß alles von einem Platz zum anderen.«

»Und Sophie kann vielleicht aufräumen, aber es ist ihr zu blöd«, entgegnete Paul.

»Das hab ich dir aber von Anfang an gesagt«, sagte Sophie.

Paul nickte. »Als ich sie damals gefragt habe, ob sie mich heiraten will, hat sie gesagt: *Ja, aber glaub bloß nicht, dass ich deine Hausfee werde! Bevor ich anfange, jeden Tag Staub zu wedeln oder Wäsche in verschiedene Schubladen zu sortieren, falle ich lieber in eine tiefe hausgemachte Lebenskrise.*«

»Na, da wusstest du immerhin, worauf du dich einlässt«, sagte ich.

»Und sie kann bis heute nicht waschen«, fuhr Paul fort. »Nach kürzester Zeit sind alle Hemden grau und die Socken zu klein. Ich schätze mal, da steckt eine Absicht dahinter, nämlich dass ich es gleich selber mache. Und auch sonst kann man ihr kaum Haushaltsaufgaben übertragen, ohne dass die Immobilie langfristigen Schaden nimmt.«

»Trotz allem sind wir seit über vierzig Jahren verheiratet«, sagte Sophie.

»Wo sind denn eure Eheringe?«, fragte ich und musterte Paul und Sophies Hände.

»Wir haben keine.« Paul stand auf.

»Unpraktisch«, meinte Sophie.

»Spießig«, fügte Paul an und verschwand in der Küche. »Zeichen der Liebe, tzzz. Die tragen wir doch im Herzen.«

Sophie beugte sich zu mir rüber und flüsterte: »Die Wahrheit ist, dass mir der Ring zweimal beim Duschen in den Abfluss gefallen ist, und einen dritten wollte Paul nicht kaufen. Seitdem hat er seinen in der Hosentasche, und ich hab keinen mehr.«

»Ach so.«

»Komm mal mit, ich zeig dir dein Zimmer.«

Ich folgte Sophie in den Flur, wo sie auf verschiedene Zimmertüren deutete. »Badezimmer, mein Zimmer, Pauls Zimmer und hier, am Ende des Flurs: deins!«

Ich blieb in der Tür zu meinem neuen Reich stehen. Es war so groß wie eine Abstellkammer, neben der Tür stand eine kleine Kommode, deren weißer Lack bereits abblätterte. Paul hatte, wie versprochen, eine Luftmatratze aufgepumpt und in die Ecke geschoben und daneben meine Umzugskisten nach Nummern gestapelt. Damit war der Boden des Raumes auch schon fast bedeckt. Mit einem Schritt war ich bereits mitten im Raum. Die Wände waren in einem fleckigen Grau gestrichen, Teile der Tapete hingen in Fetzen herunter, und das einzige Fenster im Zimmer war so schmutzig, dass man nicht nach draußen sehen konnte.

»'ne super Lampe haben dir die Vormieter hängen lassen, haste echt Glück gehabt.« Sophie zeigte auf einen riesigen Kugel-Lampenschirm an der Decke, der mit bunten Elefanten und Schmetterlingen bedruckt war. »Schätze, das war mal ein Kinderzimmer oder so was.«

Ich nickte. »Wieso habt ihr eigentlich getrennte Schlafzimmer?«

»Wir sind nicht umsonst seit Ewigkeiten glücklich verheiratet, Liebes.«

»Aber ist das nicht irgendwie … unromantisch?«

»Im Gegenteil.« Sophie lachte und strich ein Stück der Tapete glatt, die sich unter dem Lichtschalter abgelöst hatte und nach innen wölbte. »Alles erprobt. Wenn ich nachts neben Paul liege, sein Schnarchen höre und jedes Mal aufwache, wenn er aufs Klo geht, dann sitze ich morgens am Frühstückstisch und könnte ihm direkt mit dem Brötchenmesser an die Gurgel gehen. Es geht mir dann schon auf die Nerven, wie er sein Ei aufschlägt. Wenn ich alleine schlafe, komme ich frisch und ausgeruht zum Kaffee und freue mich, ihn zu sehen. *Das* ist romantisch.«

»Hm.«

»Und wenn ich sehe, wie viele Paare nachts nebeneinanderliegen und sich tagsüber rein gar nichts zu sagen haben, sollte man den Romantikpegel einer Beziehung wirklich nicht an der Entfernung der Schlaforte zueinander messen.«

Ich fühlte mich getroffen. Und das, obwohl Sophie sicher nicht mich persönlich gemeint hatte. Aber was hatten Steffen und ich uns schon zu sagen? Und was war der romantischste Satz, den er im letzten Jahr zu mir gesagt hatte? Mir fiel nichts ein. Doch: *Ich hab dir eine Zitrone ausgepresst und Hustensaft aus der Apotheke geholt,* als mich mitten im Juni eine fiese Sommergrippe erwischt hatte. Das war immerhin geringfügig romantisch gewesen. Zumindest, wenn man Steffens darauf folgenden Satz unterschlagen würde: *Ich hab nämlich keinen Bock, den Hausputz am Wochenende wieder alleine zu machen.*

»Louisa, Besuch für dich«, schrie Paul aus dem Wohnzimmer. Bemerkenswert, wenn man bedachte, dass ich noch keine fünf Minuten hier wohnte und zu Hause seit Jahren keinen unangekündigten Besuch mehr gehabt hatte. Angekündigten aber auch kaum.

»Hey, Louisa.« Im Wohnzimmer drückte mir Tine eine Flasche Jägermeister in die Hand. »Ich halte ja nichts von Alkohol, aber es ist wohl das, was man gemeinhin verschenkt, wenn man jemanden willkommen heißt. Also willkommen!«

»Danke, Tine.« Ich stellte die Flasche auf dem Tisch ab, und wir setzten uns gemeinsam hin. Ich hatte genauso wenig für Schnaps übrig, fand die Geste aber ausgesprochen nett. Bei uns im Haus wäre so etwas niemals vorgekommen, da blieb man anonym. Im Aufzug nickte man einander zu, dann wurde peinlich geschwiegen. Vielleicht mal ein Räuspern. An einem überschwenglichen Tag murmelte man leise *tschüs*, wenn jemand den Aufzug verließ. Diese Grenze war meines Wissens nur einmal überschritten worden, in der Nacht, als die senile Dame vom Erdgeschoss fälschlicherweise die Feuerwehr gerufen hatte und sicherheitshalber alle Hausbewohner gemeinsam im Schlafanzug auf die Straße gestellt worden waren. Das hatte die Gemeinschaft für ein paar Stunden zusammengeschweißt. Man erzählte sich so dies und das und lachte gemeinsam über den mürrischen Hausmeister. So etwas hieß aber noch lange nicht, dass man am Tag danach nicht unbeirrt in alte Muster zurückfiel, sich im Aufzug lediglich zunickte und, noch peinlicher berührt als eh und je, schwieg. So kannte ich das. Vielleicht lag es auch einfach an Wiesbaden.

»Nimmste einen?« Ich zuckte zusammen, als Paul die Jägermeister-Flasche direkt vor mein Gesicht hielt. Das war der Nachteil an netten Nachbarn wie Tine: Abzulehnen wäre unhöflich. Ich nickte.

»Könntet ihr mit der Sauferei wenigstens warten, bis alle da sind?« Lea schnaufte, als sie die zweite Umzugskiste in die Wohnung schob, ließ sie neben dem Türrahmen stehen und setzte sich zu uns. Paul drückte uns allen eine Espressotasse mit Jägermeister in die Hand.

»Aber heut nur den einen, ich muss gleich in die Redaktion«, sagte Lea.

»Dann mal auf Louisa.« Sophie hielt ihre Espressotasse in die Luft.

»Auf unsere neue Mitbewohnerin«, sagte Paul.

»Auf Louisa.« Tine stieß mit mir an.

»Ähm, d-danke?« Zögerlich hielt ich meine Tasse auf halbe Höhe und trank sie dann schnell aus. »Schön, das. Also mit dem Alkohol! Extra wegen mir. Also danke.« Ich hatte keine Ahnung, wie man richtig reagierte, wenn Leute auf einen anstoßen. Wahrscheinlich sagt man einfach Prost, aber immer wenn mehrere Augenpaare auf mich gerichtet waren, verlor ich meinen gesunden Menschenverstand. Das war schon in der ersten Klasse so gewesen. Und insgesamt hatte ich mich so unauffällig durch dreizehn Jahre Schulzeit manövriert, dass ich kurz vor dem Abitur beinahe von der Prüfungsliste gestrichen worden wäre, weil keiner der Lehrer meinen Namen kannte.

»So, Louisa, jetzt musst du nur noch deinen Männergeschmack neu sortieren, und dann ist alles geritzt.« Lea knallte ihre leere Espressotasse auf den Tisch.

»Ich glaube nicht, dass ein Männergeschmack variabel ist, Lea«, sagte Tine. »Den entwickelt man früh, und dann bleibt man auch dabei.«

Ich nickte. Mein Beuteschema war tatsächlich höchst verlässlich. Ich achtete auf seriöse Absichten, bodenständige Karriereziele, Ordnungssinn und einen Charakter, der sich nicht von Emotionen, sondern von Vernunft leiten ließ (ging erfahrungsgemäß mit einem spröden Äußeren einher, was die Männer leicht erkennbar macht). Insgesamt machte all das mein Leben leichter, und man hatte weniger weibliche Konkurrenz – dachte ich zumindest bis vor kurzem.

»Natürlich verändert sich der Männergeschmack!«, sagte Lea. »Jede Frau hat in ihrem Leben mindestens drei unterschiedliche Definitionen dafür, was sie sexy findet. Es gibt allerhöchstens eine größtmögliche Schnittmenge, schätzungsweise George Clooney.«

»Kann ich bestätigen«, sagte Sophie.

»Was?« Paul fuhr zu Sophie herum, dann wandte er sich an Lea. »Und bei Männern ist das nicht so?«

»Bei Männern ist das nicht so. Die sind da einfacher gestrickt.«

»Und was sind deine unterschiedlichen Definitionen?«, fragte ich Lea, während Sophie in die Küche ging und die Backofentür öffnete, aus der Dampf quoll.

»Hm.« Lea blickte auf ihre leere Espressotasse, dann grinste sie. »Mit fünfzehn: Er steht auf mich und hat ein Auto. Mit fünfundzwanzig: Er hat ein schönes Gesicht und keinen Plan, wo er im Leben hinwill. Jetzt, mit fünfunddreißig: Er hat eine vertretbare Weltsicht und Intellekt. Wenn er dann noch ein schönes Gesicht und ein Auto … also …«

»Ich kann dich hören und habe eine Jahreskarte für die Öffentlichen.« Philipp stand neben der Umzugskiste im Türrahmen.

»Ach, wie schön, dass du zum Essen kommst«, rief ihm Sophie aus der Küche zu.

»Mit dir mach ich doch sowieso nur rum, bis mir was Besseres einfällt.« Lea sprang auf und lief ihm in die Arme.

»Wenn ich nicht wüsste, dass du voll auf mich abfährst.« Philipp zog Lea an sich und drückte ihr einen Kuss auf den Mund.

»Man darf alles verlieren, nur nicht seine Zuversicht.« Lea lachte und schlang ihm die Arme um den Hals.

»Hey, könntet ihr mal ein bisschen Rücksicht nehmen? Louisa ist frisch getrennt!«, sagte Tine, während Paul den Krimskrams auf der Tischplatte beiseiteschob und antik aussehende Blümchenteller verteilte, die allesamt an irgendeiner Stelle einen Sprung hatten.

»Bin ich gar nicht!«, sagte ich.

»Ganz ruhig.« Tine strich mir über den Rücken. »Es geht vorbei.«

»Wa …?«

»Wer möchte ein Stück Pizza?« Sophie hatte sich rot-weißkarierte Topfhandschuhe übergezogen und das Pizzablech aus dem Ofen geholt.

Lea löste sich aus der Umarmung mit Philipp. »Reicht die überhaupt für alle?«

»Lea, wir haben Besuch, halt doch bitte deinen Futterneid im Zaum.« Sophie verteilte unerhört große Pizzastücke auf den Tellern.

»Ich bin ein Waisenkind, ich darf das.«

Sophie hielt mir einen Teller hin. »Pizza, Louisa?«

»Nein, danke«, sagte ich. »Tut mir leid, die sieht super aus, aber … nein danke.«

»Was? Wieso nicht?«, fragte Lea und schnappte sich den Teller aus Sophies Hand.

»Schau dir Louisa doch mal an.« Tine deutete auf mich und blickte dann etwas verunsichert auf ihren Teller. »Sie achtet auf ihre Linie. Und das hier geht um die Uhrzeit voll auf die Hüften.«

»Na ja, irgendwo muss es ja hin.« Lea biss in ihre Pizza.

»Nach sechzehn Uhr esse ich keine Kohlenhydrate.« Tine hatte recht: Ich achtete auf meine Figur. Sonst hatte ich nämlich, zumindest rein äußerlich, nicht allzu viel zu bieten – bis auf fisselige braune Haare und viel zu blasse Haut.

»Das ist jetzt nicht dein Ernst, oder?« Lea sah mich mit kugelrunden Augen an. »O Gott, es ist dein Ernst, oder?«

Ich nickte.

»Das heißt, wenn dir abends um sieben irgendwo ein Keks begegnet, lässt du ihn einfach liegen?«

»Natürlich.«

»Wie machst du das?«

»Disziplin.« Ich hob die Schultern. »Übungssache. Irgendwann hat man automatisch keine Lust mehr drauf.«

»Wie traurig.« Lea biss erneut in ihr Pizzastück.

»Na, vielleicht mag sie ja später was.« Sophie wandte sich wieder zu Lea um. Ich blickte auf die restlichen Pizzastücke, die verteilt auf dem Blech lagen. Mein Magen knurrte. Aber ein kurzer Gedanke daran, was der Weizen mit meinen Arterien, das Fett mit meiner Haut und die Verbindung aus beidem mit meinen Oberschenkeln anrichten würde, und schon verging mir der Appetit. Ich müsste mir bald meine Detox-Reispfanne kochen, alles

Nötige dafür hatte ich mitgebracht. Bislang hatten mich aber der Trubel in der Wohnung und das Chaos in der Küche aufgehalten. Obwohl ich langsam davon ausging, dass sich beides nicht von alleine beseitigen würde.

»Nimmste noch einen?« Paul hielt die Jägermeister-Flasche hoch und blickte mich an.

»Äh, nein danke, ich glaube, ich brauche mal was Gesundes. Ich hol mir lieber was von meinem Saft.«

»Louisa, wenn's gesund sein soll, denk doch mal nach.« Paul tippte mehrfach auf das Etikett der Flasche. »Dein Saft hat drei Vitamine, aber der hier hat zweiundfünfzig Kräuter!«

Ich räusperte mich, während mir Paul schon wieder eine Tasse Jägermeister eingoss.

»Lea, hol doch den Ben mal rüber, damit er mitessen kann und Louisa ihn auch gleich kennenlernt«, sagte Sophie zu Lea.

»Der ist doch seit gestern wieder unterwegs«, erklärte Lea mit vollem Mund. »Wahrscheinlich wieder irgendeine radikale Aktion.«

»Ach so.« Sophie winkte ab.

Was?

»Und wie läuft's mit seinen Bewährungsauflagen?«, fragte Sophie weiter.

»Soweit ich weiß, ganz gut«, antwortete Lea.

Was?!

»Wenn er wieder auftaucht, sag ihm, er soll den Ersatzschlüssel zur Wohnung einfach behalten«, fuhr Sophie fort. »Er hat die Blumen ganz wunderbar gegossen, als wir weg waren. Noch nicht mal die sensible *Phalaenopsis equestris* lässt den Rüssel hängen.«

»Ich sag's ihm.«

Was?!?! Eigentlich wollte ich aufschreien, hatte mich aber so weit im Griff, dass es nur ein halblautes Piepsen wurde.

»Alles okay, Louisa?«, fragte mich Tine.

Ich nickte und tat so, als sei ich in das Etikett der Jägermeister-Flasche vertieft, die Paul vor mir abgestellt hatte. Ein *radikaler* Mensch, der so etwas wie *Bewährungsauflagen* besitzt, hatte einen *Schlüssel* zu dieser Wohnung? Das ging nicht, ich war der weltgrößte Angsthase! Zu Hause schaltete ich unser ausgefeiltes Alarmsystem schon ein, wenn ich nur kurz in den Waschkeller huschte, und ließ noch nicht mal im Badezimmer das Fenster gekippt, wenn ich in der Küche stand – und wir wohnten im dritten Stock! Da man nie wissen kann, war ich bei zwei verschiedenen Versicherungen gegen Einbruch, Diebstahl, Unfälle und Berufsunfähigkeit versichert. Rechtsschutz und Haftpflicht hatte ich aus Kostengründen nur einmal – und das machte mich schon nervös. Und jetzt lebte ich in einer kommunenähnlichen Hausgemeinschaft mit einem Verbrecher? Ich hatte so jemanden noch niemals überhaupt live gesehen! Meine Eltern hatten seit jeher auf den richtigen Umgang für mich geachtet. Sie waren immer der Meinung gewesen, die Kreise, in die man einmal hineingerät, hielten ein Leben lang – und bis hierher hatten sie auch recht behalten. Ich hatte immer nur Kontakt zu *normalen* Menschen gehabt, unradikalen, die Bewährungsauflagen nur aus dem Fernsehen kannten. Was konnte denn in vierundzwanzig Stunden noch alles passieren? Am Vortag um die gleiche Zeit hatte ich noch im Badezimmer gestanden und mich für meinen Heiratsantrag fertig gemacht. Der, den ich zwar nicht bekommen habe, aber verdient hätte, weil ich Steffen mit seiner spröden, bürokratischen, monotonen, altklugen, langatmigen und knauserigen Art bereits seit verfluchten fünfeinhalb Jahren ertrug!

»Wo ist mein Autoschlüssel?« Ich blickte mich um.

»In meiner Jacke.« Lea hielt ihr zweites Stück Pizza in der Hand. »Was willst du damit?«

»Ich … äh … muss schnell nach Hause, hab was vergessen«, sagte ich.

Sophie zeigte auf die Tasse vor mir. »Du kannst unmöglich Auto fahren, Louisa.«

Da hatte sie recht. Zumindest den zweiten Schnaps auf nüchternen Magen hätte ich ablehnen sollen. Mir war tatsächlich etwas schwummerig. Kurz überlegte ich, einfach in die S-Bahn zu springen – von Mainz nach Wiesbaden dauerte es keine fünfzehn Minuten. Aber vernünftig betrachtet, war mir klar, dass ich keinesfalls betrunken und ausgehungert bei Steffen auftauchen und als Grund die Angst vor einem Verbrecher nennen sollte. Das hätte selbst Steffen als Emotionsanalphabet in die Kategorie Verzweiflungstat eingeordnet.

»Ich bin total müde, ich geh mal schlafen«, sagte ich. »Vielen Dank für den netten Empfang.«

»Warte, dann seh ich grade noch mal nach, ob die Luftmatratze auch keine Luft verloren hat.« Paul sprang auf.

Sophie drückte mich an ihre Brust. »Schlaf gut, und falls du irgendwas brauchst, sag jederzeit Bescheid.«

Ich unterdrückte die Tränen und lief ins Badezimmer. Obwohl hier alle so nett zu mir waren, fühlte ich mich schrecklich fehl am Platz. Einfach deswegen, weil ich nur durch einen unvorhergesehenen Systemfehler hier gelandet war. Und auch überhaupt nicht hierhergehörte. Nach dem Zähneputzen ging ich in mein Zimmer und schloss die Tür ab. Falls ich von diesem Ben überfallen werden sollte, konnte ich immerhin in den Hinterhof um Hilfe schreien, zumindest so lange, bis der Mann die Tür eingetreten hatte. Andererseits musste man auch mal realistisch sein: Er kannte diese Wohnung, und in diesem Zimmer hier gab es rein gar nichts, was ihn interessieren könnte. Ich legte mich auf die Luftmatratze. Das Mondlicht schien durch das schmierige Fenster, romantisch und damit gravierend inkompatibel mit meiner schlechten Laune. Ich stand auf und zog am Rollo über dem Fenster, das mir, mitsamt Halterung und Rahmen, in die Arme krachte. Ich torkelte damit zur Tür, drückte auf den Lichtschalter daneben und legte das Rollo auf dem Boden ab. Über der Zierleiste wölbte sich die Tapete von der Wand, daneben lag eine Pralinenschachtel mit einem Zettel. »Liebe Louisa, herzlich willkommen in unserer WG, Sophie und Paul Hempel.« War ja klar: Da zog ich *einmal* am Valentinstag bei meinem Ex-Verlobten in spe aus, weil er eine andere geschwängert hatte – und landete bei Hempels in der Abstellkammer.

2
Die zweite Grundregel

»Halte dich immer an deine Pläne.«

Schon als ich noch blinzelte, ahnte ich, dass es besser gewesen wäre, einfach weiterzuschlafen. Meine Luftmatratze war schon am Abend nicht besonders prall gewesen, aber über Nacht war ich in akkurater Kontinuität immer weiter abgesoffen, so dass ich nun den Dielenboden durch die labberige Gummihülle spürte. Mein Rücken schmerzte, meine Wange pappte an der Matratze. Der Digitalwecker zeigte 08.00 Uhr, als ich ihn ausschaltete – die spätestmögliche Aufstehzeit an einem Sonntagmorgen. Ich hatte ein flaues Gefühl in der Bauchgegend, und noch während mir auffiel, dass ich seit gestern Morgen nichts mehr gegessen hatte, signalisierte mir mein typisch deutscher Magen mit einem lauten Knurren, dass er mit diesem unbürokratischen Verhalten in keiner Weise einverstanden war. Mit einem unappetitlichen Geräusch zog ich meine Wange vom Gummi der Luftmatratze und rappelte mich auf. Es war an der Zeit, mich wieder auf Kurs zu bringen. Ja, ich war eine Frau, die betrogen wurde. Aber sich auch so zu verhalten war indiskutabel. Man weiß ja, wie das ausgeht. Meiner Freundin Alexandra war vor ein paar Jahren der Mann davongelaufen. *»Man muss die Trauer zulassen«*, hatte sie gemeint. Das, so hatte ich gelernt, bedeutete, dass man sich ab diesem Zeitpunkt mit aller Kraft auf äußerst fragwürdige Dinge konzentrierte, wie Anrufe bei Esoterik-Hotlines oder Liebeskomödien mit beachtlicher Dialogstärke (»Ich liebe dich!«, »Ich liebe dich auch!«). Dabei vernachlässigte sie Wohnung, Aussehen und Job, verfluchte erst den Ex, später den Lauf der Dinge und die Welt an sich. An dieser Stelle gelang der Übergang in die Universal-Depression mühelos, weil sie nicht nur keinen Partner, sondern auch noch Ärger im Job und eine gigantische Telefonrechnung bekam und zudem, gemeinsam mit ihrer Wohnung, scheiße aussah. Spätestens als sie in Sachen Film zu den harten Sachen überging (große Liebe, irgendeiner stirbt), kam ich zu der Einsicht: Hätte Alexandra die Trauer besser mal nicht zugelassen. Struktur gibt Halt, das steht in jedem selbstverlegten Lifecoaching-Buch. Deshalb war es das Wichtigste, immer beim Plan zu bleiben, auch und *gerade* wenn man sich nicht danach fühlte. Hängenlassen war nicht drin. Ich hatte Langzeitpläne, mittelfristige Pläne und Tagespläne. Beruflich hatte ich mich mit meiner Strategie bereits von der kaufmännischen Angestellten bis zur Assistentin der Geschäftsleitung hochgearbeitet. Mein nächstes Ziel war es, im Controlling anzukommen. Auch die Vorgaben für die privaten Pläne hatte ich perfekt eingehalten – nur Steffen nicht. Das würde mich aber keinen Tag länger aus der Bahn werfen. Ich würde nun in kleinen Schritten zu meiner Routine und damit zu meinem Erfolgskonzept zurückgelangen. Vielleicht war es gar nicht so übel, dass ich hier gelandet war; ich konnte mich in aller Ruhe darauf konzentrieren, in meinen sinnvoll strukturierten Alltag zurückzukehren, während Steffen sich zu Hause eine vernünftige Lösung überlegen musste. Wäre ich dort geblieben, hätten die ersten Tage sicherlich einiges an Kraft gekostet. Auch wenn ich hier in einem chaotischen

Umfeld gelandet war, die Gewissheit, dass mich jetzt erst mal nichts mehr aus der Bahn werfen konnte, gab mir ein gutes Gefühl. Heute war mein Tag für Sport, Wäsche und meine Fachbücher über Unternehmenssteuerung. So leise wie möglich öffnete ich die Tür und streckte erst einmal den Kopf in den Flur. Sophie und Paul schienen noch nicht wach zu sein. Mein Plan, früh aufzustehen, um im Wohnzimmer in aller Ruhe meine Yogaübungen machen zu können, ging also auf. Ich schlich leise über den Flur, es ist immer eine Herausforderung, sich im Dunkeln lautlos durch eine fremde Wohnung zu manövrieren. Ich kannte das von unseren Weihnachtswochenenden bei Steffens Familie: Man hält den Atem an, schleicht auf Zehenspitzen umher und will auf keinen Fall jemanden stören – aber es passiert trotzdem immer: Man stößt irgendwas um, tritt irgendwo drauf, steht im falschen Zimmer, sieht versehentlich jemanden auf dem Klo sitzen oder nackt um die Ecke huschen. Während ich durch den Flur ging, hörte ich Stimmen. War doch schon jemand wach? Ich schob die Glastür zum Wohnzimmer auf.

»Ihr wisst doch überhaupt nicht, was da auf euch zukommt«, sagte eine dunkelhaarige Frau, die ich nur von hinten am Esstisch sitzen sah. Ihr gegenüber saßen Paul und Sophie und tranken Kaffee. Auf dem Tisch stand ein Körbchen mit Croissants. Mein Magen knurrte erneut, diesmal sehr laut und gewaltig lange. Erschrocken legte ich beide Hände auf meinen Bauch; irgendein denkfauler Teil meines Unterbewusstseins war vermutlich der Meinung, er könne das Geräusch damit aufhalten. Konnte er nicht. Sophie blickte in meine Richtung.

»Louisa? Ach, du bist wach! Komm doch mal her, und lern unsere Tochter Maria kennen.«

»Ähm …« Ich blieb stehen. Ich trug ein Werbeshirt von der BARMER, das Steffen einst bei einem Info-Gespräch bekommen und mir zum Geburtstag weitergeschenkt hatte. Und nur eine kurze Schlafhose. Kein Outfit, das angemessen gewesen wäre, um neue Leute kennenzulernen. Maria hatte sich zu mir umgedreht und sah mich an.

»Na komm, komm!«, sagte Sophie.

Ich ging auf die drei zu und schüttelte Maria die Hand. Ihr Lächeln sah künstlich aus. Wahrscheinlich war sie genauso wenig begeistert von der Begegnung wie ich, schließlich hatte ich ihr Gespräch unterbrochen.

»Setz dich doch zu uns, Louisa«, sagte Paul.

»Willst du was frühstücken?«, fragte Sophie.

»Nein danke.« Das hieß: ja, aber keine Croissants. Ich setzte mich. »Aber gerne 'nen Tee.«

Während Sophie mir eine Tasse aus der Vitrine holte und heißes Wasser über einen Beutel mit Kräutertee goss, kehrte Maria zum Thema zurück. »Musste es wirklich sein, dass ich als Letzte davon erfahre, dass ihr in die Stadt gezogen seid, *um zu studieren*? Ich meine, was kommt als Nächstes? Wollt ihr euch bei Facebook anmelden, um täglich Selfies zu posten?«

»Da waren wir längst, der Trend ist rückläufig.« Sophie winkte ab. »Medienaskese ist das neue Yoga.«

»Man verprasst auch so viel Zeit mit dem Krempel …« Paul winkte ab.

Maria seufzte. »Ich kenne euch doch, wenn ihr keinen geregelten Alltag habt, kommt ihr ständig auf dumme Gedanken und verfallt ins blanke Chaos!«

Ich blickte auf.

»Das kann man so pauschal nicht sagen.« Sophie schüttelte den Kopf. »Wir sind stets bemüht, die Tatsache, dass wir rauchen, trinken, zu wenig schlafen, zu viel Fastfood essen und keinen Sport treiben, durch eine gesunde Lebensführung auszugleichen.«

»Zusätzlich geht mindestens einer von uns jeden Tag mit dem Hund raus!« Paul hob einen Zeigefinger.

»Wir trinken auch selten vor achtzehn Uhr.« Sophie winkte erneut ab.

Maria ließ den Kopf hängen. »Wozu rede ich überhaupt mit euch darüber?« Dann blickte sie wieder auf. »Wisst ihr, was mich am meisten beunruhigt? Ihr habt kaum noch Ressourcen! Und das obwohl Anita und ich gar nicht wollten, dass ihr uns so viel von eurem Ersparten schenkt. Wie wollt ihr denn so auf Dauer klarkommen?«

Im Verlauf des Gespräches fühlte ich mich immer unwohler, es ging mich schließlich nichts an. Gleich wieder aufzustehen wäre allerdings unhöflich gewesen, also blieb ich sitzen, schaute auf die zerkratzte Tischplatte und rührte in meiner Teetasse.

»Und diese Wohnsituation …« Maria hob die Arme. »Was, wenn einem von euch etwas passiert? Mein Gott noch mal, ihr seid beide über siebzig, das ist doch kein Alter für eine Studenten-WG!«

Ich reckte den Hals, ich hatte Paul und Sophie höchstens für um die sechzig gehalten. Aber ich hätte es mir denken können – wie sollten sie sonst Töchter haben, die auf die fünfzig zugingen, und noch dazu erwachsene Enkel?

»Warum habt ihr das eigentlich nicht gleich gesagt, als ich euch gefragt habe, was ihr vorhabt, wenn ihr den Laden aufgebt?«, fuhr Maria fort. »Ihr habt immer nur rumgedruckst und behauptet, ihr macht erst mal Urlaub.«

»Weil wir wussten, dass du dann …«, begann Sophie.

»Dass ich *was?*«

»Dass du so reagierst«, beendete Paul den Satz.

»Ach ja? Wie reagiere ich denn?« Maria blickte mit zusammengekniffenen Augen zwischen Sophie und Paul hin und her. Sie war Ende vierzig, ausdruckslos gekleidet und trug ihr dunkles Haar zum Zopf gebunden. Die Ähnlichkeit zu Sophie war unverkennbar – wenn auch nur die äußerliche. Marias Zwillingsschwester war nach Sophies Aussagen völlig normal geraten, ein Freigeist, lebte als Gesangslehrerin in New York, wusste bei keinem ihrer Söhne, wer der Vater war, und hatte mal eine Affäre mit einem Ex-Spice-Girl. Maria allerdings war immer geradlinig gewesen, hatte es bislang nicht aus dem Hinterhof der Brezelfabrik ihres Ehemannes geschafft, der gleichzeitig ihr erster und einziger fester Freund war, war zeitlebens in ihrer Rolle als Familienmutter und Teilzeit-Brezelfirma-Sekretärin aufgegangen und hatte keine weiteren Ansprüche an das Leben. Sophie meinte, sie habe keine Ahnung, was sie bei Maria falsch gemacht hat. »Ich würde mal sagen, ich reagiere wie jede normale Tochter, die sich um ihre Eltern sorgt! Ich habe euch so viele Angebote rausgesucht, und ich könnte wetten, ihr habt sie euch noch nicht mal richtig …«

»Nein, haben wir nicht«, unterbrach Paul.

Sophie räusperte sich. Sie trug ihr graubraunes Haar heute offen und hatte ihre rote Brille aufgesetzt. »Maria, willst du wirklich, dass wir, wie die meisten alten Ehepaare, in einer ockergelb gestrichenen Zweizimmerwohnung in einem Seniorenheim sitzen und den ganzen Tag über das schlechte Essen nörgeln?«

»Ja!« Maria blickte scheibenwischerartig zwischen Paul und Sophie hin und her. »Dann wüsste ich wenigstens, dass jemand auf euch aufpasst, wenn ihr wieder irgendwelche irren Ideen habt! Außerdem steht auch noch das

Angebot, dass ihr zu uns zieht, dazu habt ihr euch auch noch nicht geäußert.«

»Müssen wir das?«, fragte Paul.

»Es wäre mir recht.«

Paul und Sophie blickten sich an. Zuerst gluckste Sophie, bemühte sich aber darum, wieder eine ernste Miene aufzusetzen. Dann lachte Paul kurz auf und schlug Sophie auf den Oberschenkel.

»Was ist daran so lustig?« Marias Miene verfinsterte sich.

Paul und Sophie blickten sich erneut an, und nun konnten sie nicht mehr an sich halten. Sie prusteten gleichzeitig los. Sophie wischte sich Tränen aus den Augenwinkeln, Paul hielt sich den Bauch vor Lachen.

Maria klopfte auf den Tisch. »Danke! Wirklich ganz toll! Ich biete meinen Eltern an, mit mir und meiner Familie zusammenzuleben, und sie lachen mich aus!«

»Versteh uns nicht falsch, Schatz …«, begann Paul unter Kichern.

»… aber wir wollen noch *irgendwas* erleben, bevor wir abtreten«, fügte Sophie schnell hinzu, bevor sie wieder in Gelächter ausbrach.

Maria rutschte auf ihrem Stuhl zurück und verschränkte die Arme. »Bei der betreuten Wohngruppe, die ich euch rausgesucht habe, gibt es zweimal im Jahr einen Ausflug in die Berge.«

»Maria, du verstehst uns nicht.« Sophies Miene wurde wieder ernster.

»Doch.« Maria ließ den Kopf in eine Hand sinken. »Ich fürchte schon. Ich kenne euch ja gut genug.«

»Och, Mariechen.« Paul tätschelte ihr die Hand. »Mach dir doch nicht so viele Sorgen um uns, wir haben ja auch noch die Louisa, die …«

Was? *Ich*?

»Würdet ihr bitte wenigstens zu Dr. Heinrich zu einem umfassenden Gesundheits-Check-up gehen?«, unterbrach Maria die beiden. »Ich habe euch schon angemeldet. Gott bewahre, aber wenn irgendeine Kleinigkeit nicht in Ordnung ist, werdet ihr vielleicht einsehen, dass eine Rund-um-Betreuung einfach die sicherere Variante ist.«

»Aber natürlich, das machen wir.« Paul versuchte, ein Grinsen zu unterdrücken.

»Ja, das sehen wir dann sicher ein.« Sophie hielt so krampfhaft den nächsten Lachanfall zurück, dass sie rot anlief.

Maria blickte hilfesuchend zu mir. »Glaubst du ihnen?«

»Hm.«

*

Nach dem misslungenen Auftakt am Morgen war es nicht ganz einfach gewesen, zum Plan zurückzukehren. Da Maria noch einige Zeit geblieben war, hatte ich den Punkt *Sport* auf der To-do-Liste überspringen müssen. Danach machte ich mich auf den Weg zu meinem Auto, um meine Wäsche aus dem Kofferraum zu holen. Es war mittlerweile kurz vor zehn, und ich sah mich zum ersten Mal am Gartenfeldplatz um. Auf dem Spielplatz in der Mitte standen trotz Februarkälte junge Eltern zusammen und beobachteten ihre Kinder, die in dicken Winterjacken aussahen wie bewegliche Kugeln mit Mützen. An der Ecke gab es einen Buchladen mit integriertem Café, um die Ecke einen Wollladen, der heute geschlossen hatte, und auf der anderen Seite des Platzes ein Café mit zusammengetrödelter Einrichtung und eine Studentenkneipe. Ich hatte mal gelesen, dass sich das Ganze in den letzten Jahren zum Szeneviertel entwickelt hatte, das abwechselnd mit dem Prenzlauer Berg verglichen oder als »Hotspot der Hipsteria« beschimpft wurde. Bislang hatte ich trendige Stadtteile gemieden, aus Angst, dabei erwischt zu werden, nicht cool genug dafür zu sein. Ich hielt bereits fünfzig Cent für die Waschmaschine in der Hand, als ich die Haustür aufschloss, und machte mich auf in den Keller. Es herrschte das typisch feucht-muffige Klima, wie es in Altbaukellern so üblich ist, und ich fand keinen Lichtschalter. Meine Augen gewöhnten sich an das schummrige Licht, das durch zwei Kellerfenster fiel, und ich fragte mich, wie zwei Münz-Waschmaschinen, ein altersschwacher Trockner und drei ausgeleierte Wäscheleinen für alle Hausbewohner ausreichen sollten. Wahrscheinlich hatten die meisten ihre eigenen Geräte in der Wohnung stehen. Paul und Sophie natürlich nicht. Ich ging mit meinem Wäschekorb zu einer der Waschmaschinen.

»Ahhhhhhrg!«

Ich zuckte zusammen. Was war das?

»Ahhhhhhrg!« Aus dem Halbdunkel über der Waschmaschine flatterte irgendetwas Riesiges mit Federn auf.

»Huch?« Ich ging einen Schritt zurück und sah angestrengt in die dunkle Ecke. Im Halbdunkel erkannte ich einen Papagei, der auf einer der beiden Waschmaschinen saß. Er hatte blaue Flügel, die er nun wieder angelegt hatte, eine gelbe Brust und einen schwarzen Schnabel. Er blickte mich an. Wer hält denn bitte schön einen Papagei im Waschkeller?

»Hallo?«, sagte ich vorsichtig zu dem Tier. Wahrscheinlich war er nur erschrocken und ganz zahm, wenn ich langsam auf ihn zuging.

»Wer bist du denn? Hab ich dich erschreckt?«, fragte

ich und ging wieder einen Schritt auf die Waschmaschine zu.

»Ahhhhhhrg!«, rief der Papagei wieder, breitete seine Flügel aus und machte eine flatternde Vorwärtsbewegung, so, als wolle er mich attackieren, sollte ich auch nur einen Schritt weiter gehen. Ich sprang mit einem Satz zurück. Für einen Vogel war dieses Vieh wirklich riesig.

»Perra!«, krähte der Papagei.

»Was ist *perra?*«, fragte ich. »Möchtest du was zu essen, oder so?«

»Perra, perra!«

Ich machte erneut eine minimale Vorwärtsbewegung, und schon breitete er wieder seine Flügel aus und schrie: »Ahhhhhhrg! Perra, perra!«

Ich erschrak. »Mein Gott, was bist du denn so aggressiv?« Der Papagei legte wieder die Flügel um seinen Oberkörper und sah mich an. Ich dachte kurz nach. Es war völlig indiskutabel, sich von einem mies gelaunten Flugtier einschüchtern zu lassen! Entschlossen ging ich zwei Schritte nach vorn. Diesmal hob der Papagei wirklich von der Waschmaschine ab und flatterte auf mich zu.

»Ahhhhhhrg!«

»Shit!« Ich sah noch seine Klauen und seinen geöffneten Schnabel näher kommen, dann schlug ich die Arme vor mein Gesicht. »Hilfeee!« Ich ließ den Wäschekorb fallen, sprintete in Richtung Treppe, dabei blickte ich mich noch einmal um und sah aus den Augenwinkeln, wie der Papagei wieder auf der Waschmaschine landete.

»Perra, perra!«, schrie er mir noch hinterher, als ich die Kellertreppe nach oben rannte, immer zwei Stufen auf einmal. Von außen warf ich die Tür mit einem heftigen Rums ins Schloss. Irritiert stand ich im Flur. Ein Vogel hatte mir verboten, Wäsche zu waschen? Wollte mich Gott, das Universum oder irgendeine andere hinterhältige höhere Macht testen? Ich würde mich nicht darauf einlassen. Zwar musste ich den Plan ein zweites Mal an die Gegebenheiten anpassen, würde ihn aber nicht aus dem Blick verlieren – da sollte mir noch mal einer vorwerfen, ich sei unflexibel. Erst gäbe es jetzt ein gesundes Frühstück, und im Anschluss würde ich Paul oder Sophie fragen, wie man diesen Papagei bezwänge – obwohl es sehr gut möglich war, dass die beiden das Tier gar nicht kannten, weil sie, in den paar Wochen, in denen sie hier wohnten, noch keine Wäsche gewaschen hatten. Vielleicht könnte ihn ja einer ablenken, und ich würde meine Wäsche aus sicherer Entfernung in die Maschine werfen? Aber wie sollte ich das Waschmittel einfüllen?

»... noch lange kein Grund ist, nachts blutrünstige Dialoge von was-weiß-ich, Goethe oder wem, in den Hinterhof zu schreien«, hörte ich eine Männerstimme, als ich zurück in die Wohnung kam.

»Das war Schiller, Herrschaftszeiten, Willy, seit wann ist Goethe blutrünstig?« Sophie saß in einem blauen Ballkleid mit tiefem Ausschnitt im Wohnzimmer auf dem Sofa, ein untersetzter Herr mit Brille und kreisrundem Haarausfall stand ihr, mitten im Raum, gegenüber. Paul war verschwunden.

»In einer Hausgemeinschaft muss man die Bedürfnisse der Mehrheit berücksichtigen.« Willy hatte den Zeigefinger erhoben. Wer zum Teufel war Willy?

»Louisa, wo warst du denn?«, rief mir Sophie zu.

»In der Hölle.«

»Das hier ist unser Vermieter Willy Brandt«, fuhr Sophie fort. »Willy, das ist unsere Louisa. Sie ist erst mal vorübergehend hier, überlegt aber, ob sie dauerhaft einziehen will.«

Tat ich nicht. Ich ging auf den Mann zu und reichte ihm die Hand. »Sie heißen wirklich Willy Brandt?«

»Das fragt mich jeder.«

»'tschuldigung.«

»Willy, wir müssen jetzt gar nicht weiterdiskutieren.« Sophie fuchtelte mit den Armen herum, so dass ihr üppiger Busen in ihrem Ballkleid auf und ab hüpfte. »Übermorgen ist mein Casting, und ich muss mich nun mal vorbereiten. Oder willst du, dass ich durchfalle?«

»Gott bewahre«, sagte Willy, als ich mich in die Küche aufmachte. »Aber muss die ganze Prozedur unbedingt nachts sein?«

»Da hab ich nun mal mein kreatives Hoch«, hörte ich Sophie sagen, während ich die Kühlschrankfächer durchsuchte. »Ich habe alle gefragt, Willy, es stört niemanden.«

»Mich stört es.«

»Du schläfst auf der anderen Seite des Hauses, du kannst es gar nicht hören.«

»Es geht ums Prinzip.«

»Das war ja klar«, sagte Sophie.

»Sophie, sag mal, weißt du, wo meine Milch abgeblieben ist?«, rief ich ins Wohnzimmer. »Ich hab gestern zwei Packungen hier reingestellt.«

»Die hat Paul vorhin Tine gegeben, sie backt sonntags immer Pancakes, und ihr ist wohl die Milch ausgegangen.«

»*Was?*« Ich warf die Kühlschranktür zu und stürmte ins Wohnzimmer.

»Im Abstellraum steht noch welche, nimm einfach die.«

»Aber ich bin doch laktoseintolerant!«, sagte ich. Streng genommen war ich das nicht, ich bildete mir nur ein, laktosefreie Milch sei gesünder. Aber, wie bei Willy Brandt, ging es eben manchmal auch ums Prinzip. »Ich brauche meine *Minus-L*-Milch!«

Sophie hatte sich wieder Willy Brandt zugewandt. »Wenn es doch niemanden stört, dass ich nachts übe, wieso sollte ich es dann nicht tun? Wenn ich nackt durch den Wald renne, aber keiner da ist, ist es ja auch kein öffentliches Ärgernis!«

»Machen Sie so was etwa auch?« Willy Brandts Augen weiteten sich hinter seinen Brillengläsern.

»Louisa, jetzt sag doch auch mal was!«

»Äh …«

»Wieso duzen Sie mich eigentlich permanent, Frau Hempel?«, fragte Willy dazwischen.

»Das ist doch viel persönlicher, wir mögen uns doch, nicht wahr?« Sophie stand vom Sofa auf. »Kann ich Sie für ein Kaffeechen mit einem Schüsslein Rum begeistern? So für die Nerven?«

Willy schnaufte, als er in Pauls Ohrensessel Platz nahm. »Sie sind mein Sargnagel, Frau Hempel.«

Ich trottete zurück in die Küche. In der Abstellkammer stand Milch, aber keine laktosefreie. Noch nicht einmal Sojamilch. Womit sollte ich denn jetzt meinen Shake anrühren? Ich stampfte in Richtung Wohnungstür. Paul und Tine würden mich jetzt kennenlernen. Gehörte es nicht, auch in WGs, zum guten Ton, dass man fragte, bevor man sich etwas ausborgte? Was ich heute auch unternahm, ich schaffte es nicht, beim Plan zu bleiben. Genau genommen war es halb zwölf, und ich hatte es weder hinbekommen, Sport zu treiben, noch Wäsche zu waschen oder zu frühstücken – war aber rein von dem Versuch schon so erledigt, dass ich eine Pause gebraucht hätte. Sophie tänzelte an Willy vorbei, dabei hatte sie die Arme ausgebreitet, drehte sich mehrmals schwungvoll, verbeugte sich tief vor dem Couchtisch und schwebte in Richtung Küche.

»Wieso haben Sie eigentlich ein Kleid an?«, fragte Willy Brandt. »Proben Sie wieder die Ballszene aus *Der Kummer vom Wärter?*«

»Wie recht Sie beinahe hätten, werter Willy.«

Ich trat auf den Hausflur und zog die Wohnungstür hinter mir zu. Sophie tat mir leid. Wer will schon sonntagmorgens nacheinander von Familienmitgliedern und Vermietern aufgesucht und belehrt werden? Während ich überlegte, in welchem Stockwerk sich noch mal die WG von Lea und Tine befand, hoppelte ein weißer Hase an mir vorbei und hüpfte die Treppe nach unten. Das musste dieser hinterhältige Alkohol von gestern Abend sein. Ich sah noch einmal genauer hin und stellte fest, dass ich tatsächlich unrecht gehabt hatte: Zwei weiße Hasen hüpften die Treppe hinunter. Reglos stand ich im Flur. Was sollte ich jetzt tun? Ihnen folgen, durch ein Loch in der Wand schlüpfen und im Wunderland nach dem Rechten sehen? Vielleicht sollte ich einfach aufhören, mich hier über Dinge zu wundern, es war auf Dauer einfach zu anstrengend.

»Verfluchte Scheiße!« Ein Mann kam aus der Wohnung gegenüber geschossen. »Hast du 'nen Hasen gesehen?«

»Zwei! D-da!« Ich zeigte nach unten auf den Treppenabsatz, auf dem einer der beiden Hasen sitzen geblieben war, der andere war verschwunden.

»Danke.« Ich sah dem Mann hinterher, als er, immer zwei Stufen auf einmal, die Treppe hinunterrannte. Er war etwa in meinem Alter und hatte zerzauste blonde Haare.

»Ist Willy Wichtig noch bei euch?«, rief er, während er nach dem Hasen auf dem Treppenabsatz schnappte.

»Willy Brandt«, rief ich dem Mann zu, der nun die Treppe weiter nach unten rannte. An seinen Schritten hörte ich, dass er zunächst innehielt und dann wieder nach oben stieg.

»Geht's schon ums Prinzip?«, fragte er, als er mit zwei Hasen auf dem Arm nach oben kam.

»Das hatte er grade erwähnt.«

»Okay.« Der Mann ging an mir vorbei, öffnete seine Wohnungstür und setzte die beiden Hasen auf dem Boden ab. »Dann trinken sie noch zwei oder drei Tassen Kaffee mit Schuss, später dann den Rum pur, das verschafft mir noch ein bisschen Zeit.« Er schloss die Tür hinter den Hasen und ging an mir vorbei in Richtung Treppe.

»Ich versteh nicht ganz«, sagte ich.

Der Unbekannte blieb vor mir stehen. Er trug Jeans, einen grauen Kapuzenpulli, und – für meinen Geschmack – sahen seine blonden Haare etwas zu gewollt ungebändigt aus.

»Ich muss noch zwei Käfige voller Hasen aus dem Auto holen und hab keinen Bock drauf, wieder von Willy über unerlaubte Haustiere belehrt zu werden, das ist alles«, klärte er mich auf.

»Aha! Okay.«

»Warum guckst du so komisch? Hast du auch was gegen Hasen?«

»Nein, aber finden Sie nicht, dass man sich an die Regeln halten sollte?«, fragte ich. »Ich meine, wenn Herr Brandt das nicht will mit den Tieren im Haus ...«

»Wir siezen uns?«, unterbrach er mich.

»Natürlich, ich kenne Sie ja überhaupt nicht.«

»Oh, selbstverständlich. Entschuldigen Sie bitte. Und *Sie* wohnen jetzt bei Sophie?«

»Ja, wieso?«

»Mein Gott!«, hörte ich eine Männerstimme von oben durch den Hausflur schreien. »Wie oft haben wir schon gesagt, dass wir Unstimmigkeiten aus dem Büro nicht mit nach Hause schleppen?«

Ich erschrak und blickte nach oben.

»Is' nur Philipp.« Der Mann winkte ab. »Streit mit Lea.«

»Kann nicht sein«, sagte ich. »Die haben sich gestern Abend noch halb aufgefressen.«

»Und dann waren sie arbeiten.«

»An einem Sonntagmorgen?«

»Frühstücksmagazin.«

»Das haben nicht *wir* gesagt, das hast *du* gesagt«, schrie Lea zurück.

»Dort bin ich dein Kollege, hier bin ich dein Freund!«, antwortete Philipp. »Wir sind zwei verschiedene Personen. Geht das denn nicht in deinen Kopf?«

»Nicht solange ihr zwei das gleiche Gesicht habt!«

»Das ist mir zu blöd!«

»Dann geh doch nach Hause!«, schrie Lea. »Aber wehe, du holst mich morgen früh nicht für die Redaktion ab!«

Wenige Sekunden später rannte Philipp die Treppen nach unten an uns vorbei. »Vorsicht, cholerische Phase«, murmelte er und war verschwunden. Kurz danach spähte Lea um die Ecke.

»Kein Plan, ob ich gewonnen habe, aber immerhin hat er die Beherrschung verloren«, sagte sie und kam die Stufen zu uns herunter. Immer wenn Lea auftauchte, hatte ich das Gefühl, mir fehlten ein Eimer Popcorn, eine Pepsi und ein staubig riechender Reihensitz.

»Was'n los, Lea?«, fragte der Mann, der mir noch immer gegenüberstand. »Ist dein Therapeut in Urlaub? War doch alles schon mal viel besser.«

Lea schnaubte und warf beide Arme nach oben. »War ja klar! Was ist der Dank dafür, wenn man sich mal besser verhält? Es wird gleich erwartet, dass man sich immer besser verhält!«

Der Mann grinste und wandte sich ab. »Macht's gut, ich muss weiter. Ciao, Lea, ciao, stuffy Lou.«

Stuffy, *wer*?

»Tschüs, Ben«, rief Lea ihm nach, als ihn das Treppenhaus bereits verschluckt hatte. »Dein Pulli ist haarig. Wieder Hasen geklaut?«

Ben? War das nicht der Name des Verbrechers? Ich hatte mal gelesen, dass Kriminelle ständig neue Strategien entwickeln. Vielleicht war ja nach den ganzen E-Mails über Millionenerbschaften, für die man erst mal Bearbeitungsgebühren überweisen muss, jetzt wieder Analog-Kriminalität im Trend. Und man erpresste Lösegeld für Haustiere. Oder so.

»Befreit«, rief der Mann aus dem unteren Teil des Treppenhauses nach oben, dann hörten wir die Haustür ins Schloss fallen.

»Und du?«, fragte Lea. »Alles gut?«

»Nee«, antwortete ich. »Echt nicht! Ich wollte grade zu euch.«

»Da wird sich Tinchen aber freuen.« Lea stieg die Stufen nach oben. »Mir nach.«

»Also, ich muss euch mal sagen …«, begann ich.

»Wenn ich ihm doch beruflich grade an die Gurgel gehen könnte«, unterbrach mich Lea. »Wie soll ich dann privat mit ihm auf verliebtes Pärchen machen?«

»Indem du es trennst«, antwortete ich.

»Das sagt er auch immer.«

»Du bist wütend auf deinen Kollegen Philipp Weidmann, aber nicht auf deinen Partner Philipp Weidmann«, sagte ich, während wir den dritten Stock erreichten. »Seine Kollegen trifft man naturgemäß nur im Büro, also kann man auch nur dort mit ihnen streiten. Reine Selbstbeherrschung.«

Als ich Lea in die Wohnung folgte, drehte sie sich kurz zu mir um. »Sorry, aber um so viel Selbstbeherrschung zu haben wie du, müsste ich auch genauso ein emotionsfreier Roboter sein.«

Das hatte gesessen. »Ich bin doch kein … ich bin doch nicht … emotionsfrei?« Oder doch?

Die Wohnung war genauso aufgeteilt wie die von Paul und Sophie, nur um einiges ordentlicher.

»Ahhh, die Louisa ist daaaa!« Tine kam mit einer Schürze aus der Küche geflitzt und fiel mir um den Hals. »Paul hat dir also ausgerichtet, dass du zum Frühstück kommen sollst?«

»Eigentlich nicht, aber er hat euch meine …«

»Wie schön, das freut mich echt total!« Tine räumte im Eiltempo ein weiteres Frühstücksset auf den gedeckten Esstisch, bugsierte mich auf einen freien Stuhl und goss mir frischgepressten Orangensaft direkt aus dem Behälter einer Saftpresse ein. Ich erkannte ein Muster: Die Leute in diesem Haus waren unzurechnungsfähig, aber herzlich.

»Ich … äh …« In der offenen Küche sah ich meine beiden leeren Milchpackungen neben dem Herd liegen. Ich seufzte und blickte zu Tine, die vor mir stand, mich anstrahlte und fragte, was ich essen wollte.

»Kann dir die Pfannkuchen mit Marmelade empfehlen«, sagte Lea. »Wir haben nämlich nicht mehr so viel Ahornsirup.«

»Musst du immer so ungastfreundlich sein?«, motzte Tine und wandte sich dem Herd zu.

»Ich versuche doch nur, unsere verfluchten Ressourcen sinnvoll aufzuteilen!«

»Musst du in jeden Satz irgendwelche Kraftausdrücke einbauen?«

»Nein, aber es verleiht dem Ganzen mehr Gewicht, findest du nicht?«

Tine tauchte mit einem Pancake vor mir auf, den sie auf einem Pfannenwender balancierte. »Hm?«

Ich nickte. Immerhin waren die Pancakes laktosefrei. Außerdem war mein Hunger mittlerweile so groß, dass ich kaum noch klar denken konnte. Eine meiner wichtigsten Regeln, um schlank zu bleiben: den Brunnen graben, bevor man durstig ist. Sprich, etwas Gesundes essen, bevor man Heißhunger auf die falschen Dinge bekommt. Funktionierte immer. Bis heute.

»Na, wie läuft's, Louisa?«, fragte Lea und setzte sich neben mich.

»Durchwachsen«, antwortete ich und beschmierte meinen Pfannkuchen mit Erdbeermarmelade. »Komme mit meiner To-do-Liste nicht voran.«

»To-do-Liste?« Tine setzte sich mit einer Schale voller Obst und Nüsse zu uns an den Tisch.

»An 'nem Sonntag?«, fragte Lea.

»Na ja, es gibt an einem Sonntagmorgen eben ein paar Dinge, die ich vor zehn Uhr erledigt haben will.« Ich steckte mir ein Stück Marmeladenpfannkuchen in den Mund.

»Vor zehn?« Lea blickte mich irritiert an. »Hab ich auch. Hochquälen, Kaffee trinken und niemanden töten.«

»Also mein Zeitplan sieht einiges vor«, begann ich zu erklären. »Eine Stunde Sport, dann werfe ich die Buntwäsche in die Maschine und frühstücke, dann kommt sie in den Trockner, damit ich sie später, nachdem ich die Arbeitswoche fürs Büro vorbereitet habe, bügeln kann. In der Zeit wasche ich die Kochwäsche, die ich immer abends beim *Tatort* zusammenfalte. Dazwischen …«

Lea und Tine blickten sich an.

»Was?«, fragte ich.

Lea lachte kurz auf. »Sie merkt's nicht.«

»Nee, sie merkt's echt nicht.« Tine kicherte.

Irritiert ließ ich meine Gabel fallen. »Was merke ich nicht?«

»Gestern waren wir noch traurig, dass Vivien in Urlaub fährt …«, begann Tine.

»… und schon heute schickt Gott uns einen Ersatz-Psycho.« Lea grinste Tine an.

»Einen *was?*«, fragte ich.

»Wir sollten ihr danken«, unterbrach mich Lea.

»Wem?«, fragte ich.

»Gott.«

Ich seufzte. Wenn ich in den letzten beiden Tagen eins gelernt hatte, dann, dass Diskussionen mit Lea nichts brachten. Man konnte nur verlieren.

»Wo ist Vivien denn hingefahren?«, fragte ich, als mir Tine Kaffee eingoss.

»Sie hat zum Valentinstag eine Städtereise bekommen«, antwortete Lea.

»Von meinem Bruder«, fügte Tine an.

»… nach Venedig«, beendete Lea ihren Satz.

»Wie schön für die beiden.« Scheiß Valentinstag! Mein Leben rannte seither im Schweinsgalopp in Richtung Abgrund.

»Ich kann es nicht fassen, dass mein kleiner Bruder so ein Romantiker ist.« Tine grinste.

»Pfff, ich kann es nicht fassen, dass man überhaupt ein Romantiker ist«, sagte Lea.

»Glaub ihr kein Wort«, meinte Tine hinter vorgehaltener Hand zu mir. »Sie hat vor ihrem ersten Date mit Philipp in unseren Schirmständer gekübelt.«

Ich musste kichern.

»Vivien ist die Kleptomanin unter uns«, wechselte Lea das Thema. Sie löste mit einem Klacken eine Spange aus ihren Haaren, und die wilden roten Locken fielen ihr über die Schultern.

»Sie ist geheilt, Lea«, sagte Tine.

Lea hob eine Hand. »Ich will ja nichts sagen, aber mir fehlt seit Tagen meine Halskette mit dem Flügelanhänger.«

»Hab ich beim Putzen hinter dem Badschrank gefunden.« Tine verdrehte die Augen. »Hör endlich auf, immer Vivi zu beschuldigen, wenn du deine eigenen Sachen verschlampst.«

»Aber es ist so einfach.«

»Außerdem solltest du mal drüber nachdenken, ob du wirklich eine Kette mit Engelsflügeln tragen willst«, sagte Tine. »Man nennt das Irreführung.«

»Kommt ihr sonst gut klar in eurer WG?«, fragte ich dazwischen.

»Na ja, am Anfang war es schwierig«, sagte Tine. »Stell dir drei Psychos vor, die beschließen zusammenzuziehen. Aber heute sind wir unzertrennlich. Ich mach ja grade das Abi auf dem zweiten Bildungsweg und habe ganz oft Angst, mich zu blamieren oder einfach zu verrückt zu sein – dann sehe ich Lea und Vivi, und es geht wieder.«

»Hallo?« Lea blickte auf.

»Na, jedenfalls würde ich die beiden nicht mehr hergeben«, fuhr Tine fort. »Man sagt ja, Mitbewohner sind Gottes Entschuldigung für Verwandte.«

»Und was ist dann die Entschuldigung für Mitbewohner?«, fragte Lea.

»Was willst du eigentlich nach deinem Abi machen?«, fragte ich Tine.

»Sie will Psychologie studieren.« Lea verdrehte die Augen. »Offenbar reicht es ihr nicht mehr, das Unterbewusstsein von Vivi und mir zu flicken. Jetzt muss auch noch der Rest der Welt dran glauben …«

»Ich spür da jetzt ein paar passiv-aggressive Schwingungen, Lea«, sagte Tine. »Da sollten wir bei Gelegenheit mal schauen, wo dich der Schuh drückt.«

»O Gott.« Lea warf die Hände vors Gesicht. »Ich nehme alles zurück.«

»Psychologie wär schon mein Ding.« Tine wandte sich an mich. »Und es ist ein Job mit Zukunft! Ich meine, es werden immer mehr Verrückte da draußen, aber es gibt viel zu wenig Therapeuten. Die haben so lange Wartelisten und so vollgestopfte Terminkalender, dass sie total unter Druck stehen und …«

»… sich weitestgehend gegenseitig therapieren, während die anderen immer noch auf der Warteliste sitzen«, beendete Lea den Satz. »Und Tinchen will was gegen diese Misere unternehmen.«

»Das finde ich hochanständig«, sagte ich.

»Na ja, wie man's nimmt«, sagte Lea. »Sie will psychisch Kranken helfen und redet deswegen ganz lange auf sie ein – ein Teufelskreis, wenn du mich fragst.«

»Entschuldigung?« Tine hob den Kopf.

»Angenommen.« Lea nahm einen Schluck Kaffee.

»Tzzz.« Tine wandte sich an mich. »Louisa, was war denn jetzt das Problem mit deiner To-do-Liste?«

»To-do-Listen sind für'n Arsch«, sagte Lea, bevor ich antworten konnte. »Man kann sie nie komplett abhaken, weil ständig neue Punkte nachwachsen. Wie ein Monster mit mehreren Köpfen. Haut man einen ab, wachsen mindestens zwei neue nach. Meine Erfahrung.«

»Hm.« Ich dachte nach.

»Ich habe den Eindruck, du stehst unter enormem Druck, deine Punkte auf der Liste schnell und zuverlässig abzuhaken«, sagte Tine. »Woher kommt denn deine Angst vor dem Versagen und dieses Gefühl, alles strukturieren und richtig machen zu müssen, diese …«

»*Was?*«, fragte ich.

»Was Tine sagen will: Manchmal muss man auf die Punkte auf der To-do-Liste auch einfach scheißen«, sagte Lea. »Und ihnen zumindest mal die Möglichkeit einräumen, sich von selbst zu erledigen.«

»Das wollte ich überhaupt nicht sagen!«, wehrte sich Tine.

»Ich geb dir ein Beispiel«, fuhr Lea fort. »Mein Auto hätte dringend zur Inspektion gemusst, und ich habe es ewig lange vor mir hergeschoben, und bums, war's kaputt! Also wäre die Inspektion unnötig gewesen.«

»Lea, es war kaputt, weil Öl gefehlt hat.« Tine seufzte. »Das hätten sie bei der Inspektion geregelt.«

Lea sah einen Moment lang verwirrt aus. »Okay, dann war das vielleicht ein blödes Beispiel, aber Louisa weiß, was ich meine. Oder Louisa? ODER?«

»Hm …«

»Mein Auto hatte sowieso einen ziemlich komplexen Charakter«, setzte Lea hinzu. »Ich habe mal irgendwas getan, was die Batterie böse gemacht hat, und gleich konnte man ihn nicht mal mehr anschalten.«

»Du hast die ganze Nacht das Licht brennen lassen!«, sagte Tine.

»Aber es hat sich sowieso abgezeichnet, dass es mit uns nicht mehr lange funktionieren wird.«

»Was? Warum das?«, fragte ich.

»Unsere Beziehung war einfach nicht mehr das, was sie mal war.« Lea stützte den Kopf auf eine Faust und seufzte. »Ich habe wohl einfach viel zu viel geklammert, verstehst du? Ich bin überall mit dem Auto hingefahren. Wir waren unzertrennlich, und damit habe ich zu viel von ihm eingefordert. Es ist ein Naturgesetz, dass der Fiat da irgendwann seine Grenzen setzen musste. Und ab diesem Zeitpunkt waren wir einfach nicht mehr auf einer Augenhöhe, die Beziehung war zum Scheitern verurteilt.«

Man stellte eine einfache Frage!

»Lea wohnt schon zu lange mit mir zusammen«, sagte Tine.

»Wie kommst du darauf?« Lea blickte Tine an.

»Wisst ihr eigentlich, dass im Keller ein Papagei sitzt?«, fragte ich.

»Fluffy«, sagte Lea mit vollem Mund.

»*Fluffy?*« Ich sah Lea an.

»Gehört unserem Vermieter.«

»Willy Brandt?«

»Nee, Lukas Brandt«, sagte Tine. »Willys Sohn. Willy hat ihm unsere Wohnung vererbt, obwohl er noch lebt, also quasi vor-vererbt. Er selbst wollte uns rausschmeißen, nur weil wir Psychos sind, stell dir mal vor!«

»Und das, obwohl wir jetzt echt mal zu den normalen Psychos gehören, also nichts Gruseliges, oder so«, sagte Lea.

»Lange Geschichte.« Tine machte eine ausschweifende Geste mit den Armen. »Lukas hat auch 'nen Sockenschuss. Aber er lässt uns hier wohnen und ist selbst woandershin gezogen.«

»Und wieso ist dann sein Papagei noch hier?«, fragte ich.

»Den hat er früher mal bekommen, als er noch hier bei seinen Eltern gewohnt hat. Fluffy hat sich den Keller als Wohnort ausgesucht und will nicht mehr weg. Keiner weiß, warum.«

»Es würde mich ja auch gar nicht stören, aber er ist total aggressiv.«

»Was, echt?« Lea goss sich Kaffee nach. »Noch nie bemerkt.«

»Ich hab vor Schreck sogar meinen Wäschekorb unten stehen lassen. Das Vieh ist im Sturzflug auf mich zugeflattert und hat *Perra* geschrien. Ich weiß noch nicht mal, was das heißt.«

»*Schlampe.*« Lea nahm einen Schluck Kaffee. »Fluffy ist Spanier.«

»Wie bitte? Der Scheißpapagei hat Schlampe zu mir gesagt?«

»Sieht so aus.«

»Wenn er meine Büroblusen frisst, mach ich ihn fertig.«

3
Die dritte Grundregel

»Vergeude keine Zeit.«

Wie immer eine Viertelstunde vor Beginn der Arbeitszeit betrat ich das Firmengebäude der Müller Unternehmensberatung GmbH, vor kurzem umbenannt in *Miller Consulting Group*. Man müsse ja mit der Zeit gehen, hatte ausgerechnet Herr Müller gemeint, mein Chef, in dessen Kleiderschrank irgendeiner während der Kohl-Ära die Zeit angehalten hatte. Ich nickte Maren am Empfang zu und ging geradewegs zum Aufzug. Alles wie immer. Und doch kam es mir komisch vor, wie ein Ort aus einer anderen Zeit, obwohl seit Freitag, als ich zum letzten Mal hier war, nur zwei Tage vergangen waren. Seit ich hier arbeitete, war ich mit Steffen zusammen gewesen. Und seit ich hier arbeitete, war ich auch sicher gewesen, genau zu wissen, wie mein Leben verlaufen würde. Als ich mein Büro betrat, schälte ich mich aus meinem Mantel und sackte mit einem Seufzer auf meinen haltungsfreundlich-ergonomischen Drehstuhl, der laut Handbuch *meine Sinne und meinen Rücken bewegt*. Obwohl Herr Müller sonst ein Sparfuchs war, ließ er sich unsere Sitzmöbel nach eigener Aussage »ganz schön was kosten« – Ausfälle wegen Rückenbeschwerden kämen ihn nämlich deutlich teurer, hatte er ausgerechnet. Auf meiner Tastatur lag eine graue Mappe mit einem aufgeklebten Post-it: *Treffen S&W, Louisa, bitte Herrn Müller ansprechen, ab 12.30 Uhr*. Es handelte sich sicher um dieses langatmige

Business-Wochenende, das wir jedes Jahr für die Leute der *Schönfelder & Wurf Kühlanlagen* veranstalteten, einem Hersteller für pharmazeutische Kühlräume, unser größter Kunde. Man munkelte, dass sich Frau Schönfelder neuerdings auffällig oft mit Ingo Maul aus dem Einkauf herumtrieb, und fragte sich hinterrücks, ob die Firma wohl bald *Maul & Wurf Kühlanlagen* heißen würde. An diesen Business-Wochenenden saß man drei Tage im zweitbesten Konferenzraum eines selbsternannten Business- und Eventhotels, das nach Feierabend den neuesten elitären Trendsport mit Seeblick anbot – so bescheuerte Dinge wie Cross-Golf, Bike-Polo, Waveboarden –, und erzählte sich gegenseitig, wie wertvoll man als Geschäftspartner für den jeweils anderen war. Herr Müller war all die Jahre nicht dahintergekommen, dass seine komplette Belegschaft, genauso wie die Mitarbeiter von Schönfelder & Wurf, nur höflich ihre Zeit absaßen und hofften, zur Sportschau am Sonntagabend wieder zu Hause zu sein. Aber was hatte ich nun bereits im Vorfeld mit diesem Treffen zu tun? Nachdem ich die übliche Montagmorgen-Mailflut abgearbeitet hatte, machte ich mich auf den Weg in das Büro meines Chefs. Es war exakt 12.30 Uhr, als ich anklopfte.

»Guten Tag, Herr Müller.« Ich hielt die Mappe hoch, als ich das Büro meines Chefs betrat. »Ich soll Sie ansprechen.«

»Ja, richtig.« Vor Herrn Müller auf dem Schreibtisch lagen Hunderte von Visitenkarten ausgebreitet, die er in einen Karteikasten sortierte. Er blickte nicht auf.

»Äh, das hätte ich hiermit getan«, sagte ich.

»Ja, richtig. Übernehmen Sie bitte dieses …« Ohne mich anzusehen, wedelte er mit einer freien Hand in Richtung der Mappe. »Äh, eben dieses Wochenende.«

»Was heißt *übernehmen*?«, fragte ich.

»Die, äh … na, die Planung.«

»Was?«

»Als oberster Entscheidungsträger sozusagen.«

Das wäre nach der *Aufsichtsleitung der Betriebsinventur* letzten Monat, bei der ich zwei Wochen lang Registerblätter und Tackernadelpäckchen gezählt hatte, nun der zweite Bullshit-Auftrag innerhalb kürzester Zeit. Und das, obwohl Herr Müller genau wusste, dass ich mich auf ganz anderer Ebene beweisen wollte.

»Ahhh!« Er blickte auf eine der Visitenkarten und hielt sie hoch. »Da ist sie doch!«

»Warum soll *ich* das Wochenende planen? Wir haben doch eine Eventabteilung!« Ich achtete sehr genau auf das Wort *Eventabteilung,* weil Herr Müller aus Prestigegründen darauf bestand. Auch wenn die Eventabteilung aus einer einzigen Teilzeitkraft bestand, die in den meisten Fällen damit beschäftigt war, mit ihrem Vierfach-Locher Konfetti für das Kindergartenfaschingsfest ihres Sohnes zu produzieren.

»Die Sonja«, sagte Herr Müller.

»Richtig, die Sonja.«

»Die Sonja ist schon wieder schwanger.« Er sagte das, als brächte Sonja in Serienproduktion Kinder zur Welt. Dabei hatte sie erst eins und war seit zehn Jahren hier beschäftigt. Und er sagte das, als läge Sonjas Problem in der Fortpflanzung und nicht etwa in der Motivation begründet.

»Aber man kann doch auch schwanger ein Hotel buchen und ein paar Programmzettel ausdrucken, oder nicht?«, fragte ich.

»Ach, Sie wissen doch, wie das ist.« Herr Müller hielt zwei identisch aussehende Visitenkarten nebeneinander in die Höhe. »Brechanfälle, Ultraschalltraining, Wehenproben, da ist doch dauernd was anderes. Und dazu noch die Hormone. Man kann sich da auf nichts verlassen.«

»Äh …«

»Außerdem muss es dieses Jahr mit einem deutlich geringeren Budget funktionieren. Und Sonja kann weder rechnen noch verhandeln.«

»Das liegt sicher auch an den Hormonen …«, murmelte ich.

»Nee, das liegt an den Genen. Nichts, was man so zielstrebig weitervererben müsste, wenn Sie mich fragen.«

Hätte ich nicht gewusst, dass hinter Herrn Müllers Diskriminierung ein eigener unerfüllter Kinderwunsch steckte, hätte ich ihn noch mehr dafür verabscheuen müssen.

»Also, Frau Hoffmann, Sie wollen doch ins Controlling, dann zeigen Sie mal, wie gut Sie sparen und planen können.«

Hatte er nicht genau das Gleiche vor der Betriebsinventur gesagt? Er instrumentalisierte mein Ziel, irgendwann einmal im Controlling zu arbeiten, um mich für Aufgaben zu motivieren, die sonst keiner haben wollte! Es wäre eine Schande, ihn damit durchkommen zu lassen.

»Also, Herr Müller …«

»Ja?« Nun blickte er tatsächlich auf und sah mir direkt in die Augen. Er deutete auf die beiden gleich aussehenden Visitenkarten, die er vor sich auf den Schreibtisch gelegt hatte. »Hier hat sich eine Absolventin gleich zweimal auf Ihre Stelle beworben. Unglaublich, wie begehrt der Posten ist. Also machen Sie sich gleich an die Planung, ja?«

Ich holte Luft und … hielt inne. »Sicher«, sagte ich und verließ Herrn Müllers Büro. Auf dem Flur atmete ich kurz durch, dann machte ich mich auf den Weg zur Kantine.

Ich war das weltgrößte Weichei – und Herr Müller wusste das. Kein anderer Mitarbeiter unserer Firma hätte sich so etwas auf Dauer gefallen lassen. Hätte Lea meinen Auftritt gesehen, sie hätte mich glatt gevierteilt. Vielleicht musste ich das Ganze aber auch von einer anderen Seite betrachten: Was, wenn ich wirklich kurz vor einer Beförderung stand? Dann hatte ich keine andere Möglichkeit, als mich an allen Fronten als seriös und zuverlässig zu zeigen. Außerdem war die Organisation dieses Wochenendes kein großer Aufwand. Man musste nur ein geeignetes Hotel finden, ein möglichst langatmiges Programm zusammenstellen und eine Power-Point-Präsentation ausarbeiten, in der überdurchschnittlich oft die Worte *Partner*, *Dialog*, *Vertrauen* und *Zukunftsmarkt* vorkamen. Kurz bevor ich die Kantine erreichte, bog Diana auf den Flur. Wenn ich irgendjemanden in dieser Firma noch mehr hasste als meinen Chef, dann war das Diana. Und sie hasste mich mit der gleichen Inbrunst zurück. Nach außen dürfte das allerdings schwer erkennbar gewesen sein.

»Süüüüße!« Sie gab mir Luftküsschen rechts und links. »Ach, wir haben uns ja wieder viiiel zu lange nicht gesehen.«

»Jaaaaa«, antwortete ich. »Immer diese schrecklichen Wochenenden.«

»Erzähl mir alles.«

Ich blickte sie ratlos an.

Diana schien ebenso irritiert zu sein. »Na, von deinem Heiratsantrag.«

»Ach, richtig, äh …«, stammelte ich. Man sollte nie erzählen, dass man etwas genau weiß, wenn man es nicht genau weiß. Hätte ich am Freitag lieber mal nicht damit geprahlt, dass ich mir völlig sicher war, einen Valentinsantrag zu bekommen. »Lass uns erst mal reingehen.«

Ich schnappte mir ein Tablett und belud es mit den gleichen Gerichten wie immer: Salat, geschmackloser Reis und Gemüsesuppe. Ein Dessert erlaubte ich mir nur mittwochs. Für meine Mittagspause nahm ich mir immer fünfzehn Minuten Zeit, das reichte zum Essen und für einen Smalltalk unter Kollegen. Alles Weitere wäre vergeudete Zeit. Während die anderen oft noch im Innenhof des Firmengebäudes herumsaßen, arbeitete ich schon längst weiter. Wenn ich im Job etwas erreichen wollte, aber in der zur Verfügung stehenden Zeit lieber schnatterte, wären das falsch gesetzte Prioritäten. »Keine Zeit vergeuden« war eine meiner Erfolgsregeln. Es gab schon genügend Menschen, die ständig jammerten – der Büroschreibtisch müsste entmüllt werden, die Wohnung zu Hause renoviert, die Eltern mal wieder besucht –, aber während der Arbeit auf Facebook rumhingen oder montags erzählten, an einem einzigen Wochenende eine ganze Staffel *Breaking Bad* gesehen zu haben. Und dann wurden die immer gleichen Gründe für das Aufgaben/Erledigungs-Ungleichgewicht bemüht: *Das Wochenende war wieder viel zu kurz/Bei dem Kackwetter kann man ja nix andres machen/Die doofe Zeitumstellung hat mir 'ne ganze Stunde geklaut.* Auf die abstruse Idee, den Fehler bei sich selbst zu suchen, war, zumindest in meiner Anwesenheit, noch keiner gekommen. Natürlich war es anstrengend, alles immer im Griff zu haben und die Dinge so zu planen, dass man alles schaffte. Aber es ging. Und ich lebte nach dem Motto *A change is a break* – wenn ich also am Wochenende etwas im Haushalt erledigte, war das wie Urlaub von der Arbeit (ich muss zugeben, an dem Wochenende während der Betriebsinventur, als ich unseren Weihnachtsbaumschmuck im Kellerraum in Kisten sortiert und beschriftet hatte, war das Konzept gescheitert). Aber bevor ich ein schlechtes Gewissen bekam, weil ich zum Shoppen in die Stadt fuhr oder abends stundenlang auf irgendeiner Wohnungsparty in der Küche rumstand, putzte ich lieber mein Bad.

»Und?« Als wir uns hingesetzt hatten, blickte mich Diana erwartungsvoll an.

»Märchenhaft«, sagte ich mit einer raumgreifenden Geste meiner Arme. Wieso sollte ich die Wahrheit sagen? In ein paar Tagen würde ich wieder bei Steffen wohnen, und alles würde sich irgendwie einrenken. »Genau so, wie ich es mir vorgestellt habe.«

»Und wo ist der Ring?«

»Ach so, äh …« Erschrocken blickte ich auf meine Hand, als würde sich durch das Hinsehen ein Schmuckstück materialisieren. Dann winkte ich ab. »Brauchen wir nicht. Zeichen der Liebe? Tzzz, wie spießig. Die tragen wir doch im Herzen.«

Diana nickte in Zeitlupe. Man hätte meinen können, durch ihre ausdruckslosen Augen bis ins Innere ihrer Gehirnwindungen sehen zu können, wo rostige Zahnrädchen die Information ruckelig verarbeiteten. Aber sie schien es mir abzunehmen. Ich schämte mich.

*

Am späten Nachmittag lief ich vom Mainzer Hauptbahnhof in die Neustadt. Zum Glück folgte heute nur noch mein Unter-der-Woche-Abendplan: ein heißes Bad, die Tagesschau, den nächsten Arbeitstag planen und früh schlafen gehen. Als ich die Wohnung betrat, dröhnte mir CCR entgegen, und Paul stand mit wirrem Blick und einem technischen Handbuch vor unzähligen Teilen eines

Elektrogerätes, die er auf dem großen Esstisch ausgebreitet hatte, während Sophie in der Küche einen expressionistisch aussehenden Turm aus Stangensellerie, Erdbeeren und Wirsing baute. Ich fragte lieber nicht.

»'n Abend«, sagte ich im Vorbeigehen.

»Hallo, Louisa, wie war dein Tag?« Sophie stellte das Küchenradio leiser.

»Och, geht so.«

»Ich hab 'nen Smoothie-Mixer im Preisausschreiben von der *Wohnen & Leben* gewonnen, stell dir das mal vor, die Dinger kosten normalerweise vierhundert Euro«, sagte sie.

»Glückwunsch …«

»Hast du schon mal 'nen Hasch-Smoothie getrunken?«, fragte mich Sophie.

»Äh … was?« Hatte ich gerade richtig gehört? »Nein!«

»Ich auch nicht!« Sophie klatschte in die Hände. »Aber es ist die perfekte Verbindung, nicht wahr? Den Bewusstseinserweiterungskram brauche ich ja sowieso, so als Künstlerin, is' ja klar, ne? Aber in unserem Alter, gell, Paul? Da muss man ja auch an die Gesundheit denken.«

Paul nickte, während er sich, noch immer in die Anleitung vertieft, am Kopf kratzte.

»Und grüne Smoothies sind der neueste Hype für ein langes Leben«, fuhr Sophie fort. »Schon gehört?«

»Äh, ja, aber, also, äh … heißt das, du machst, äh, *Marihuana* in Gemüse-Smoothies?«

»Genial, oder? Kekse kann jeder.«

»Wir sollten erst mal das Ding zusammenschrauben, bevor wir große Pläne machen«, brummte Paul. »Und danach müssen wir erst mal schauen, ob das Zeug überhaupt schmeckt.«

»Warum sollte das nicht schmecken?« Sophie tänzelte aus der Küche zu Paul herüber und küsste ihn auf die Wange.

»Ich finde übrigens, *grüner* Smoothie ist hier ein sehr zweideutiger und äußerst zweckdienlicher Name, mein Schatz«, sagte Paul, und beide begannen zu lachen. Ich machte mich auf ins Badezimmer. Mich nun über kiffende Mitbewohner zu wundern wäre angesichts der ganzen Vorboten etwas naiv gewesen. Zu denken, bei Paul und Sophie hätte ich es ruhiger und geordneter als in einer Studenten-WG, war allerdings auch keine sonderlich kompetente Einschätzung gewesen. Dieser Tag schrie förmlich nach Entspannung. Ich betrat das Badezimmer, um direkt Wasser einzulassen. Die Wanne war aber bereits voller Wasser. Und darin schwammen, grob geschätzt, zweihundert Flaschen Bier.

»Was ist denn im Badezimmer los?«, rief ich nach draußen.

»Wieso?«, schrie Paul zurück.

»Warum ist da Bier in der Wanne?«

»Damit es kalt bleibt.«

»Äh ... und warum muss es kalt sein?« Ich linste aus dem Flur in die Küche. »Und wieso so viel?«

»Wir haben spontan beschlossen, heute unsere Einweihungsparty zu feiern«, sagte Sophie. »Wir wohnen ja schon drei Monate hier, es wird mal langsam Zeit. Und wir dachten ...«

»Eine *Party*?« Ich trat wieder ins Wohnzimmer und blickte Paul und Sophie an. »Äh ... heute? Äh ... ist das eine große Sache?«

Paul und Sophie blickten sich an.

»Na klar!«, sagte Sophie mit ernster Miene. »Die Gäste reisen in Kolonnen von Autos mit getönten Scheiben an.«

Paul kicherte. Dann deutete er auf seine Armbanduhr. »Der rote Teppich wird in exakt diesem Augenblick zu Ende gehäkelt.«

»Die TV-Sender strahlen heute Abend das Testbild aus, weil eh keiner fernsieht«, sagte wiederum Sophie.

»Merkel und Gauck können's nicht einrichten, bedauern es aber sehr.« Paul lachte laut. »Dafür spielt Peter Maffay live.«

»Und nüchtern!« Sophie hielt einen Zeigefinger in die Luft.

»Die Blue Man Group wird dazu tanzen«, ergänzte Paul.

»Alice Schwarzer wird sich lasziv auf dem Wohnzimmertisch räkeln«, sagte Sophie.

Paul prustete los. »Der unglaubliche Hulk ist auch eingeladen.«

»Und er bringt Smarties mit!« Sophie klatschte in die Hände.

Ich konnte niemand anderen außer mir selbst beschuldigen – ich hatte gefragt.

»Ich ... ähm, so hab ich's ja nicht gemeint«, begann ich. Paul und Sophie blickten mich, immer noch belustigt, an. »Es ist nur ... Eine Party an einem Montag ist, ähm, also mitten in der Woche ... Weil, ich muss ja, also morgen früh ...«

»Keine Sorge, Louisa, daran haben wir gedacht«, sagte Paul nun wieder ernster, schnappte ein kleines Plastikkästchen vom Esstisch und hielt es hoch. »Sobald du keine Lust mehr zum Feiern hast: Hier! Ohrstöpsel!«

»Und mit Lea und Tine haben wir auch schon geredet«, sagte Sophie. »Wenn du magst, kannst du gerne in Viviens Zimmer schlafen, sie ist ja verreist.«

»Ähm ... aber ...« Dass sich Paul und Sophie so viele Gedanken um mich machten, rührte mich zwar, aber dennoch war mir eine Party in der Wohnung für heute Abend einfach zu viel. Ich wollte aber auch kein Spielverderber sein.

»Was denn, Louisa?«, fragte Paul.

»Ich, ähm, nehme normalerweise vor der Tagesschau abends immer ein Bad …«

»Ach was, eine Party ist doch viel besser als ein Bad.«

*

»Wo hast du sie versteckt?« Ich lief durch Leas Wohnzimmer in die Küche und suchte nach meiner Tasche. Nachdem ich, statt in der Badewanne, eine halbe Stunde auf meiner Luftmatratze gelegen hatte, hatte ich den Entschluss gefasst, noch vor der Party wieder nach Hause zu gehen – zu Steffen. Wozu warten? Ich hatte von Anfang an nur drei Tage hierbleiben wollen, um Steffen einen Denkzettel zu verpassen. Dass er diesen bislang gekonnt ignoriert hatte, war zwar ärgerlich, stand aber auf einem anderen Blatt. Die drei Tage wären morgen ohnehin um – und auf ein paar Stunden mehr oder weniger kam es nicht an. Mein Auto war bereits beladen, und alles hätte reibungslos funktioniert. Der Fehler lag in meiner Höflichkeit begründet: Ich hatte mich bei Lea verabschieden wollen.

»Jetzt sei nicht kindisch, und gib mir das Ding zurück!« Wahllos riss ich Küchenschränke und Besteckschubladen auf. »Mein Gott, Lea, du machst mich verrückt! Da ist mein Handy drin, mein Firmenausweis und alle meine Karten, ich brauch das Zeug, jetzt gib mir meine Tasche!«

»Aus pädagogischen Gründen nicht möglich.« Lea saß auf ihrem Sofa und guckte *Alarm für Cobra 11*. Ich hatte mich immer schon gefragt, wer sich so was ansieht. Auf

Nachrichtenjournalisten mit akademischem Hintergrund wäre ich allerdings nicht gekommen. Sie hatte meinen neuen Plan, früher zu Steffen zurückzugehen, zunächst überraschend widerstandslos hingenommen, allerdings, als ich kurz auf der Toilette gewesen war, hinterrücks meine Handtasche versteckt.

»Mein Gott, Lea, im Flur stehen meine Koffer! Ich will jetzt nach Hause, und *das* ist nicht lustig.« Ich bückte mich neben dem Esstisch, um unter einer Kommode nachzusehen, und musste mich an einem Stuhl abstützen, um nicht über ein gespanntes Kabel zu stolpern.

»Von hier aus gesehen schon.« Zwischen meinen Beinen hindurch sah ich, wie Lea auf dem Sofa saß und mir zusah.

»Jetzt mal ernsthaft«, sagte sie. »Du bist doch sonst so ein linientreuer Kandidat, wie willst du das vor dir selbst rechtfertigen, dass du mindestens mal so lange hierbleiben wolltest, bis er sich entschuldigt hat, und jetzt wieder zu ihm zurückfährst, obwohl er noch nicht mal angerufen hat?«

»Was geht dich das an?« Ich richtete mich neben der Kommode wieder auf und holte Luft. »Kein Mensch braucht eine selbsternannte Kampf-Emanze, die sich zum Rächer aller Frauen aufspielt! Und schon gar nicht zum Rächer derer, die sich nirgends rächen wollen! Ich hab ja wohl noch ein Recht auf Mitsprache, wenn es um mein eigenes Leben geht!«

Herrgott, wo war Tine, wenn man sie mal brauchte?

»Du hast dein Recht auf Mitsprache verspielt, indem du einen Bullshitplan präsentiert hast.« Lea stand von der Couch auf. »Irgendjemand muss aufpassen, dass du dich nicht noch weiter reinreitest.«

Ich wurde lauter. »Gut, dann hat er eben nicht angerufen! Vielleicht ruft er auch nie an, verstehst du? Und das hätte ich gleich wissen müssen! Weil er nämlich gegen versteckte weibliche Signale genauso immun ist wie du gegen höfliches Benehmen!« Vielleicht war es tatsächlich keine gute Idee gewesen, Steffen die Möglichkeit zu geben, meinen Auszug ernst zu nehmen. Er schien ihn nämlich wirklich ernst zu nehmen. Wahrscheinlich glaubte er sogar, dass ich tatsächlich genau das bezwecken wollte, wonach es aussah – für immer ausziehen. Bei unserem einzigen Streit innerhalb der letzten fünfeinhalb Jahre war ich in Köln zu einer Weiterbildung gewesen und hatte ihm wütend gesagt, er solle mich während dieser Zeit bloß nicht mehr anrufen – und dieser Idiot hatte sich wirklich eine Woche lang nicht bei mir gemeldet. »Was denkst du denn, was ich tun soll?«, fuhr ich fort, bevor Lea etwas erwidern konnte. »Vielleicht muss ich mir einfach eingestehen, dass Weglaufen der falsche Weg war. Und auch wenn es meinen Stolz verletzt, dass Steffen noch nicht …«

Ein Handyklingeln unterbrach uns. Es kam aus der Küche. Und es war mein Handy. Ich blickte zu Lea, die mich ebenfalls ansah – und gleichzeitig rannten wir los. Am Eingang zur Küche stießen wir aneinander. Lea drückte mich mit dem Ellbogen nach hinten und überholte mich. Sie riss den Schrank unter der Spüle auf und zog meine Handtasche aus dem Papierkorb. Das Handyklingeln war nun lauter zu hören.

»Du hast meine Tasche in den Müll geworfen?«

»Pssst!« Sie öffnete den Reißverschluss meiner Handtasche, wobei mehrere *Ritter-Sport-mini*-Verpackungen auf den Boden fielen. Lea zog das Handy aus der Tasche und ging ran. »*Louisa-will-Scheiße-bauen*-Emergency Headquarter, Sie sprechen mit der Einsatzleitung, was kann ich für Sie tun?«

»Lea! Gott, bist du kindisch!«, zischelte ich und griff nach dem Telefon.

Lea sprang mit einem Satz auf einen Klappstuhl, der in der Ecke der Küche stand. »Ahh, mhm«, sagte sie ins Telefon. »Mhm, ja, ich werde es ihr ausrichten.«

»*Was* ausrichten?«, fragte ich, während ich versuchte, an ihr hochzuspringen und mir das Telefon zu schnappen.

Lea hielt die Sprechmuschel zu. »Louisa, könntest du bitte mal eben still sein? Das ist unhöflich, ich telefoniere!«

»Aber es ist *mein* Anruf!«

»Alles klar, ich geb's ihr so weiter, ja, ja, vielen Dank, tschüs.« Lea legte auf. »Euer Personalsachbearbeiter klingt ja reißerisch sexy«, sagte sie und verdrehte die Augen. »Allerdings kannst du das mit der Beförderung vergessen, meine Liebe, eure Firma ist pleite. Hättest du das nicht irgendwie kommen sehen müssen, so als verkanntes Finanzgenie?«

»WAS?«

»Kleiner Scherz, es war Sophie, du sollst dir noch was von dem Kirschkuchen in der Speisekammer mitnehmen.«

Ich seufzte. Sophie und Paul waren untröstlich gewesen, als ich gesagt hatte, dass ich nach Hause zurückfahre. Sie hatten mir sogar angeboten, die Einzugsparty abzusagen. Aber da ich, Party hin oder her, ohnehin nicht lange bleiben und schon gar nicht Pauls und Sophies Planung stören wollte, hatte ich mich einfach kurz und schmerzlos verabschiedet. Ich hatte zwar keinen blassen Schimmer, warum, aber sie hatten mich richtig ins Herz geschlossen.

»Musst du mir so 'nen riesigen Schrecken einjagen?« Ich sah Lea an. »Ich hab echt schon genug Stress!«

»Mein Gewissen ist rein.«

»Weil du es nie benutzt!«

»Nicht sonderlich intelligent, jemanden zu beleidigen, von dem man dringend was will«, sagte Lea. »Wie du weißt, Louisa, bin ich Journalistin und daher wahnsinnig gut darin, so zu tun, als wäre ich neutral. Und da ich nun schon mal dein Telefon in der Hand habe, rufe ich jetzt mal deinen Steffen an und lass mir seine Seite der Sachlage erklären.«

»Um Gottes willen, nein!« Ich schlug zuerst die Hände vors Gesicht, dann griff ich, diesmal noch angestrengter, nach dem Handy. »Hör sofort auf damit!«

Lea scrollte sich durch mein Telefonbuch.

»Unter welchem Namen hast du ihn gespeichert?«

»Unter Steffen«, antwortete ich und wunderte mich über meine eigene Blödheit.

»Nicht irgendein passender Kosename? Spießi, Ödi, Fadi?«

»Lea, jetzt hör auf und gib mir …«

»Ah, gefunden … Okay, wählt, ich schalte auf laut. Da es um dich geht, hast du schließlich das Recht mitzuhören.«

Jetzt reichte es! Ich sprang zu Lea auf den Stuhl und riss ihr das Handy aus der Hand. Als ich heruntersteigen wollte, hielt sie mich am Arm fest, wir verloren das Gleichgewicht und kullerten auf den Küchenboden.

»Aua, Mann, kannst du nicht aufpassen?«, schimpfte Lea.

»*Ich*? Du hast doch mit dem kindischen Scheiß angefangen!« Ich rieb mein Knie.

»Mein Gott, geh doch bügeln, wenn du für alles andere zu unlocker bist!«

»Und du geh, und lass dir 'nen Anker tätowieren, wenn du so furchtbar cool bist!«

»Hallo?«, tönte eine Frauenstimme aus dem Lautsprecher meines Handys, das einen Meter von mir entfernt auf den Fliesen gelandet war. Ich robbte darauf zu. *Steffen* stand auf dem Display. Lea hatte also keine falsche Nummer gewählt. »Hallo?«, ertönte die Frauenstimme erneut, diesmal ungeduldig. Ich streckte den Arm aus und legte auf.

*

Paralysiert stand ich im Wohnzimmer und bekam nur am Rande mit, dass sich immer mehr Partygäste einfanden. Paul und Sophie hatten die Möbel an die Wände gerückt, die Teppiche verschwinden lassen, und an der Decke drehte sich eine Diskokugel. Den Esstisch hatte Paul zum DJ-Pult umfunktioniert, auf dem sein Laptop, eine Stereoanlage und eine Nebelmaschine aufgebaut waren. Diese Rentner von heute. In der Küche standen ordentlich aufgereiht Getränke sämtlicher Nationen und Härtegrade, Nudel- und Kartoffelsalat, ein Gemüseauflauf und ein frisch gebackener Apfelkuchen. Ich hatte keine Ahnung, wie Paul und Sophie das alles in der knappen Zeit auf die Beine gestellt hatten, aber ich hätte meine Neugier, wie so oft, besser für mich behalten sollen: Paul hatte auf meine Nachfrage hin behauptet, es sei die beflügelnde Wirkung des *grünen* Smoothies gewesen, und hatte mir mit aller Kraft ebenfalls so ein Ding einflößen wollen. Höflich abzulehnen hatte mich etwa fünfzehn Minuten meiner Lebenszeit gekostet. Willy Brandt war offensichtlich nicht so erfolgreich gewesen, er schob sich bereits mit seinem zweiten Glas voll grünem Saft, verziert mit pinkem Trinkhalm und Cocktailschirmchen, an mir vorbei. Ob er wusste, was da drin war? Ob man ihn warnen sollte? Wahrscheinlich schon. Aber aktuell hatte ich ganz andere Probleme. Gerade hatte ich zwei Menschen, die ich noch nie in meinem Leben gesehen hatte, erklären müssen, wer ich war und warum ich nun hier wohnte. Private Details auszusparen hatte mich ganz schön in Erklärungsnot gebracht. Glücklicherweise war die Musik so laut, dass es jeweils ausgereicht hatte, die Antworten mehr oder weniger zu nuscheln und die Betonung nur auf Worte wie »*… Zwischenmiete …*«, »*… Neuorientierung …*«, »*… demnächst Wohnungssuche …*« zu legen. Ich versuchte, mich etwas mehr am Rand des Raumes im Schatten einer hochgewachsenen Palme mit langen, gebogenen Wedeln zu verstecken, den Rest würde hoffentlich die Nebelmaschine erledigen, und hielt mich an meinem Rotweinglas fest, das Paul mir irgendwann im Vorbeigehen in die Hand gedrückt hatte. Es strömten immer mehr Leute herein, die ich nicht kannte und die mich auch nicht interessierten. Ich war nur aus Höflichkeit hier, um 21.00 Uhr würde ich mich ins Bett verabschieden. Wer verflucht noch mal war diese Frau am Telefon gewesen? Und warum stellte ich mir überhaupt so eine grundnaive Frage? Die Antwort war klar: Steffen war bei Conny Rabe. Oder sie bei ihm. Vielleicht war sie sogar schon bei uns eingezogen. Ich korrigierte: bei ihm. Offensichtlich war es zwischen Steffen und mir nun endgültig aus, und ich hatte es nur erfahren, weil der taktloseste, unverschämteste und indiskreteste Mensch der Stadt ausgerechnet über mir wohnte. Lea hatte mich im Nachhinein dazu verdonnert, ihr für ihren Einsatz auch noch zu danken – und ich musste gestehen, sie hatte nicht vollständig unrecht damit.

»Trinkst du auch, oder trägst du dein Glas nur aus ästhetischen Gründen durch die Gegend?«

Ich fuhr herum. Auf der anderen Seite der Palme stand Ben. Er war auffällig ordentlich gekleidet und hatte sich gekämmt. Vermutlich aus Versehen.

»In der Tat habe ich gerade darüber nachgedacht, wer noch mal gesagt hat: *Keinen Wein zu trinken wäre töricht, ebenso wie zu viel davon zu trinken.* Es fällt mir nicht mehr ein. Irgendeiner aus der Antike. Athen oder so.«

»Der alte Grieche muss ja übelst gerockt haben.«

»*Nur durch Mäßigung erhalten wir uns.* Das war jedenfalls Goethe.«

»Wie interessant, dass er tot ist.«

»Tzzzz.«

»Hast du auch eigene Meinungen, oder zitierst du nur verblichene alte Herrschaften?«

»Hast du auch eigene Pläne für diese Party, oder bist du nur hier, um mir auf die Nerven zu gehen?«

»Nüchtern betrachtet, bin ich ausschließlich wegen der Drogen hier.«

»Du nimmst wirklich nichts auf der Welt ernst, oder?«

»Mit Komplimenten erreichst du bei mir gar nichts.«

»Hallo zusammen«, posaunte Lea, die mit Tine hereinkam und eine riesige Schale mit Fruchtbowle auf die Küchenplatte knallte.

»Na dann, stuffy Lou, viel Spaß noch.« Ben betonte das Wort Spaß extra stark. Er war wohl stolz auf seinen Sinn für Ironie. »Stopp!« Ich hielt ihn am Ärmel zurück, als er sich zum Gehen wandte. »Warum um alles in der Welt nennst du mich ständig so?«

Er blieb stehen und blickte mich an. »Keine Idee?«

Ich schüttelte den Kopf.

»Worum geht's?« Lea fiel jedem von uns mit je einem Arm um den Hals. Sie hielt mir einen grünen Smoothie unter die Nase, und ich wehrte das Glas mit einer Handbewegung ab.

»Louisa sucht Zitate aus Literatur und Philosophie, die ein freudloses Leben rechtfertigen.«

Ich verdrehte die Augen. »Ich hab nur gesagt, dass es nicht unbedingt das schlechteste ist, etwas Maß zu halten.«

»Tine, komm schnell«, rief Lea über die Schulter. »Hedonist und Asketin streiten über das richtige Maß! Willst du noch ein paar Zen-Sprüchlein einwerfen? Ich meine, vielleicht will Buddha ja auch was dazu sagen, und du bist heute sein Sprachrohr, oder so.«

»Musst du dich immer darüber lustig machen?« Tine kam mit verschränkten Armen zu uns. »Nur weil du nicht an eine höhere Macht da oben glaubst, musst du es nicht allen anderen auch noch versauen.«

»Wer sagt denn, dass ich nicht dran glaube?«, fragte Lea. »Es muss da oben was geben! Ich hätte da zu gegebener Zeit nämlich ein paar Fragen. Und etliche Beschwerden.«

Ben grinste. »Gott ist eingeschüchtert. Lea wird ewig leben.«

»Vielleicht steh ich auch am Himmelstor und stelle fest, dass ich selbst Gott bin«, meinte Lea.

»Dann musst du deine eigenen Beschwerdebriefe beantworten«, sagte ich.

»Vielleicht Durga«, warf Tine ein. »Die hinduistische Göttin der Vollkommenheit. Sie hat sechs Arme.«

»Gekauft.« Lea nickte. »Ich könnte dann alleine vierhändig Klavier spielen und dabei noch ein Bier trinken und 'ne Kippe rauchen.«

»Aber zum Umblättern der Noten musst du das Bier abstellen«, sagte ich.

»Da sieht man's mal wieder«, sagte Lea. »Egal, wie viel man hat, es ist irgendwie nie genug.«

Ben deutete auf mich. »Lea, was meinst du, wieso nenne ich sie *stuffy* Lou?«

Lea lachte. »Du hast auch schon mal bessere Fragen gestellt, Bennie.«

»Was ist daran so witzig?«, fragte ich.

Lea blickte zu mir. »Mein Gott, Louisa, vielleicht nennt er dich so, weil du schon im Nadelstreifenkostüm auf die Welt gekommen bist? Oder weil du versuchst, Spontaneität zu planen, das ist so niedlich! Weil vermutlich sogar deine Altersvorsorge eine Altersvorsorge besitzt. Das sind jetzt aber nur so Ideen aus einem halbsekündigen Brainstorming. Ich kann mich auch total irren.«

»Ich bin nicht immer so angezogen.« Ich blickte an mir herunter. »Wir haben einen *casual friday*.«

»Der beste Beweis dafür, dass deine Firma sonst 'nen Stock im Arsch hat«, sagte Lea. »Sonst bräuchte sie ihn ja nicht.«

»Den Stock?«

»Den Freitag.«

»Also wenn ich's recht bedenke, Lea, eine klitzekleine Spießerin bist du auch«, sagte Ben.

»Wie bitte?« Lea stemmte die Hände in die Hüften.

Ben grinste. »Du hast eine beträchtliche Sammlung an Dingen, die man unter Wasser niemals braucht, aber bei denen du stolz darauf bist, dass sie unter Wasser funktionieren.«

»Und das soll spießig sein?«, fragte Lea.

Ben hob die Schultern. »Danach kommt der Rollrasen.«

»Stimmt irgendwie.« Tine kicherte.

Lea fuhr zu ihr herum. »He, wer 'ne Polyrattan-Sitzgruppe aufm Balkon hat, sollte diesbezüglich die Klappe halten!«

»Du weißt ganz genau, dass das ein Sonderangebot war, sonst hätte ich …«, begann Tine.

»Beweis Nummer zwei«, unterbrach Lea.

»Hört auf zu streiten«, mischte ich mich ein.

Lea lachte. »Du kannst mir nicht mein Hobby verbieten, das hat Tradition. Nimm Ben und mich: Wir streiten schon seit Jahren, ich weiß schon gar nicht mehr, wer damit angefangen hat.«

»Du«, sagte Ben.

»Kann gut sein.«

»Ach, Thomas ist da!« Tine verschwand in Richtung der Eingangstür.

»Was heißt überhaupt, Lea sei *auch* eine Spießerin?«, fragte ich. »Ich meine, ich … also, vielleicht sieht man es mir nicht an, aber ich nehme vieles auch echt locker.«

»Hast du 'nen Beweis?« Lea blickte mich ernsthaft interessiert an und nahm einen Schluck aus ihrem Smoothie-Glas.

»Ich hab letzte Woche 'nen Rock zweimal gekauft, weil ich mich nicht für eine Farbe entscheiden konnte.« Das war frei erfunden. Wer tut denn so was? »Manchmal leg ich's auch drauf an und kaufe kein Parkticket.« Auch das stimmte nicht. Opa würde mich sofort verpetzen.

»Wie niedlich.« Lea lachte. »Ich könnte darauf jetzt so viele böse Dinge sagen … Mist, ich kann mich nicht entscheiden.«

Ben sah mich skeptisch an.

»Was denn?«, fragte ich.

»Ich halt mich da raus.« Lea hüpfte ins Getümmel.

Ich blickte Ben an. »Könntest du bitte einfach aufhören,

mich *stuffy Lou* zu nennen? Wenn ich eins hasse, dann Vorurteile! Du weißt gar nichts über mich!«

»Hast du etwa Vorurteile gegen meine Vorurteile?« Ben grinste. »Du kennst sie nicht, also kannst du auch nicht behaupten, dass sie nicht stimmen.«

»Lass hören.« Ich hob die Schultern.

»Hm.« Ben sah für einen Moment an die Decke, dann zu mir. »Du verbringst deinen Jahresurlaub auf den Kanaren, du wählst die CDU, du isst nicht das, was dir schmeckt, sondern das, was dich gesund ernährt, du hast noch nie blaugemacht, du triffst Entscheidungen nach Vernunft und Sicherheit, du wünschst dir, einmal mit deiner selbstgegründeten Familie in einem Häuschen mit Buchsbaumkugeln vor der Einfahrt zu leben, in das du die Nachbarn zum Grillen unter einen wandlosen Zeltpavillon einladen kannst. Die Reste werden selbstverständlich sorgfältig eingetuppert und an die Gäste verteilt.«

»Du hältst dich wohl für sehr witzig, oder?« Ich kniff die Augen zusammen.

»Na ja, wenn ich Komplimente bekomme, dann meistens für meinen Humor.«

»Tzzz.«

»Waren meine Vorurteile denn falsch?«

Nein. »Ja! Und außerdem: Was ist denn bitte verkehrt daran, auf Sicherheit zu achten? Ich meine … wenn Menschen nicht auf ihre Sicherheit achten würden, hätten sie kein Dach über dem Kopf! Oder würden vergessen, sich fortzupflanzen, und wir würden alle aussterben … oder … ach, was weiß ich was noch alles!«

Ben sah mich an und schwieg.

»Und außerdem leben wir in verrückten Zeiten«, setzte ich hinzu. »Gibt es nicht schon genügend Chaos da draußen? Ist es da nicht sinnvoll, das größtmögliche Maß an Sicherheit zu suchen?«

»Ich weiß nicht, ist es sinnvoll?«, fragte Ben. »Wäre nicht gerade in verrückten Zeiten das Gegenteil viel plausibler? Nach Freiheit zu suchen? Wann hattest du zum letzten Mal richtig Spaß?«

»Ähm …« Was war das denn für eine Frage? »Ich meine, es … es kommt eben darauf an, wie man Spaß definiert …« Was gemeinhin unter Spaß verstanden wird, musste schließlich nicht für alle gelten. Sonst müsste ich mich jetzt betrinken, könnte den ganzen Abend kein sinnvolles Gespräch mehr führen und wäre den ganzen nächsten Tag erledigt. Gleich zwei Tage auf einmal zu verschwenden passte aber überhaupt nicht zu meiner Regel, grundsätzlich keine Zeit zu verschwenden. Außerdem hätte es nichts mit Spaß zu tun, es wäre pubertär. Es hieß ja immer, die Dinge, die Spaß machen, seien unvernünftig. Das konnte ich so nicht unterschreiben. Mir würden solche Dinge von vornherein keinen Spaß machen, sie waren schließlich unvernünftig. Vielleicht sah ich es ja anders als alle anderen, aber deswegen war ich noch lange nicht unfähig, Spaß zu haben.

»Dachte ich's mir doch.« Ben verschwand im Getümmel.

»Moment …«, sagte ich noch, konnte Ben aber nirgends mehr entdecken. Natürlich konnte ich Spaß haben! Ich freute mich jede Woche auf den Donnerstag. Nach Feierabend war immer das Personalmeeting, weswegen ich morgens erst zwei Stunden später im Büro sein musste. Steffen durfte das aber nicht wissen, da er mir sonst für die freie Zeit irgendwelchen Haushaltskram aufdrücken würde. Also verließ ich donnerstags trotz allem pünktlich das Haus, kaufte mir am Bahnhof die *InTouch* und einen

Caramel Macchiato von Starbucks (wenn Steffen das erst wüsste – wo wir doch eine Kaffeemaschine besitzen!) und fuhr wieder nach Hause. Auf der Strecke hatte ich zwar regelmäßig Angst vor den Folgen eines Autounfalls (»*Wir wissen noch nicht, wer sie ist, aber das Milieu ist klar, sie hat die* InTouch *auf dem Beifahrersitz.*«), aber wenn ich dann mit der Zeitschrift auf unserem Balkon saß, tröstete es mich, dass wenigstens hier immer alles gleich blieb: Britney Spears war ihrem Freund zu dick, Victoria Beckham der Welt zu dünn, Miley Cyrus ziemlich freizügig und Jenny Elvers irgendwo und betrunken. Es war die einzige echte Pause in der Woche, für die ich bereit war, Zeit zu opfern. Konnte das schon alles sein? Ich kaute an meinem Daumennagel. War ich vielleicht wirklich unfähig zum Spaßhaben? Ich musste mir eingestehen, dass zumindest die Möglichkeit bestand.

»Sophie, Sophie.« Keine zwei Meter von mir entfernt stand ein Mann mit Nickelbrille und klatschte in die Hände. Ich folgte seinem Blick zur Flurtür. Als ich zuvor in die WG zurückgekommen war, hatte bereits wenige Sekunden später der erste Gast an die Wohnungstür geklopft. Sophie war daraufhin so hektisch zum Stylen ins Badezimmer gerannt, dass ich nun nicht sicher war, ob sie überhaupt mitbekommen hatte, dass ich wieder eingezogen war. Paul meinte, diese Hektik sei ganz normal. *Erst schiebt sie die Dinge in aller Seelenruhe auf – und kurz bevor alles zu spät ist, bekommt sie Panik,* hatte er gesagt und dabei die beiden Stühle wieder aufgestellt, die Sophie bei ihrer Flucht ins Badezimmer achtlos umgerannt hatte. Nun stand sie jedenfalls im Türrahmen und zog, zu Recht, alle Blicke auf sich. Mit dunkel geschminkten, fast schwarzen Lippen und dem in sanften Wellen an ihrem Kopf anliegenden Haar erinnerte sie an einen Stummfilmstar aus den Zwanzigern. Dazu trug sie ein hochgeschlossenes, locker fallendes Kleid, das man gut und gerne als viel zu kurz für ihr Alter bezeichnen könnte. Aber es stand ihr ausgezeichnet.

»Taucht auf ihrer eigenen Party eine geschlagene Stunde zu spät auf«, stellte der Nickelbebrillte fest.

»Und sieht toll aus«, erwiderte der Mann ihm gegenüber. »Eine echte Diva.«

»Wie schön, dass diese Gattung noch nicht ausgestorben ist.«

Sophie ließ ihren Blick über die Menge schweifen, und als sie mich entdeckte, lächelte sie und kam geradewegs auf mich zugeschwebt. »Louisa! Wie schön, dass du mitfeierst. Puh, mir ist ganz heiß von dem ganzen Stress.« Sophie wedelte mit ihrer Hand vor ihrer Brust herum, und der Duft ihres Parfüms wehte zu mir herüber. »So, jetzt können wir endlich mal in Ruhe reden. Also, was ist passiert?«

»Um Himmels willen, Sophie, das ist deine Einweihungsparty«, antwortete ich. »Da werde ich dich ganz sicher nicht mit meinen Problemen belästigen.«

Sophie schnappte nach meiner Hand und zog mich durch das Getümmel. »Die Party dauert noch die ganze Nacht.« Während wir Wohnzimmer und Küche durchquerten, begrüßte sie hier und da ein paar Gäste. Ich winkte Philipp zu, der mit Lea, Tine und Ben bei Paul am DJ-Pult stand. Dann zog mich Sophie auf den Balkon. Nachdem sie die Tür hinter uns geschlossen und einen Wärmestrahler eingeschaltet hatte, erklärte ich ihr in einem umständlichen, nicht enden wollenden Monolog eine Sachlage, die man in einem Satz hätte zusammenfassen können: Steffen war nachweislich anderweitig liiert. »… und ich komme mit dieser Situation einfach nicht klar«, schloss ich ab.

»Da wächst du noch rein.« Sophie nahm mich in den Arm. Wie immer, wenn sie das tat, fing ich an zu weinen.

»Wie hast du das überhaupt rausgefunden?«, fragte sie.

»Ich wollte mich bei Lea verabschieden.« Ich hob den Kopf von Sophies Brust, suchte in meiner Hose nach einem Taschentuch und schniefte. »Alles in allem taktisch unklug.«

»Verstehe.«

»Wirklich?«

»Nee.«

»Na ja, du kennst Lea, da dachte ich, du …«

»Ich kann's mir in etwa denken.«

»Rückblickend war es vielleicht doch nicht so schlecht.« Ich tupfte mit dem Taschentuch meine Augen ab. »Sonst wäre ich am Ende noch mit meinen Koffern bei Steffen aufgekreuzt, während Frau Rabe bei ihm … O Gott, ich will gar nicht dran denken.«

»Was ist denn hier draußen los?« Lea riss die Balkontür auf. »Meine Fruchtbowle, hicks, endlos heimtückisch, sag ich euch. Man merkt's nicht beim Trinken, aber man … Hicks.«

»Probier ich als Erstes, wenn ich wieder drin bin«, sagte Sophie. »Aber hier ist grade Frauenrunde, Lea. Raus oder rein.«

»Uhhh, Problemgespräch, was?« Lea schaffte es in einer einzigen Bewegung, auf den Balkon zu springen, die Tür hinter sich zu schließen und eine Zigarette aus ihrer Hosentasche zu ziehen. »Grundsätzlich voll mein Ding. Ich versteh nur hier das Problem nicht.«

»Was gibt's daran nicht zu verstehen?«, fragte ich und

griff nach Leas Zigarette. Wahrscheinlich eine weitere Spießer-Unsitte: nur auf Partys zu rauchen.

»Na, ich weiß aus sicherer Quelle, dass du dir ein Leben wünschst, das mit dieser belegsammelnden Hirnbremse sowieso niemals funktionieren würde.« Lea gab mir Feuer und lehnte sich ans Geländer. »Also, wo ist das Problem?«

»Aus sicherer Quelle?«, fragte ich.

»Na, von dir im betrunkenen Zustand«, antwortete Lea.

»Na, dann ist ja alles super.« Ich machte eine ausschweifende Geste mit beiden Armen. »Man kann mir also gratulieren. Ich habe ja jetzt meine aufregende Freiheit bekommen, bei der ich halb wahnsinnig werde, weil ich nicht weiß, was für verrückte Dinge als Nächstes passieren! Und ich musste nicht mal was dafür tun. Endlich fliegt mir im Leben auch mal was zu.«

»Du sagst das jetzt, als wär's dir irgendwie nicht recht«, sagte Lea. »Hicks.«

»Vielleicht wollte ich ein bisschen Abenteuer, okay, aber obendrauf! On top! In erster Linie wollte ich die Dinge im Leben, die ihr alle so furchtbar spießig findet. Aber es sind nun mal die Dinge im Leben, die *ich* will, verstehst du? Und wenn man alles, was man in der Zukunft gerne haben will, auch bekommen möchte, muss man eben gut planen.«

»Hicks, verstehe ich doch.« Lea winkte ab. »Ich bin auch schon ganz nervös wegen meiner Zukunft. Bei mir kann auch noch alles schiefgehen.«

»Ja?« Ich blickte auf.

»Klar. Stell dir mal vor, ich heirate gleich den richtigen Mann. Oder bin, hicks, ewig im gleichen Job zufrieden. Dann muss ich mir schon wieder 'nen Psychoknacks zulegen, um nicht vor Langeweile einzugehen.«

Ich seufzte.

»Ich denke, der Haken sitzt woanders«, mischte sich Sophie ein. »Es kommt drauf an, ob du dich für das Leben oder für die ›Dinge im Leben‹ entscheidest, Louisa. *On top*, wie du das so schön sagst, kannst du ein freies Leben nicht bekommen. Man kann es nicht zusammenfalten und in einen durchorganisierten Alltag pressen. Das ist, als wenn du versuchst, ein Programm im falschen Betriebssystem zu öffnen.«

»Oh.« Lea nickte. »Sophie heute. Sehr weise. Hicks.«

»Dann bleib ich eben bei meiner Variante!«, sagte ich. »Was ist denn einzuwenden gegen ein sortiertes Leben, in dem man weiß, wohin man will, und mit strukturiertem Vorgehen dort auch ankommt?«

Sophie blickte mich an. »Nichts.«

»Hicks. Wenn du dann alles erledigt hast, kannst du dich ja schon mal ins Grab legen, damit du bloß nicht zu spät kommst.«

Ich zuckte zusammen, als Paul die Balkontür aufriss. »Kommt schnell rein, Willy Brandt hat zehn Euro gewettet, dass er in sechzig Sekunden den kompletten Politikteil der *Bild am Sonntag* essen kann!«

»Die *BamS* hat 'nen Politikteil?« Lea riss die Augen auf und verschwand mit Paul nach drinnen.

»Geh ruhig«, sagte ich zu Sophie, die mir einen besorgten Blick zuwarf.

Sie tätschelte noch einmal meine Schulter. »Bis gleich.«

Ich lehnte mich an das Geländer und sah in den dunklen Hinterhof. Fast alle Fenster der umliegenden Häuser waren noch beleuchtet, und hier und da konnte man die Bewohner bei ihren Montagabendbeschäftigungen sehen. Eine alte Frau saugte ihren Fußboden, ein Pärchen befummelte sich beim Kochen. Lea hatte recht, ich hatte mir immer ein anderes Leben gewünscht. Aber nun, wo ich die Freiheit hatte, alles neu zu ordnen, konnte ich rein gar nichts damit anfangen. Ich war wie ein Vogel mit Flugangst. Drinnen hörte ich ein paar Leute, die sich um Willy Brandt versammelt hatten, laut herunterzählen: *»Zehn, neun, acht …«*

Mit dem gesamten Oberkörper drückte ich die Balkontür auf.

»… sieben, sechs, fünf …«

Ich goss mir ein Bierglas voll Fruchtbowle.

»… zwei, eins, yeyyyy!« Ich kippte das Glas auf einmal hinunter und verschluckte mich. Die Hälfte der Bowle lief durch meine Nase wieder heraus. Ich musste husten.

»Was machst du denn da?« Ben schlug mir auf den Rücken.

»Ich hab jetzt Spaß.«

4
Die vierte Grundregel

»Misch dich nicht in fremde Angelegenheiten ein.«

Zum ersten Mal in meinem Leben hatte ich mich krankgemeldet, obwohl ich es nicht war. Mich plagte das schlechte Gewissen, aber nachdem ich die eine Hälfte der Nacht damit zugebracht hatte, mich zu betrinken, und die andere Hälfte damit, den Alkohol wieder loszuwerden, fühlte ich mich nicht imstande, einen Fuß vor die Tür zu setzen.

»Louisaaaaa«, rief jemand, danach hörte ich es rumpeln. Es klang, als wolle jemand meine Zimmertür einrennen.

»Bitte nicht zu laut.« Ich zog das Kopfkissen hoch.

»Du hast ja einen ordentlichen Kater, Schätzchen.« Aus den Augenwinkeln sah ich Sophies Beine in meiner geöffneten Zimmertür stehen. »Ich wär ja stolz auf dich, aber grade ist Lea reingeschneit und hat erzählt, ihr hättet einen *Termin zum Wäschewaschen*? Ist das dein Ernst?«

»O nein.« Ich drückte meinen Kopf tiefer ins Kissen. Tatsächlich hatte sich Lea letzte Nacht dazu bereit erklärt, mir heute Morgen beim Waschen zu helfen – sie wollte Fluffy ablenken, damit ich eine Ladung Wäsche in die Maschine schmuggeln konnte. Ich seufzte und rappelte mich auf. Mein Schädel brummte, und ich hatte so viel Durst, dass trinken allein seit Stunden nicht half. Mir war in der Nacht schon klar gewesen, dass ich das alles bereuen würde, aber es war viel schlimmer: Ich hasste mich. Schon wieder hatte ich eine Grundregel gleich doppelt gebrochen: Nicht nur die Zeit heute Nacht war vertan, auch den Tag über würde ich nichts Sinnvolles zustande bringen. Trotz allem musste ich lächeln, als ich mich an ein paar Szenen der Party erinnerte: Als Lea mir geholfen hatte, das Werbeshirt von der BARMER, das Steffen mir zum Geburtstag geschenkt hatte, anzuzünden und brennend vom Balkon zu werfen. Als ich selbst nach dem dritten Bierglas voller Fruchtbowle noch rational genug gewesen war, keinen grünen Smoothie zu probieren, obwohl Paul mir dafür einen Zimmertausch angeboten hatte. Und als Ben mich ein paarmal davon überzeugen konnte, etwas Wasser zu trinken, damit ich keinen allzu starken Kater bekam. Mir fiel auch ein, dass ich ihn nicht mehr nervig, sondern mysteriös fand, seine Frisur nicht mehr gewollt, sondern cool, und dass er hübsche Grübchen in den Wangen hatte, wenn er lachte. Ich musste zweifelsfrei zu viel getrunken haben! Das konnte wirklich nicht mein Ernst sein: Mein Ex-Halbverlobter hatte eine Neue, und ich verknallte mich im Frustsuff in einen Kleinkriminellen, weil er so erfrischend anders war als der Ex. Jetzt noch eine überraschende Wendung, die ihn als Nicht-Kriminellen entlarvte und mich in eine Zwickmühle brachte, mich zwischen ihm und Steffen zu entscheiden, und die Klischees würden glatt für eine werbefinanzierte Vorabend-Soap reichen. Zum Glück war die Realität anders. Ich hatte beschlossen, die Information vom Vorabend erst mal abzusichern: Ich würde Steffen am Nachmittag, wenn er aus dem Büro kommen würde, unter einem Vorwand noch einmal anrufen und herausfinden, was wirklich los war.

»Geht ihr jetzt wirklich zusammen Wäsche waschen?«, fragte Sophie noch einmal. »Ich meine, ich treffe mich ja auch gerne mit Freundinnen, aber wir verabreden uns zum

Kaffee, oder so. Na ja, gut, das ist vielleicht auch nicht das Kreativste, aber …«

»Ist doch nur wegen diesem Papagei«, antwortete ich, während ich mich mühsam aufrappelte.

»Fluffy? Ich hab schon von ihm gehört, aber Paul macht meistens die Wäsche, daher …«

»Ja, mir gegenüber ist er etwas … offensiv.« Ich versuchte, gerade zu stehen.

»Offensiv?«

»Auf Kollisionskurs.«

»Ich verstehe überhaupt nichts.«

»Er ist ein Arsch!« Augenblicklich schmerzte mein Hals, weil ich so laut gesprochen hatte. Ich hüstelte und drückte Sophie einen Kuss auf die Wange, als ich an ihr vorbei in den Flur ging.

»He, Louisa, da hängt was.«

Tatsächlich: An meinem Fuß klebte mein Organisationsbüchlein. Der Februar war aufgeschlagen, es war zerknittert, und einzelne Seiten waren halb herausgerissen. »Ach, Mist!« Während Sophie sich ins Wohnzimmer aufmachte, zog ich das Buch von meinem Fuß. Mein Blick fiel auf einen Eintrag von heute Nacht, der aus zwei Worten bestand: *Gresslmxx* und *Schnzlbrit,* beide mit jeweils drei Ausrufezeichen. Meine Augen schmerzten, als ich auf die kaum lesbaren Worte starrte, die mir irgendwann heute Nacht äußerst wichtig gewesen sein mussten.

»Wo hängt's, Lou?« Lea kam um die Ecke gerauscht und blieb vor mir stehen. Sie hatte rosafarbene Pausbäckchen, eine adrette Hochsteckfrisur und schien auch sonst keinerlei sichtbare Schäden von heute Nacht davongetragen zu haben. »Lass uns mal starten, ich muss gleich in die Redaktion.«

Ich blickte Lea an, aber meine Augen ließen sich nicht vollständig öffnen. »Warum um alles in der Welt geht's dir so gut?«

»Mehr grüne Smoothies als Alkohol.« Lea hob die Schultern. »Kriegste keinen Kater.«

»Blödes Mistvieh«, murmelte ich, als wir ein paar Minuten später die Treppe zum Keller hinuntergingen.

»Er hatte bestimmt nur 'nen schlechten Tag.« Am unteren Ende der Treppe drückte Lea auf den Lichtschalter, den ich beim letzten Mal vergeblich gesucht hatte. Im Raum flackerte es zunächst, dann wurde es gleißend hell. Ich sah Fluffy, wie gewohnt, auf der Waschmaschine sitzen. Mein Wäschekorb stand unverändert mitten im Raum.

»Dann zeig mir doch jetzt erst mal, was das Problem ist«, sagte Lea.

»Wirst du gleich sehen.« Ich ging mit meinem Korb auf die Waschmaschine zu, und Fluffys Pauschalreaktion ließ nicht lange auf sich warten: Er machte eine Vorwärtsbewegung, breitete drohend die Flügel aus und schrie: »Ahhhhrg!«

»Mein Gott, der kann dich ja wirklich nicht ausstehen.« Lea kicherte, als ich mitsamt dem Wäschekorb in einem Satz zurücksprang.

»Fluffy, hier!«, ruft Lea und deutete auf ihren Unterarm. »Hier!«

Ich zuckte zusammen und duckte mich, als Fluffy losflog und ich den Wind seiner Flügelschläge im Nacken spürte. Aus dem Augenwinkel sah ich, wie er auf Leas Unterarm landete und den Schnabel in ihrer Hand vergrub.

»Gut gemacht, Schätzelchen.« Lea strich ihm über den Kopf. »Er war mal Showpapagei in irgendeinem Tierpark in Spanien. Kann sich auch totstellen und zählen.«

»Ist ja beeindruckend.«

»So, Schätzelchen, jetzt lassen wir die Lou mal ihre Blusen einräumen, ja?« Lea legte eine Hand auf Fluffys Flügel und deutete mir an, zur Waschmaschine zu gehen. Tatsächlich rührte sich Fluffy nicht, als ich die Tür öffnete und meine Wäsche hineinwarf.

»Wa … Was ist das denn?«, fragte ich.

»Was?« Lea blickte zu mir.

»Da sind schmutzige Socken in meiner Wäsche, die nicht von mir sind!«

»Ach so, ja.« Lea winkte ab. »Die sind dann sicher von Klaus.«

»Wie bitte? Wer ist Klaus?«

»Der Wäschekuckuck.«

»Der, *was?*«

»Der Wäschekuckuck«, schrie Lea, als wäre es der akustische Part gewesen, den ich an diesem Satz nicht verstanden hatte. »Er wohnt unterm Dach und ist etwas schräg. Er kann selbst nicht waschen und schmuggelt deswegen seine Wäsche immer unter die der anderen Hausbewohner.«

Ich blickte auf die fremden Socken in meinem Wäschekorb und dann zu Lea. »Was soll das denn bitte heißen?«

»Also, ich weiß jetzt echt nicht, wie ich das Ganze noch besser erklären soll.«

»So langsam hab ich echt die Schnauze voll!« Ich richtete mich auf und stemmte die Hände in die Hüften. »Ein obszöner Papagei und ein menschlicher Wäschekuckuck? Was passiert denn hier als Nächstes? Der Scheißkeller hier ist ja der reinste Vogelzoo!«

»Mein Gott, Louisa, man kann auch alles dramatisieren.« Lea und Fluffy blickten mich an. »Klaus klaut die

Wäsche ja zurück, wenn sie sauber ist. Du musst sie einfach nur mitwaschen und dann auf die Leine hängen.«

»Ich muss *was?*«

*

»Wie kannst du dir den leisten?«, fragte ich, als Ben einen nagelneu aussehenden, aber dennoch mit etlichen Dellen und Kratzern übersäten Lexus-Geländewagen aufschloss.

»War ein Geschenk.«

»Von jemandem, der noch nicht weiß, dass es weg ist?«

»Hm?« Ben warf sich auf den Fahrersitz.

Als ich die Beifahrertür öffnete, purzelten Pappbecher, Pizzaschachteln und ein Meer aus leeren PET-Flaschen auf den Gehweg.

»Wirf's einfach wieder rein.« Ben räumte einen Stapel Bücher, ein paar Schuhe, mehrere Sonnenbrillen und eine Kaffeemaschine vom Beifahrersitz auf die Rückbank.

»Wohnst du hier drin, oder so?«

»Könnte.«

»Wenn du die Flaschen alle auf einmal abgibst und das Geld geschickt anlegst, musst du nie wieder arbeiten.« Ich versuchte, den ganzen Müll mit einer Armladung vom Gehweg zu schnappen und zurück ins Auto zu werfen.

»Du hast ja Humor.« Ben grinste. Er hatte ja wirklich Grübchen in den Wangen.

»Nennt sich Sarkasmus.«

»Ist auch eine Art von Humor.«

»Aber eine verbitterte.«

»Legst du Wert darauf, verbittert zu sein?«

Ich musste lachen. Noch vor ein paar Tagen wäre ich niemals zu einem Kriminellen ins Auto gestiegen. Da Ben und ich blöd rumgestanden hatten, als Lea auf dem Weg in die Redaktion die Treppe heruntergestürmt war, hatte sie uns dazu auserkoren, Sophie zu ihrer Aufnahmeprüfung an der Schauspielschule zu begleiten. Paul hatte es nämlich bisher nicht aus dem Bett geschafft. Lea selbst könne sich von der Arbeit nicht freinehmen, weil es nachweislich dazu führte, dass mindestens fünfzig Prozent der Mitarbeiter ihres Teams mit sofortiger Wirkung ihren gesunden Menschenverstand und knapp siebzig Prozent ihrer IQ-Punkte einbüßten (laut Leas Berechnungen fehlten folglich *über hundert Prozent an Arbeitskraft*). Ich verstand, dass Sophie dort nicht allein sein sollte, aber es wurde mir langsam zu viel, dass in diesem Haus jeder bei jedem irgendwie mit drinhing. Konnte nicht jeder, wenigstens ein bisschen, sein eigenes Ding machen? Reichte es nicht, dass sich in der Waschmaschine, zusammen mit meinen Blusen, gerade die Schmutzsocken vom Wäschekuckuck drehten? Ich machte mein emotionales Ungleichgewicht dafür verantwortlich, dass ich mich im Augenblick wehrlos auf alles einließ, was an mich herangetragen wurde. Für gewöhnlich schaffte ich es, solche Belange höflich, aber wohlwollend abzulehnen. In meiner Lebenswelt war das so üblich, man nahm nur vordergründig Anteil am Leben der anderen. *Ach, euer Umzug ist schon morgen? Mist, jetzt sind die Schwiegereltern zu Besuch. Ich würde ja lieber Kisten schleppen, statt dem alten Drachen die Stützstrümpfe hinterherzutragen./Fuß gebrochen? Du Ärmste! Sag Bescheid, wenn ich was ... Getränke holen? Würde ich gerne, aber ich hab Rückenschmerzen./Sinnkrise? Komm vorbei, wann immer du reden willst ... Aber ruf vorher an!* Manchmal vermisste ich die Zeit, als Kontakte weniger oberflächlich waren. Als ich während der Schulzeit noch jeden Tag mit meiner Freundin verbracht und wir uns keine Fragen nach Sinn und Effizienz gestellt hatten – wenn eine von uns eine Zahnbürste kaufen musste, ist die andere mitgekommen. Heute fehlte die Energie, um echte Freundschaften zu pflegen, und unter Kollegen, mit denen man den Großteil seiner Zeit verbrachte, herrschte zwar an der Oberfläche ein netter Umgang, dahinter stand aber ständiges gegenseitiges Beobachten. Keine Atmosphäre, die vertraut genug wäre, um all seine Facetten und Schwächen zu zeigen. Wohl dem, der eine Beziehung führte und wenigstens zu Hause nicht allein war. Aber es war nicht nur das. Wenn man sich in die Angelegenheiten von anderen einmischte, führte das meist zu Streit, Chaos, Eklat und war mit Nachteilen für einen selbst verbunden. Was, wenn ich den Kram vom Wäschekuckuck verwaschen hatte? Oder irgendwas Peinliches tat und Sophie, nur meinetwegen, durch die Prüfung fiel? Steffen fasste das immer äußerst pragmatisch zusammen: *Halt dich raus, dann kommst du in nix rein.*

*

»Da vorne ist sie schon.« Ben riss mich aus meinen Gedanken, als er auf einen von Hecken unterteilten Parkplatz vor einer grauen Betonburg, wahrscheinlich der Schauspielschule, einbog.

»Was wollt ihr denn hier?«, fragte Sophie schon von weitem, als wir das Auto abgestellt hatten und auf sie zugingen. Sie stand in einer Gruppe aus jungen Leuten vor der Tür und trug bereits ein Papierschild mit einer Nummer an der Brust.

»Lea hat uns geschickt«, sagte Ben, als wir bei ihr ankamen.

»Wie bitte? Jetzt muss ich auf euch auch noch aufpassen?«

»Ach was, achte gar nicht auf uns.« Ben winkte ab. »Wir wollen dir nur zusehen.«

»Lea meinte, du solltest nicht alleine hier sein, und Paul ist ja irgendwie verhindert, dann …«

»Meine Güte, ich bin doch kein Kind.« Sophie verabschiedete sich von der Gruppe, und wir folgten ihr durch die Tür ins Foyer der Schauspielschule. Überall standen Grüppchen aus Casting-Teilnehmern, die man an ihren Brustschildern erkennen konnte. In einer Ecke gab es eine Espressobar, in der ein Kellner mit Ziegenbart einen Kaffeeautomaten bediente. Das Rauschen der Maschine mischte sich unter die Geräuschkulisse aus Gesprächen, Gelächter und klackenden Absätzen. Ich wurde mit einem Mal nervös.

»Sophie, du weißt aber schon, dass sehr viele Leute Schauspieler werden wollen, oder?« Ich hatte einmal gelesen, dass nur einer von hundert Bewerbern tatsächlich an der Schauspielschule aufgenommen wird. Und das oft nur nach mehreren Versuchen. »Du darfst also nicht enttäuscht sein, wenn das heute nicht klappt.«

»Keine Sorge, ich bin mir ziemlich sicher, dass das heute klappt.« Sophie hatte ihre Tasche auf einen der Stehtische an der Espressobar geworfen, einen Handspiegel herausgeholt und zog nun ihre Lippen in grellem Rot nach. »Ich weiß schon, was ich tue.«

Sophie schien sehr überzeugt zu sein. Hoffentlich war die Enttäuschung dann nicht umso größer.

»Aber hättest du heute Nacht nicht lieber schlafen wollen, statt eine Party zu feiern?«, fragte ich.

»Ach was, ich hätte vor Freude sowieso kein Auge zugetan, da kam die Ablenkung gerade recht.«

»Vor *Freude*? Bist du nicht aufgeregt? Ich meine, ich hätte eher vor lauter Angst nicht schlafen können, wenn man bedenkt, dass …«

»Louisa!« Sophie sah mich an, als hätte ich etwas Unanständiges gesagt. Dann packte sie Schminkspiegel und Lippenstift wieder in ihre Handtasche. »Vielleicht falle ich morgen tot um! Und wer weiß, wie oft ich im Leben auf einer echten Theaterbühne stehen darf? Vielleicht nur dieses eine Mal! Also werde ich jede Sekunde genießen. Es wäre undankbar, sich diesen Moment mit Angst zu zerstören.«

»Schaut mal, die Teilnehmerliste.« Ben deutete auf eine Tür hinter uns, an der eine Namensliste hing. Davor hatte sich bereits eine Traube aus Casting-Teilnehmern gebildet.

Sophie drehte sich um und reckte den Hals. »Ach, du liebe Zeit, ist das klein geschrieben. Wo ist denn meine Lesebrille?«

»Du bist als Zweite dran«, sagte Ben, und wir zuckten alle drei zusammen, als eine grelle Frauenstimme durch den Raum schallte: »Herzlich willkommen zum offenen Casting, meine Herrschaften!« Eine zierliche, aber dennoch burschikos wirkende Frau mit knallroter Kurzhaarfrisur und Klemmbrett zog die Aufmerksamkeit aller Personen im Foyer auf sich. »Ich mach's kurz: Wir freuen uns, dass ihr alle hier seid, und bitten euch, jeweils kurz vor eurem Auftritt an dieser Tür bereitzustehen. Zuschauer, Freunde und Familienangehörige können im Raum Platz nehmen. Bitte hier entlang.«

»Was? Wir müssen schon rein?« Ich blickte Sophie an. »Und du musst dann alleine hier draußen …«

»Geht, geht.« Sophie fuchtelte mit den Armen. »Und macht mich nicht wahnsinnig.«

»Viel Erfolg.« Ben umarmte Sophie, und ich deutete ihr an, dass ich ihr die Daumen drückte. Dann folgten wir der Rothaarigen und einem Schwung anderer Personen in den Theaterraum. Es war düster, fast dunkel, und die Menge verteilte sich auf die ersten drei Stuhlreihen. Wir erwischten Plätze in der zweiten Reihe, direkt vor der Bühne, auf der bereits drei Männer im hellen Scheinwerferlicht an einem Tisch saßen. Vor sich hatten sie Mikrofone, die jeweils zwischen ihren ausgebreiteten Unterlagen standen. Das Räuspern des Mannes in der Mitte war laut durchs Mikrofon zu hören, dann schnippte er zweimal mit dem Finger dagegen und las von seinen Unterlagen ab: »Steffi Wintrop, bitte.« Er war der Älteste, hatte graumeliertes Haar und trug ein zu weites Jackett über einem knallgelben Strickpulli mit V-Ausschnitt.

»Er hätte uns ruhig erst mal begrüßen können«, flüsterte ich Ben zu.

»Leg ich jetzt nich so Wert drauf.«

Ich fuhr herum, als Sophie sich auf den Platz neben mir fallen ließ. »Ich dachte mir, ich spitzel mal, wie die Steffi das so macht. Ich hab sie vorhin aufm Klo kennengelernt. Wir ham noch mal den Nathan geübt, den spielt sie aber erst als Zweites, weil …«

»Nein!«, unterbrach ich sie. »Du musst doch draußen warten … also vor der Tür … du bist doch schon die Zweite und …«

»Pssst«, flüsterte Ben, als eine zierliche Blondine, höchstens achtzehn, die Bühne betrat. Sie war blass, blieb neben dem Tisch mit den drei Herren stehen, verschränkte die Arme und blickte, sichtlich nervös, im Raum umher.

»Sind Sie Steffi Wintrop?«, fragte der Herr in der Mitte.

Die Blondine nickte.

»Dann begrüßen wir Sie ganz herzlich. Ich bin Bernhard Wolf, der Direktor der Schule.« Dann deutete er auf die beiden jüngeren Herren neben sich. »Und das hier sind Florian Renner, zuständig für die Ausbildung der Schauspieler, vor allem die Sprecherziehung und die Arbeit an der Rolle, und Maximilian Groß, Regie.« Auch sie trugen zu weite Jacketts über Wollpullovern und sahen damit aus, als hätten sie sich zur Feier des Tages mit Klamotten aus der hauseigenen Requisitenkiste versorgt. Wahrscheinlicher war allerdings, dass es sich um einen schrägen Trend in Künstlerkreisen handelte. Steffi nickte erneut, und Herr Wolf fuhr fort: »Ich würde vorschlagen, dass Sie uns zuerst etwas vorspielen und wir dann das persönliche Gespräch führen.«

»Was wollen Sie uns denn gerne zeigen?«, fragte der Regisseur.

Steffi schluckte. »Die, äh, Julia.«

»Ist das nicht ein bisschen klischeehaft?«, flüsterte ich.

»Nee, klassisch«, flüsterte Sophie zurück.

»Akt?«, fragte der Regisseur.

»Fünf«, stieß die Blondine hervor. Und in einem sehr hohen, fast erstickten Ton: »Tod.«

Die drei Herren tauschten Blicke aus, es folgte eine großrahmige Armbewegung des Direktors: »Bitte.«

»Jetzt?« Steffis Augen wurden groß.

»Es wäre ein idealer Zeitpunkt«, antwortete der Direktor. »Wo wir doch alle so schön beisammen sind.«

Die beiden anderen Männer blickten sich belustigt an. Musste das sein? Das Mädchen war doch ohnehin aufgeregt. Steffi räusperte sich, dann legte sie sich auf den Boden und begann mit ihrem Text: »*Was ist hier? Ein Becher, in meines Geliebten Hand?*« Ihre Stimme klang dünn, fast zittrig. »*Gift, wie ich seh, ist sein, äh, unzeitiger Tod gewesen.*« Sie fasste sich an die Kehle und räusperte sich erneut. »Entschuldigung! *Oh, du Unfreundlicher, alles auszutrinken und nicht einen freundschaftlichen Tropfen übrig zu lassen, der mir …*« Dann nahm sie eine Hand vor den Mund, und man hörte sie würgen.

»Gehört das zur Rolle?« Ich blickte zu Sophie.

»Nö.«

»*… der mir … der mir dir nach helfe. Ich will deine Lippen,* äh, Mist, äh, *küssen, vielleicht hängt noch so viel Gift daran …*« Steffi sprang auf und schlug beide Hände vor den Mund. Ihr war anzusehen, dass sie das Würgegeräusch, das man deutlich hören konnte, unterdrücken wollte. Sie stürmte aus dem Raum.

»Ich glaube, der Steffi ist's schlecht.« Ben blickte auf sein Smartphone. »Und Paul ist auf dem Weg hierher.«

Die drei Herren auf der Bühne blickten Steffi nach.

»Paul also auch noch«, stellte Sophie fest. »Ihr hättet mit dem Fanclub wenigstens warten können, bis ich die Aufnahmeprüfung bestanden habe.«

Die Rothaarige mit dem Klemmbrett rauschte auf die Bühne, flüsterte den drei Männern etwas zu und verschwand wieder.

»Frau Wintrop bittet um eine Pause«, sagte Herr Wolf ins Mikrofon, räusperte sich und blätterte in seinen Unterlagen. »Dann erwarten wir in der Zwischenzeit unseren nächsten Teilnehmer … wo hab ich's, wo hab ich's … ah, Sophie Hempel, bitte.«

»O nein!« Ich riss den Kopf herum, schlug die Hand vor den Mund und blickte zu Sophie. »Jetzt bist du schon dran, aber … und … o Gott!«

Sophie erhob sich, tätschelte kurz meine Schulter und flüsterte mir zu: »Louisa, es wäre jedem gedient, wenn du ab und zu wenigstens so tun würdest, als wärst du cool.«

»Sophie Hempel?« Die drei Männer blickten zur Tür neben der Bühne.

»Nein, hier«, rief Sophie, während sie nach vorn ging.

»Oh, direkt aus dem Publikum«, sagte der Regisseur, und die drei Männer drehten die Köpfe in Sophies Richtung, die nun die wenigen Stufen zur Bühne nach oben stieg. Dann trat sie in das Scheinwerferlicht.

»Oh!«, sagte der Direktor ohne jeden Versuch, seine Überraschung zu verbergen.

»*Sie* sind Sophie Hempel?«, fragte der Regisseur nach.

»Ja.« Sophie stellte sich in die Mitte der Bühne und strahlte die drei Männer offenherzig an. »Schönen guten Tag!«

»Entschuldigen Sie, aber wie alt sind Sie?« Der Direktor kramte in seinen Unterlagen.

»Entschuldigen Sie ebenfalls, aber so was fragt man eine Dame nicht«, antwortete Sophie.

Im Raum war vereinzelt Gelächter zu hören.

»Aua, spinnst du?« Ich wandte mich zu Ben um, nachdem er mir den Ellbogen in die Seite gestoßen hatte.

»Was machen wir, falls die sich wegen Sophies Alter querstellen?«, flüsterte er.

»Wa …?« Ich sah ihn an. »Wieso *wir*? Was soll ich denn da …? Gar nichts! Geht's noch?«

»Entschuldigen Sie nochmals, wenn ich das so klar sage.« Der Direktor räusperte sich. »Aber meinen Sie nicht, Sie sind etwas zu *alt*, um sich für eine Berufsausbildung zu bewerben?«

»Ich hab's!« Ben stieß mich erneut in die Seite. »Gib dich

als ihre Agentin oder Managerin aus! Oder noch besser: Anwältin! Oder was weiß ich!«

Einzelne Personen im Publikum lachten auf, als Sophie geantwortet hatte: »Die Frage ist unlogisch, Herr Wolf, würde ich das meinen, wäre ich nicht hier.«

»Man mischt sich bei so was nicht ein!« Ich kniff die Augen zusammen und sah Ben an. »Außerdem werde ich keine Dinge behaupten, die gar nicht stimmen! Mach das doch selbst! Und hör endlich auf, mir in den Magen zu hauen, mir ist sowieso schon übel!«

»Auf Ihrer Website stand, es gäbe keine Altersbeschränkung für die offenen Castings, also habe ich …«, begann Sophie, aber ich konnte ihr nicht weiter zuhören, weil Ben mir ins Ohr zischelte: »Mir glaubt das doch kein Mensch, Louisa! Aber guck dich doch mal an, du hast genau die richtige … ähhh Glaubwürdigkeit! Und das passende Outfit.« Mir war am Morgen in aller Eile tatsächlich nichts Besseres eingefallen, als in meine Büroklamotten vom Vortag zu springen. »Komm, wir können doch nicht zulassen, dass Sophie …«

Wir blickten wieder nach vorn, als der Direktor antwortete: »Ich würde mal sagen, das gilt bis, hm, ja, so um die dreißig? Und da sind wir schon sehr offen, wissen Sie? Viele Schauspielschulen setzen das Höchstalter viel niedriger an …«

»Korrekt formuliert müsste es auf Ihrer Website also heißen: *Keine Altersbeschränkung für alle Menschen bis dreißig.* Hab ich das richtig verstanden?«, unterbrach Sophie ihn.

Der Direktor räusperte sich und blickte zu seinen Kollegen.

»Vielleicht müssen wir da wirklich mal unsere Informationen überarbeiten, das ist in der Tat etwas irreführend«, sagte der Regisseur.

»Frau Hempel, es tut uns leid, aber …«, begann der Direktor.

»Jetzt mach irgendwas!«, zischelte Ben und wollte mich schon wieder in die Seite stoßen, ich fing jedoch seinen Arm ab und hielt ihn fest.

»Hör sofort auf!«, zischelte ich zurück.

»Wir wünschen Ihnen trotzdem alles Gute und viel …«, sagte der Regisseur.

Ben befreite seinen Arm aus meiner Hand und pikste mich mit beiden Zeigefingern in die Seite. »Hiiiiiiiiiiiii«, schrie ich und sprang von meinem Sitz hoch. Alle Blicke richteten sich auf mich. Da ich die Abschiedsrede des Regisseurs unterbrochen hatte, stand sein Mund noch offen.

»›*Hier*‹, wollte sie sagen.« Ben deutete auf mich. »Das ist Frau Hoffmann, sie ist Frau Hempels Anw…«

»Freundin!«, unterbrach ich ihn laut und blickte nach vorn. »Ich bin, äh, ihre Freundin!«

»Aha?« Der Regisseur hatte die Stirn in Falten gelegt. Er sah mich an, als erwartete er nun weitere Informationen von mir.

»Äh …«

»Wollen Sie uns irgendwas sagen?«

»Nein«, antwortete ich, blieb aber unsicher stehen.

»Na dann.« Der Regisseur räusperte sich. Der Direktor begann, in seinen Unterlagen nach dem nächsten Namen zu kramen. Der Sprecherzieher grinste verwirrt.

»Äh, doch!«, sagte ich schnell. »Also vielleicht …«

»Dann müssten Sie sich aber bald entscheiden«, meinte der Direktor, woraufhin der Regisseur den Kopf schief legte. Der Sprecherzieher grinste noch verwirrter als zuvor.

»Ich wollte, äh …« Ich räusperte mich. »sagen … das … äh … können Sie nicht machen.«

»Wie bitte?« Der Direktor blickte auf.

Ich spürte, wie sich das Adrenalin in meinem Körper ausbreitete. Noch nie war ich in einer solch peinlichen Situation gewesen. Wie kam ich da nur wieder raus? Weiter vor mich hin stammeln war jedenfalls keine Option.

»Sie kennen ja die Hintergrundgeschichte nicht«, sagte ich und straffte die Schultern. »Sophie mag vielleicht als Rentnerin nicht so recht unter die jungen potentiellen Schauspielschüler passen, aber im Gegensatz zu den anderen Bewerbern hatte sie aus persönlichen Gründen nicht das Glück, sich schon als junges Mädchen hier zu bewerben, sie musste ihre Pflichten erfüllen. Trotzdem hat sie ununterbrochen darauf hingearbeitet und sich ihr Leben lang auf den Tag gefreut, an dem sie endlich hier sein kann – auf diesen Tag hier. Und sie will ja nur das Recht, vorspielen zu dürfen. Wie alle anderen auch. Das sollten Sie ihr zugestehen.«

Ich setzte mich und atmete aus. Sophie lächelte mir zu, Ben blickte mich entgeistert an. Das Smartphone, das er die ganze Zeit fest in der Hand gehalten hatte, war zwischen seine Beine gerutscht. Der Direktor blätterte durch seine Unterlagen. »Hm.«

Einen kurzen Moment war es still im Raum.

»Das klingt ja alles furchtbar rührend, aber …«, begann der Direktor.

»Was haben Sie denn aus der klassischen Rubrik vorbereitet?«, unterbrach ihn der Regisseur und blickte Sophie an.

»Alles.«

»*Alles?*«

»Ja.«

»Was meint sie mit ›alles‹?« Der Regisseur sah den Sprecherzieher an.

»Ich habe absolut keine Ahnung«, sagte der Sprecherzieher und blickte wiederum zum Direktor, der die Schultern hob.

Sophie ging einen Schritt auf die Männer zu. »Ich meine damit, Sie können mir so ziemlich jeden Klassiker nennen, und ich kann Ihnen jede Szene daraus vorspielen. Die Figur dürfen Sie sich selbstverständlich auch aussuchen.«

»Wollen Sie damit sagen, Sie können alle fünfzig Titel, die wir für das Casting zur Auswahl gestellt haben, *auswendig?*«

»Das will ich damit sagen. Und noch ein paar mehr.«

Der Direktor sah den Regisseur an, der Regisseur den Sprecherzieher, der Sprecherzieher kratzte seine linke Geheimratsecke.

»Bin ich zu spät?« Paul warf sich auf den Sitz neben mir. Er hatte eine Maxi-Flasche Wasser unter dem Arm, die ich neidisch beäugte.

»Wenn man es genau nimmt, bist du genau rechtzeitig«, flüsterte Ben.

»Frau Hempel«, begann der Regisseur, »ich kann mir nicht vorstellen, dass Sie die ganzen Texte …«

»Ist das denn so außergewöhnlich?«, fiel Sophie ihm ins Wort. »Auf Ihrer Liste stehen doch nur die Titel, die man sowieso kennt. Probieren Sie es doch einfach aus.«

Der Regisseur sah den Direktor an, der daraufhin gleichzeitig mit den Schultern zuckte und nickte. »Na gut, warum nicht?«

»Was nehmen wir denn da?«, überlegte der Sprecherzieher mit dem Blick in seinen Unterlagen. »Wie wär's mit der Claire Zachanassian in der Szene, als sie den Mordaufruf bekanntgibt?«

Sophie lachte offenherzig. »Ich erkenne da eine Tendenz von Sarkasmus, Herr Renner, also dass Ihnen als Erstes *Der Besuch der alten Dame* in den Sinn kommt ...« Der Sprecherzieher lachte ebenfalls auf.

»Und dann ausgerechnet diese deformierte Person.« Sophie verdrehte die Augen. »Sie ist ziemlich einfach, mache ich aber gerne.«

»Ich steige in den Dialog mit Ihnen ein«, sagte der Sprecherzieher.

Wir blickten nach vorn, als Sophie die Augen schloss und durchatmete. Ich griff in meine Tasche, um ein Bonbon zu suchen. Als Sophie die Augen wieder öffnete, hatte sie einen Gesichtsausdruck, den ich noch nie an ihr gesehen hatte.

»Und nun wollen Sie Gerechtigkeit, Claire Zachanassian?«, fragte der Sprecherzieher.

»Ich kann sie mir leisten. Eine Milliarde für Güllen, wenn jemand Alfred Ill tötet.« Sophie zeigte mit ausgestreckter Hand auf den Regisseur. Der deutete daraufhin etwas verwirrt auf sich selbst, während Sophie langsam auf ihn zuging.

»Zauberhexchen! Das kannst du doch nicht fordern, das Leben ging doch längst, äh ... längst weiter!«, rezitierte der Regisseur und räusperte sich, nachdem er sich verhaspelt hatte. Sophie blieb ganz in ihrer Rolle: *»Das Leben ging weiter, aber ich habe nichts vergessen. Nun sind wir alt, beide, du verkommen und ich von den Messern der Chirurgen zerfleischt, und jetzt will ich, dass wir abrechnen, beide: Du hast*

dein Leben gewählt und mich in das meine gezwungen. Und nun will ich Gerechtigkeit.« Sophie stellte sich direkt vor den Regisseur und blickte ihm so scharf in die Augen, dass ich Angst um ihn bekam. Dann lachte sie einmal schallend auf. *»Gerechtigkeit für eine Milliarde.«*

Sophie wandte sich in einer Bewegung von dem Regisseur ab und verbeugte sich. Meine Hand steckte noch in der Tasche, ich hatte vergessen, nach dem Bonbon zu suchen. Ich blickte zu Ben, sein Mund stand halb offen. Im Publikum hörte man vereinzeltes Klatschen, das immer heftiger und lauter wurde, bis es sich in einen tosenden Applaus verwandelte. Sophie lächelte – und war wieder ganz sie selbst.

»Das gibt's doch nicht, ich hätt ihr sofort geglaubt, dass sie 'ne mordlustige Milliardärin ist«, zischelte Ben.

»Ja, spielen kann sie«, sagte Paul.

»Das war …« Der Regisseur blickte zu Sophie.

»Richtig gut!« Der Direktor stützte sein Kinn in die Hände, als müsste er sofort damit beginnen, den Schock zu verarbeiten. Der Sprecherzieher starrte rhythmisch nickend ins Leere und sah dabei aus wie ein debiler Wackeldackel.

»Was jetzt?« Sophie hatte die Hände in die Hüften gestemmt.

»Äh, was?« Der Sprecherzieher schreckte zusammen und blickte auf.

»Wen soll ich jetzt spielen?«

»Wie wär's mit der Medea?«, fragte der Regisseur. »Hab hier grade die letzte Seite vor mir, Version von Grillparzer.«

»Schon wieder so was Einfaches?« Sophie schloss erneut für einen Moment die Augen und atmete durch. *»Was ist* *der Erde Glück? – Ein Schatten! Was ist der Erde Ruhm? – Ein Traum! Du Armer! Der von Schatten du geträumt! Der Traum ist aus, allein die Nacht noch nicht. Leb wohl, mein Gatte! Die wir zum Unglück uns gefunden, im Unglück scheiden wir. Leb wohl!«*

Sophie blickte den Regisseur an, mit einem hoffnungslosen, beinahe verzweifelten Gesichtsausdruck.

»Äh …« Er wandte seinen Blick von ihr ab und suchte mit dem Finger die richtige Zeile: *»Verwaist! Allein!«*

»Dulde!«, schrie Sophie.

»Könnt ich sterben!«, schrie der Regisseur.

»Büße!« Tränen rannen über Sophies Gesicht. *»Ich geh und niemals sieht dein Aug' mich wieder.«*

Sophie verbeugte sich, wischte sich mit dem Ärmel über die Augen und lächelte wieder. Diesmal brach unmittelbar Applaus aus.

»Das glaub ich einfach nicht!« Ben schüttelte den Kopf, während er heftig klatschte.

»Sie kann einfach so lachen und einfach so weinen?« Ich blickte zwischen Paul und Ben hin und her. »Das ist doch verrückt! Und sie kennt echt ganze Bücher auswendig! Gibt's denn so was?«

»Offensichtlich.« Paul hatte die Stirn in Falten gelegt. »Dafür kann sie sich seit vierzig Jahren nicht merken, dass meine Pullover nicht in die Kochwäsche gehören!«

Wir blickten nach vorn, als der Direktor sein Mikrofon richtete. »Dann kommen wir mal zum persönlichen Gespräch, Frau Hempel«, sagte er und räusperte sich, als der Applaus abgeebbt war. »Nichtsdestotrotz, würden Sie uns doch noch verraten, wie alt Sie sind?«

»Nein.«

Im Publikum wurde gekichert.

»Keiner weiß genau, wie alt sie ist«, flüsterte Paul. »Nicht mal ich.«

»Was?« Ich drehte mich zu ihm um. »Du bist doch ihr Mann!«

Er hob die Schultern. »Ich hab's mal gewusst, aber irgendwann vergessen mitzuzählen. Und sie verrät ja nix.«

»Ich gebe Ihnen einen Tipp«, antwortete Sophie dem Direktor. »Wenn Sie mich aufnehmen, muss ich bestimmt irgendein Formular ausfüllen, dann kriegen Sie's raus. Aber dass ich das jetzt hier so in aller Öffentlichkeit … Nein, da müssen Sie mich schon aufschneiden und die Ringe zählen. Dann ginge Ihnen allerdings die Möglichkeit verloren, mir eine wirklich sinnvolle Frage zu stellen. Nach meiner Persönlichkeit zum Beispiel.«

Der Sprecherzieher lächelte Sophie an.

»Tja«, sagte der Regisseur und blickte den Direktor an, der ebenfalls lächeln musste.

»Na dann, Frau Hempel«, begann der Sprecherzieher, »warum wollen Sie denn Schauspielerin …«

»Nein, nein!« Der Regisseur unterbrach ihn mit einer lapidaren Handbewegung. »Mich würde vielmehr interessieren, da Frau Hempel so viel Talent mitbringt und bislang alles so, wie sagt sie, *einfach* fand, wo sie denn überhaupt die Schwierigkeiten in diesem Beruf sieht?«

»Oh, das ist eine ausgezeichnete Frage«, antwortete Sophie. Der Regisseur blickte mit einem überlegenen Lächeln zu Herrn Renner, während Sophie erklärte: »Die meisten konzentrieren sich ja nur auf das Spielen und denken, das müssten sie auf Teufel komm raus perfektionieren. Aber das ist falsch. Es fängt viel früher an, am Text. Man muss die Facetten einer Figur finden, ihre widersprüchlichen Eigenschaften. Und wenn man dann jede einzelne Facette davon nur halbwegs gut integriert, ist man immer noch besser als jemand, der seine Figur nur eindimensional perfekt spielt, weil er den Text nicht verstanden hat.«

Die drei Herren blickten sich zuerst gegenseitig an und schließlich wieder zu Sophie. Der Direktor räusperte sich.

»Was finden Sie schwerer zu spielen, eine tragische oder eine komische Figur?«, fragte der Regisseur weiter.

»Beides nicht schwer.« Sophie hob die Schultern und ließ dann ihre Arme locker herunterhängen. »Wenn überhaupt irgendwas schwer ist, dann tragikomische Figuren, die sind innerlich zerrissen und haben viel mehr Tiefgang.«

Wieder tauschten die Männer Blicke aus.

»Gibt es eine klassische Figur, die Sie schwer spielbar finden?«

»Wenn man den Puk ordentlich zwielichtig spielen will, ist das ziemlich schwer«, antwortete Sophie. »Aber das krieg ich auch hin.«

»Frau Hempel«, sagte der Direktor, »wir mögen es ja, wenn die Auszubildenden ein gutes Selbstbewusstsein haben, aber Sie müssen in den Kursen aufpassen, dass Sie Ihren Mitschülern gegenüber nicht arrogant rüberkommen.«

»Mit Verlaub, es ist keine Arroganz, sondern gesunder Menschenverstand«, erwiderte Sophie. »Ich habe mein Leben lang geübt.«

Der Direktor lächelte.

»Moment mal, Herr Wolf, *Mitschüler?*« Sophie reckte den Hals. »Heißt das, ich bin aufgenommen?«

Die drei Männer nickten.

*

»Wer hätte gedacht, dass ich mit einem Ausnahmetalent zusammenwohne?«, fragte ich, nachdem sich Sophie im Sekretariat der Schauspielschule kurz vorgestellt hatte und wir an der Espressobar darauf warteten, von dem ziegenbärtigen Kellner bedient zu werden.

»Und ich darf ihre Blumen gießen, wenn sie verreist ist«, sagte Ben.

»Und ich bin sogar mit ihr verheiratet.« Paul umarmte Sophie.

»Ich bin kein Ausnahmetalent!«

Sophie löste sich aus Pauls Umarmung und blickte uns entrüstet an. »Ich wiederhole mich zwar, aber ich übe seit fünfzig Jahren. Täglich! Und ich möchte, dass diese langjährige Arbeit an mir selbst auch als solche anerkannt wird, da lasse ich mir doch keinen billigen Talentstempel aufdrücken!«

»Sophie, hier, das geht mit Dank zurück!« Steffi drückte Sophie ein Reclamheft in die Hand. *Nathan der Weise,* konnte ich lesen, von Gotthold Ephraim Lessing. »Du bist hier jetzt schon berühmt. Hast du das gewusst? Nur ganz wenige schaffen es überhaupt in die nächste Runde, aber angeblich ist noch nie jemand direkt nach dem Casting aufgenommen worden – außer dir!«

»Echt nicht?« Sophie verstaute das Reclamheft in ihrer Tasche und lächelte dabei. »Und wie geht's bei dir jetzt weiter?«

»Ich übe lieber noch mal.« Steffi verdrehte die Augen. »In drei Monaten ist das nächste Casting. Oder meinst du, ich soll gleich noch mal reingehen?«

»Gib Shakespeare ruhig etwas Zeit, sich zu erholen, Schätzchen.«

»Hallo?« Paul winkte zum wiederholten Male dem Kellner zu, der an uns vorbei zu einem der Stehtische ging, um eine Bestellung aufzunehmen.

»Wenn du willst, übe ich mit dir«, bot Sophie Steffi an.

»Das wär ja der Wahnsinn!«

»Also hören Sie mal!«, rief ich dem Mann hinterher, während sich Steffi von Sophie verabschiedete. Der Kellner hörte nicht hin.

»Wir können auch woanders oder zu Hause einen Kaffee trinken.« Sophie schnappte nach ihrer Tasche.

»Das seh ich jetzt überhaupt nicht ein!« Paul schlug mit der flachen Hand auf die Bar. »Wir trinken genau *hier* unseren Kaffee, wo du offensichtlich schon *berühmt* bist, was mich unheimlich stolz macht!«

»Okay?« Sophie blickte auf. »Und warum hörst du dich dann an, als wärst du sauer?«

»Ist dir eigentlich klar, dass ich da drin genauso überrascht wurde wie alle anderen?«, zeterte Paul. »Ich meine, dass du schauspielern kannst, weiß ich ja von deinen Einsätzen im Vereinsheim. Aber wieso weiß ich nichts davon, dass du ein halbes Jahrhundert lang heimlich Bücher auswendig gelernt hast? Was sagt das denn bitte über unsere Ehe aus?«

»*Heimlich*?« Sophie legte die Stirn in Falten. »Ich bitte dich, Paul, ich habe abends ein paar Texte gelernt, mehr nicht. Du gehst seit dreißig Jahren abends um zehn schlafen.«

»Dass du mich aus deinem Leben ausgrenzt, hat also damit zu tun, dass ich früh schlafen gehe?«, rief Paul. »Du hast immer gesagt, du liest dann noch!«

»Hab ich doch auch!«

»Herrgott noch mal, ich dachte, das wären harmlose Frauenromane mit Katzen und Pflanzen auf dem Cover!

Aber doch nicht dieses verdrehte Zeug!« Paul deutete auf das Reclamheft, dessen vergilbter Rücken noch aus Sophies Tasche ragte.

»Jetzt hack mal nicht auf Lessing rum!«, antwortete Sophie. »Als Kunststudent solltest du einen weiteren Horizont haben.«

»Ich … ich bin einfach … ach …«, rief Paul. »Ich muss mal zur Toilette, aber das Thema ist noch nicht durch!«

Sophie seufzte, als Paul davonstampfte.

»Jetzt lass dich endlich mal drücken, Louisa.« Sophie fiel mir um den Hals. »Ohne dich hätten sie mich schon vor der ersten Textstelle hochkant rausgeworfen. Was müssen die aber auch so unsachlich werden? Solange ich keine Flasche Wein bin, ist mein Alter doch völlig egal!«

Die ganze Zeit hing ich schon in Gedanken dem nach, was im Theatersaal passiert war. Dass *ich* tatsächlich dazu beigetragen hatte, dass es überhaupt zu Sophies Vorstellung gekommen war, machte mich zwar stolz, aber gleichzeitig war ich wütend auf Ben: Noch nie hatte mich jemand in eine solch peinliche Situation gebracht, und die ganze Zeit wartete ich schon darauf, dass er mich noch einmal auf die Sache ansprach oder sich entschuldigte.

»Ben war da nicht ganz unbeteiligt«, murmelte ich und deutete auf ihn. Er lehnte an der Bar.

»Wirklich?« Sophie löste sich aus unserer Umarmung und blickte ihn an.

Ben grinste. »Wenn man stuffy Lou anpikt, ist sie zu einigem fähig. Hätte ich nicht gedacht.«

»*Anpikt*? Geht's noch?« Ich hob eine Augenbraue. »Das war echt uncool, mich so bloßzustellen, wie kommst du überhaupt darauf, dass …«

»Es hat zum Erfolg geführt, oder nicht?« Ben grinste wieder.

»So kann man doch nicht argumentieren!« Ich warf beide Arme in die Luft. »Verhältst du dich eigentlich auch mal normal?«

»Negativ. Ich hab ja einen Haufen Mist gebaut über die Jahre, aber das hat nie dazugehört.«

Bens Uneinsichtigkeit machte mich endgültig wütend. »Echt ... Deine ganze Einstellung ist so, so ...«

»Na, was denn?«

»Ach ...« Ich schüttelte den Kopf. »Einfach nicht gesellschaftsfähig!«

»Wenn ich mir die Gesellschaft so ansehe, beruhigt mich das.«

»Pfff, ja klar, der superindividuelle Weltskeptiker, der ja so viel besser ist als alle anderen! Was ist denn dein Problem mit der Gesellschaft? Ach, nein, lass mich raten – es gibt zu viele Verbote, die es schwermachen, andere Leute um ihr Geld zu betrügen, stimmt's?«

»Was?«, fragte Sophie mit hoher Stimme dazwischen.

»Eigentlich ist es der Umgang mit sozial Schwächeren, Tieren und der Umwelt, das Fixieren auf Wirtschaftswachstum und Profit, falsche Werte generell, und einiges mehr, was mich an dieser Gesellschaft stört«, antwortete Ben. »Aber du scheinst ja deine eigene Theorie zu haben.«

»Ist das 'ne neue Subkultur?«, fragte ich. »Kriminelle Hipster mit realitätsferner Kuschelmoral oder so was?«

»Nenn mich nie wieder Hipster!«, sagte Ben.

»Kriminell?«, fragte Sophie.

»O Mann, jetzt tut doch nicht so, als wüsstet ihr nicht, wovon ich rede!«

»Meint sie das Konzert letzte Woche?« Sophie reckte den Hals in Bens Richtung.

»Nee.«

»Welches Konzert?«, fragte ich.

»Was weiß denn ich, wie die Band hieß. Aber Ben hat sich danebenbenommen und ist rausgeflogen.«

»Ich hab mich nicht danebenbenommen, ich hab 'ne Zigarette geraucht.«

»Es war Rauchverbot.«

»Na und?«, fragte Ben. »Mein Gott, früher hat man Crack auf der Bühne geraucht! Die Welt ist so schrecklich brav geworden, man muss ja nicht bei jedem Mist mitmachen.«

»Hallo?«, rief ich dazwischen und blickte Sophie an. »Ich komme auf die Verbrechersache, weil *ihr* von Bens Bewährungsauflagen und Aktivisten-Kram gesprochen habt! Du und Lea!«

»Ach, das meinst du.« Sophie fasste sich an die Stirn. »Die Bewährungsauflagen hat er, weil er mal bekifft Auto gefahren ist.«

»Ich hab nur umgeparkt«, fügte Ben an. »Und dabei, soweit ich weiß, weder jemanden ausgeraubt noch umgebracht.«

»Bewährung wegen Drogen.« Ich verdrehte die Augen – obwohl erwischt werden beim Umparken beinahe schon süß ist. »Da siehst du, was du von deiner furchtbar coolen Art hast.«

»Sorry, Lou, aber Menschen mit doppelt abgeschlossener Unfallversicherung haben kein Recht, mich zu belehren.«

»Da bin ich wieder.« Paul stellte sich zu uns und warf einen griesgrämigen Blick in die Runde.

»Und wegen der anderen Sache …«, fuhr Sophie fort. »Ben ist Tierschutzaktivist.«

»Nebenfächer Menschenrechte und Umwelt«, fügte Paul an.

Ben sah zu mir. »Dachtest du, ich plan 'nen Anschlag, oder was?«

»Worum geht's?«, fragte Paul.

»Louisa denkt, Ben wäre ein Verbrecher«, antwortete Sophie.

»Ach«, sagte Paul, »wegen der Sache mit der U-Haft?«

»Ha!«, rief ich. »U-Haft!«

»Da war er, weil er erwischt wurde, als er nachts in eine Geflügelmasthalle eingebrochen ist, um die Tierhaltung zu filmen«, erklärte Sophie.

Ich schluckte. Wie alle anderen dachte ich immer, man müsste unbedingt etwas gegen die furchtbaren Zustände in der Tierhaltung unternehmen – wie alle anderen war ich aber noch nie auf die Idee gekommen, selbst etwas zu organisieren. »Also wirklich, Louisa, Ben würde nie jemandem was tun«, sagte Sophie. »Im Gegenteil! Ich habe noch keinen netteren und hilfsbereiteren jungen Mann kennengelernt als ...«

»Ja, ja, alle lieben Bennie«, unterbrach Paul sie. »Gut, dass wir das geklärt haben! Können wir jetzt bitte wieder zu meinem Thema zurückkommen?«

»Ja.« Ben verdrehte die Augen und blickte auf die Uhr. »Das Gespräch nervt.«

Mit einem Schlag kehrte meine Wut zurück. »Wenn hier jemand genervt ist, dann immer noch ich!«, rief ich. »Sorry, aber du hast mich da drin echt in 'ne saublöde Situation gebracht! Und zu dem restlichen Kram: Mach doch, was du willst, wenn du meinst, dass du dein Leben, im Gegensatz zum Rest der Gesellschaft, so furchtbar sinnvoll verbringst.«

Ben hob die Schultern. »Selbst wenn nicht. Die meisten Leute tun die meiste Zeit nichts Sinnvolles.«

»Sie gehen acht Stunden am Tag arbeiten!« Ich wurde noch lauter.

»Sag ich doch.«

»Meint ihr, das ist jetzt das wichtigste Thema hier?« Paul blickte von einem zum anderen. »Nimmt mich hier kein Mensch ernst? Ich kenne meine eigene Frau nicht mehr!«

»Meine Güte, Paul, ich versteh überhaupt nicht, wovon du sprichst«, keifte Sophie. »Ich hab dir immer gesagt, dass ich Schauspielerin werden will!«

»Das sagt doch jede Frau!«, rief Paul.

»Dann wissen wir ja jetzt, wer hier wen nicht ernst nimmt!«, schrie Sophie zurück.

»Kann ich Ihnen etwas bringen?« Endlich tauchte der Kellner vor uns auf.

»Nein!«, riefen Paul, Sophie und ich gleichzeitig. Der Mann zuckte zusammen.

*

»Was macht ihr denn bei der Kälte hier draußen?«

Als ich am nächsten Tag von der Arbeit nach Hause kam, sah ich Sophie und Paul auf einer Bank mitten auf dem Gartenfeldplatz sitzen.

»Frag nicht«, antwortete Sophie.

»Wir sind erledigt«, sagte Paul.

»Was?« Ich ließ meine Bürotasche von den Schultern gleiten und stellte sie zwischen meinen Füßen ab. »Was ist denn passiert?«

»Wir waren heute Morgen beim Gesundheits-Check-up«, sagte Paul.

»Bei diesem Herrn Dr. Heinrich, zu dem Maria uns geschickt hat«, fügte Sophie an.

Mein Adrenalinspiegel schnellte in die Höhe, und ich schlug eine Hand vor den Mund: »Ihr habt doch nichts? Sophie? Paul? Herrgott noch mal, ihr habt doch nichts, oder?«

Sie schüttelten beide den Kopf.

»Kerngesund.« Sophie starrte auf den Boden.

»Wir werden sehr lange leben.« Paul ließ den Kopf in die Hände sinken.

Ich atmete auf. Auch wenn es mich aus dem Konzept brachte, dass Paul und Sophie, ganz im Widerspruch zu dieser Information, so aussahen, als wäre ihr Grab bereits geschaufelt und das Sterben an sich nur noch reine Formsache.

»Das ist doch, äh … fabelhaft, oder nicht?«, fragte ich.

Paul und Sophie reagierten nicht.

»Stell dir mal vor, wir leben noch verdammte dreißig Jahre.« Sophies Blick war so leer, dass es aussah, als wäre sie irgendwo in ihrem eigenen Kopf verschwunden.

»Oder vierzig«, ergänzte Paul.

»O Gott!« Sophie schlug die Hände vors Gesicht.

»Seid ihr jetzt endgültig wahnsinnig geworden?«, fragte ich, aber die beiden hörten mir gar nicht zu.

»Wie kann das denn überhaupt sein?« Paul schlug sich mit der flachen Hand auf den Oberschenkel. »Ich rauche seit fünfzig Jahren ohne Unterbrechung.«

»Und ich habe noch nie in meinem Leben Sport getrieben«, sagte Sophie.

»Wir sind mindestens jeden zweiten Tag betrunken!«, fügte Paul an.

»Das ist einfach nicht fair!« Sophie schüttelte den Kopf.

»Um Himmels willen«, rief ich. »Sagt mir jetzt bitte mal

einer, was hier los ist? Wieso um alles in der Welt wollt ihr nicht lange leben? Grade ihr zwei? Ihr seid die lebensfrohesten Menschen, die ich kenne! Das macht doch überhaupt keinen Sinn!«

»Doch.« Sophie verschränkte die Arme. »Uns geht's ja nicht um Quantität, sondern um Intensität.«

»Ich verstehe rein gar nichts.«

Sophie seufzte. »Wir müssen das Studium hinschmeißen.«

»... weil wir nicht genug Geld haben und fürs Alter vorsorgen müssen«, ergänzte Paul.

»Schon wieder!« Sophie blickte mich an und warf die Arme in die Luft.

»Aber wieso, was ist denn passiert, also ...«, begann ich.

»Wir haben jetzt schon ein Minus auf dem Girokonto«, erklärte Sophie und atmete mit einem Stoß aus. »Wir kriegen nur eine Mini-Rente und können zusätzlich immer mal was vom Sparkonto runterholen. Übermäßig viel ist da jetzt aber nicht drauf. Jedenfalls reicht es nicht fürs Studium und die Zeit danach, wenn wir beide verdammt noch mal steinalt werden!«

»Vor allem jetzt, wo unser Sparkonto auch noch geplündert wird«, sagte Paul. »Heute Morgen kam eine überraschende Rechnung: Wir müssen die Kosten für einen Krankenhausaufenthalt in den USA selbst übernehmen, weil wir keine Auslandskrankenversicherung abgeschlossen hatten. Sophie hatte einen allergischen Schock auf die ...«

»Wie kann man denn nicht auslandskrankenversichert sein?« Ich schlug mir mit der flachen Hand an die Stirn.

»He, Sophie, hi, Paul«, rief eine junge Frau mit Blümchenrock und gestreiften Leggins, nachdem sie vor uns eine Vollbremsung mit dem Fahrrad hingelegt hatte. »Habt ihr Michi irgendwo gesehen?«

»Hi, Christiane«, sagte Paul.

»Nö, der war heut noch nicht hier.« Sophie blickte auf die Hand der jungen Frau, die, zusammen mit dem Fahrradlenker, noch einen gefalteten Fünfzigeuroschein festhielt. »Wie viel gibt er dir dafür?«

»Zehn Gramm.«

»Interessant.«

»Na dann, bis demnächst.« Die Frau schwang sich wieder auf ihr Rad und fuhr weiter.

Paul und Sophie starrten auf den Boden. »Wir haben uns richtig verkalkuliert«, sagte Paul. »Maria hatte recht.«

»Wir müssen uns so schnell wie möglich exmatrikulieren, das ist das einzig Vernünftige«, meinte Sophie.

»Das geht nicht!«, antwortete ich. Das ging wirklich nicht. Ich hatte für den nächsten Tag ein Einzelgespräch mit meinem Chef erzwungen – inspiriert von Sophies Auftritt am Vortag und von ihrer und Pauls generellen Art, sich geradeaus ins Leben zu werfen, mit weniger Sicherheitsnetzen, aber viel mehr Mut als ich. Herr Müller hatte mich, wie gewohnt, vertrösten wollen, aber ich war hart geblieben. Ich wusste, dass ein Posten im Controlling frei wurde, und ich wollte nicht mehr brav warten, bis man mich ein weiteres Mal überging. Und jetzt? Vielleicht war ich egoistisch, aber Paul und Sophie waren schließlich meine Vorbilder dafür, wie man sein eigenes Ding durchzog. Und wenn nun noch nicht einmal meine Vorbilder ihr eigenes Ding durchzogen, wie sollte es dann bei mir klappen? »Das lass ich ganz sicher nicht zu, ihr könnt doch nicht beim ersten Problem alles hinwerfen! Mein Gott, ihr seid doch Paul und Sophie!«

»Hast du nicht zugehört, Louisa?« Sophie blickte auf. »Das Geld reicht uns nicht. Schon alleine die Gebühren für die Schauspielschule …«

»Und dann die ganzen Utensilien für meine Kunstmappen …«, fügte Paul an.

»Maria hat doch gesagt, sie und ihre Schwester wollten das vererbte Geld gar nicht«, sagte ich. »Vielleicht könnt ihr es ja zurückbekommen?«

»Das geht auf gar keinen Fall.« Sophie schüttelte den Kopf. »Anita hat schon damit angefangen, in New York die Eröffnung einer eigenen Gesangsschule zu planen. Und Maria, na ja, Maria soll es nicht wissen, aber wir wollen nicht, dass sie finanziell so abhängig von ihrem Mann ist wie bisher. Man weiß ja nie.«

»Hm.« Ich dachte nach. »Wie viel Geld habt ihr denn jetzt im Monat zur Verfügung, und wie viel gebt ihr aus? Habt ihr da eine Aufstellung?«

Paul und Sophie blickten sich an. Dann sahen sie zu mir und schüttelten den Kopf.

»Siehst du?« Sophie warf beide Arme in die Luft. »Wir sind total blauäugig da drangegangen und …«

»Maria hatte recht«, wiederholte Paul. »Es ist …«

»Mein Gott, jetzt hört doch mal auf!«, herrschte ich die beiden an. »Wir machen jetzt erst mal eine Aufstellung über eure Kosten und Einnahmen, und falls es eine Perspektive gibt, werde ich sie finden.«

»Mach dir keine Mühe, Louisa«, sagte Sophie. Paul schüttelte den Kopf.

»Doch, genau das hab ich vor«, entgegnete ich. »Wenn ich eins aus meinen ganzen Büchern gelernt habe, dann ist das, dass man mit ein bisschen Grips auch die unmöglichsten Fälle in die schwarzen Zahlen bringen kann.«

Paul verdrehte die Augen. Sophie seufzte. »Wenn du meinst.«

*

»Also, alles in allem habt ihr Einnahmen in Höhe von knapp tausendsechshundertfünfzig Euro durch eure Rente, das ist wirklich nicht viel«, begann ich. Ich hatte Paul und Sophie an den großen Esstisch gerufen, auf dem ich mehrere Ordner mit Kontoauszügen, Steuererklärungen, Nebenkostenabrechnungen, Mobilfunkverträgen und ein Bündel unsortierter Rechnungen und Belege ausgebreitet hatte. »Dafür habt ihr Ausgaben durch Wohnung, Nebenkosten, Auto, Lebensmittel und weitere Fixkosten von zusammengerechnet tausendsiebenhundertachtzig Euro. Das liegt über euren Einnahmen, ist euch das klar gewesen? Dazu kämen dann ab sofort Studiengebühren, und mit eurem Ersparten von mittlerweile nur noch knapp neuntausend Euro … da hattet ihr vollkommen recht: Ihr hättet relativ zeitnah den Löffel abgeben müssen, damit ihr nicht in die Bredouille kommt.«

Paul und Sophie blickten sich an.

»Die Ausgaben sind schon ohne Semestergebühren höher als die Einnahmen?«, fragte Paul.

»Mein Gott, wie konnte das denn passieren?«, fragte Sophie.

»Wenn man ein bisschen ambitioniert ist, kann man es einfach ausrechnen«, sagte ich. »Der Laie wiederum erkennt es an dem dicken Minus auf dem Konto.«

Paul hob die Schultern. »Das haben wir schon mitbekommen, aber ich dachte, das wäre jetzt am Anfang normal, wegen Umzug, Maklercourtage, Kaution und so weiter …«

Ich schüttelte den Kopf. »Die außerordentlichen Kosten sind ja von eurem Sparkonto abgegangen.«

»O mein Gott!« Sophie schlug die Hände vors Gesicht. »Wir verschulden uns ja sogar schon ohne Studium!«

»Keine Panik, wir kriegen das hin«, sagte ich. »Das Ungleichgewicht hört sich erst einmal unüberwindbar an, aber ich habe einen Finanzplan erstellt, der einige Möglichkeiten bietet, und wenn ihr offen seid für ein paar interne Umstrukturierungen, hätte ich hiermit ein Konzept vorgelegt, das …«

»Interne Um-WAS?« Pauls Stirn kräuselte sich.

»Louisa, kannst du bitte normal mit uns reden?«, bat Sophie.

Ich räusperte mich. »Ich habe eure Fixkosten in drei Kategorien eingeteilt: *Notwendig*, *Diskussionswürdig* und ›*Seid ihr komplett bescheuert?*‹. Fangen wir hinten an: Wozu um alles in der Welt seid ihr beide für über fünfzig Euro im Monat in einem Fitnessstudio angemeldet? Ich habe euch noch nie dabei erwischt, in Sportklamotten das Haus zu verlassen!«

Paul senkte den Kopf. Sophie schluckte. »Wir wollten damit anfangen, aber …«

»Und wie oft seid ihr bisher dort gewesen?«, unterbrach ich sie.

»Also bei der Anmeldung waren wir dort«, sagte Paul. »Wir haben uns auch schon mit einem der Trainer bekannt gemacht. Ein netter Kerl, der Wladimir.«

»Wir haben auch ständig vor, wieder hinzugehen«, sagte Sophie.

»Ich denke täglich dran«, bestätigte Paul.

»Nette Vorsätze rechtfertigen keine hundert Euro im Monat!«, sagte ich. »Hört zu, ihr habt da einen Sechsmonatsvertrag, der demnächst ausläuft, wenn ihr rechtzeitig kündigt. Bitte macht das. Und wenn ihr Sport machen wollt, geht mit mir im Wald joggen.«

Sophie nickte. »Da ist auch die Luft besser.«

»Hört sich mir persönlich jetzt aber zu anstrengend an.« Paul schaute weg.

Ich seufzte. »Nächster Punkt: Wieso zum Teufel habt ihr eine Vermieter-Rechtsschutzversicherung?«

»Die haben wir noch?« Paul sah zu Sophie.

»Offensichtlich.« Sophie blickte auf. »Haben wir uns vor ein paar Jahren angeschafft, weil dieser Vertreter, wie hieß der noch mal …? Egal, er meinte, das sei immens wichtig, weil …«

»… weil wir damals mal ein Zimmer in unserem Haus monatsweise vermieten wollten«, beendete Paul den Satz.

Sophie warf Paul einen strengen Blick zu. »Haben wir aber nie gemacht, weil es nie fertig renoviert war!«

»Wer hat denn erst mal zwei Jahre gebraucht, um eine Tapete auszusuchen?«, keifte Paul zurück. »Und die war dann einfach nur weiß!«

»Eierschale!«, rief Sophie.

Ich räusperte mich. »Also war das Zimmer nie vermietet?«

»Nee.«

»Und wie lange ist das her?«

Paul und Sophie blickten sich an.

»Wie gesagt, ein paar Jahre.« Sophie senkte den Blick und murmelte: »Vielleicht auch zwanzig.«

»O mein Gott!« Ich schlug mit der flachen Hand auf den Tisch. »Ihr zahlt also seit zig Jahren über dreihundert Euro im Jahr für nichts?«

»Mist!«, erkannte Paul.

»Ich hab da echt nicht mehr dran gedacht«, rechtfertigte sich Sophie. »Die haben das Geld ja immer von selbst eingezogen.«

»Aber man sieht doch auf seinem Kontoauszug, dass …« Ich sah Sophie an und seufzte. »Wird jedenfalls sofort gekündigt.«

»Jawohl.«

Ich blickte in meine Unterlagen. »Nächster Punkt: Was habt ihr nur für Handytarife? Das sind ja völlig veraltete Verträge! Ich kann mir nicht vorstellen, dass noch irgendjemand anderer in der Bundesrepublik, der bei klarem Verstand ist, neununddreißigneunzig im Monat bezahlt und noch nicht mal 'ne Flat ins Festnetz oder zu anderen Anbietern hat! Noch dazu habt ihr beide verschiedene Netze und ruft euch ständig gegenseitig an! Wisst ihr eigentlich, wie unwirtschaftlich das ist?«

Paul zog die Schultern nach oben.

»Hm.« Sophie blickte mich an. »Also die Leute von meinem Anbieter … die wollen mich ja seit Jahren anrufen und über neue Tarife informieren, schreiben sie jedenfalls per SMS. Aber ich hebe nie ab.«

»Was?« Ich donnerte meinen Kugelschreiber auf die Tischplatte. »Und warum nicht?«

»Ich hab Angst, dass die mich irgendwie abzocken wollen.«

Ich gab auf. »Kümmert euch bitte drum, okay?«, sagte ich, und blickte Paul und Sophie an.

»Mhm«, antwortete Sophie. Paul nickte.

»Jetzt zu den Zeitschriften-Abos: Sophie, muss die *Wohnen & Leben* wirklich sein? Erstens hast du noch nie was davon umgesetzt, und zweitens legst du sie meistens unausgepackt da hinten auf den Stapel.«

»Kann weg.« Sophie winkte ab.

»Und, Paul, in Zeiten von Internet brauchst du doch nicht wirklich eine Fernsehzeitschrift, oder?«, fuhr ich fort.

»Aber …«

»ODER?«

»Nein.«

Ich notierte alles in meinen Unterlagen. »Gut, dann kommen wir jetzt zu einem weiteren Versehen, das ihr wohl seit Jahren nicht bemerkt habt: Ich weiß ja, dass ihr die *Süddeutsche* gerne lest, aber ihr habt sie *zweimal* abonniert.«

»O nein!«, riefen Sophie und Paul gleichzeitig. Paul hob den Zeigefinger. »Das ist kein Versehen!«

Sophie nickte. »Die brauchen wir, sonst ist unsere Ehe im Eimer.«

Paul verdrehte die Augen. »Weißt du noch, der Urlaub in der Steiermark, als wir immer nur eine Zeitung hatten?«

»Das gab schon vor dem Frühstück Streit«, sagte Sophie. »Paul liest so unendlich langsam.«

»Und Sophie zerfleddert alles!«

Ich seufzte und machte mir einen Vermerk in meinen Unterlagen. »Okay, zweimal *Süddeutsche* darf bleiben. Kommen wir zu den Dingen, über die man diskutieren kann: Braucht ihr den alten Polo wirklich? Als Studenten bekommt ihr Semestertickets und könnt öffentliche Verkehrsmittel umsonst nutzen. Mit Steuern, Versicherung, Wartung und Benzin könntet ihr gute fünfzig Euro im Monat sparen.«

Paul und Sophie blickten mich an. »So viel?«

Ich nickte. »Noch dazu ist der Stellplatz in eurem Mietvertrag mit sechzig Euro ausgewiesen. Den könntet ihr an mich weitervermieten, dann hab ich nicht jeden zweiten Tag ein Knöllchen.«

»Dann sparen wir über hundert Euro im Monat, wenn wir ihn verkaufen?«, rechnete Paul aus.

»Na und ein bisschen was käme ja auch durch den Verkauf noch rein«, sagte ich.

»Er wird verkauft«, beschloss Sophie.

»Gleich morgen!«, fügte Paul an.

»Ha!«, freute ich mich und vermerkte alles in meinen Unterlagen. »Und ab hier sind wir im Plus! Also wenn wir alles Besprochene bis hierher umsetzen, liegen eure monatlichen Einnahmen schon deutlich über den Ausgaben.«

»So einfach?« Sophie schlug die Hand vor den Mund.

»Echt?« Paul klatschte in die Hände.

»Ich rechne es euch gleich vor«, fuhr ich fort. »Aber zuerst habe ich noch was Kleineres, das trotzdem nicht unwichtig ist: Seid ihr schon mal nachts durch eure Wohnung gelaufen? Tausend Geräte blinken, alles ist auf Standby. Das kostet aufs Jahr hochgerechnet unnötig Geld. Ich hab drüben in meinen Umzugskisten noch bergeweise Mehrfachsteckdosenleisten zum Abschalten. Ich kümmere mich drum.«

»*Mehrfachsteckdosenleisten*«, sagte Sophie geistesabwesend. »Was für ein typisch deutsches Wort …«

»Danke, Louisa, das ist echt super«, antwortete Paul und stieß Sophie in die Seite, die hochschreckte.

»Ja, vielen Dank, Louisa, das ist echt super«, sagte Sophie.

»So, mit den Änderungen bis hierhin hättet ihr jetzt Ausgaben von circa tausendeinhundertfünfzig Euro im Monat«, erklärte ich.

»Wären damit auch die Studienkosten gedeckt?«, fragte Paul.

»Nein«, antwortete ich. »Aber dafür habe ich eine praktikable Lösung gefunden.«

»Ach ja?«

»Seht mal in euren vorläufigen Finanzplan.« Ich reichte jeweils ein Bündel zusammengetackerter Seiten an Paul und Sophie.

»Zum einen gibt es verschiedene Arten von Förderungen, die habe ich euch auf Seite drei zusammengestellt«, sagte ich. »Auch Rentner können BAföG beantragen, wusstet ihr das? Und bei Sophie könnte man sogar an eine Begabtenförderung denken. Da gibt es auch im Schauspielbereich einige Stipendien, ich hab schon mit dem Direktor deiner Schule gesprochen.«

Paul und Sophie blickten mich an.

»Wahnsinn.« Paul lächelte.

»Sag mal, Louisa«, begann Sophie. »Ich glaube, irgendwas mit Rumrechnen und Sparmaßnahmen wäre der ideale Job für dich. Willst du dich nicht in die Richtung orientieren?«

»Das versuch ich doch die ganze Zeit!« Ich seufzte. »Aber das ist ein anderes Thema. Jetzt geht es erst mal um euch: Zusätzlich zum BAföG wäre es nicht schlecht, wenn ihr euch nach kleinen Nebenjobs umseht. Nichts Umfangreiches, aber wenn jeder von euch noch ein- bis zweihundert Euro im Monat reinholt, dann könntet ihr ziemlich gut leben und müsstet euer Erspartes nicht anrühren.«

»Na sicher! Das können wir machen«, sagte Sophie. »So alt sind wir ja noch nicht, dass uns keiner mehr brauchen kann.«

»Hm.« Paul sah nachdenklich aus. »Ich könnte den Leopold fragen.«

»Gute Idee«, meinte Sophie.

»Ach ja?«, fragte ich. »Und wer ist Leopold?«

»Mein ehemaliger Chef«, erklärte Paul. »Ich habe jahrelang nebenbei bei ihm als Oberkellner in seinem Sternerestaurant gearbeitet. Und jetzt will er hinten am Rhein so was wie 'ne Filiale eröffnen.«

»Das wäre perfekt«, sagte ich.

»Und mir fällt sicher auch noch was ein«, meinte Sophie.

»Sehr gut, dann wären wir jetzt durch.« Ich schlug mein Exemplar des Finanzplanes zu. »Für den Schluss habe ich aber noch eine Überraschung, das Beste wisst ihr nämlich noch gar nicht.«

»Was denn?«

»Bisher bin ich bei allen Berechnungen von der vollen Miete ausgegangen«, sagte ich und sah, dass Sophie bereits anfing zu lächeln. »Da ich aber nun meinen Teil der Miete bezahlen werde, spart ihr noch mal dreihundert Euro mehr im Monat. Ich ziehe fest ein.«

»Du ... aber du wolltest doch ...« Paul war verdattert. »Dann schwimmen wir ja im Geld!«

»Na ja, ganz so ekstatisch würde ich es jetzt nicht formulieren, aber ...«, begann ich.

Sophie unterbrach mich, als sie mir um den Hals fiel. »Du ziehst wirklich ein?«

»Irgendwer muss ja auf eure Finanzen aufpassen.«

5
Die fünfte Grundregel

»Halte dich nicht mit Träumereien auf.«

»In der Tat habe ich Sie für einen Posten im Controlling vorgesehen«, sagte mein Chef, als ich nach dem bewährten Drei-Satz-Small-Talk über Wetter und Kantinenschnitzel direkt zum Thema gekommen war. Lea hatte mich noch einmal darin bestärkt, ohne Umschweife zu sagen, was ich wollte. Sie hatte kaum glauben können, dass ich so etwas noch nie zuvor getan hatte: Wie die meisten Frauen hatte ich immer Wert darauf gelegt, dass die Personen um mich herum spürten, erfühlten oder auf übersinnliche Weise voraussahen, was zu tun war – und hatte beleidigt reagiert, wenn die Strategie nicht aufgegangen war. Nun hatte ich es zum ersten Mal auf die fordernde Art versucht – und es hatte prompt funktioniert.

»Allerdings habe ich diese Entscheidung revidiert«, fügte mein Chef an.

»Was?« Ich sprang ein paar Zentimeter von dem *Ergonomic Office Sensation*-Drehhocker in Herrn Müllers Büro auf, setzte mich aber gleich wieder hin. »Äh … entschuldigen Sie, wie bitte?«

»Na, allerherzlichste Glückwünsche erst mal zu Ihrer privaten … äh, wie sagt man da, *Weiterentwicklung.*« Herr Müller zwinkerte mir zu, sein Gesicht sah dabei aber so eigenartig verzerrt aus, dass man den Eindruck bekam, es sei für derartige Bewegungen nicht geschaffen.

»Was?« Ich wusste, dass ich mich wiederholte, und spürte regelrecht, wie das Blut aus meinem Kopf wich. Ohne mein Spiegelbild zu sehen, wusste ich, dass ich leichenblass geworden war. »Aber was … woher …«

»Frau Lose hat mir von Ihrer bevorstehenden Hochzeit erzählt, wir freuen uns natürlich sehr für Sie«, erklärte Herr Müller. »Und davon, dass Sie bereits Nachwuchs planen, was natürlich …«

Diana! Diese Ratte!

»… sehr schön ist, aber die Umstände einer Beförderung drastisch verändert. Wissen Sie, Frau Hoffmann, wenn eine Sekretärin schwanger wird, ist das halb so schlimm, aber in einer höheren Position mit entsprechend angepasster Gehaltsklasse wäre das ein zu hohes Risiko für uns. Verstehen Sie das bitte. Sie wollen doch auch nur das Beste für die Firma, nicht wahr? Und …«

»Moment mal!«, unterbrach ich ihn laut. »Ich muss da was klarstellen, wir planen keinen Nachwuchs! Ich werde auch nicht heiraten … Wir … wir sind getrennt!«

Herr Müller legte die Stirn in Falten. »Entschuldigen Sie, wenn es mir schwerfällt, das zu glauben, wo Sie doch vor zwei Tagen noch verlobt waren …«

Wenn's doch nur so wäre! »Aber … es … stimmt wirklich!«

»Sie würden alles für eine neue Stelle tun, nicht wahr, Frau Hoffmann?«

»Äh … was? Nein, ich … o Gott, Sie glauben, das ist eine Ausrede? Nein … wir sind …« Ich versuchte, meine Gedanken zu sortieren: Das Einzige, was mir über die geplatzte Verlobung hinweghelfen könnte, war der verdiente Karrieresprung. Den sollte ich nun aber nicht bekommen, weil mir unterstellt wurde, dass die geplatzte Verlobung gar nicht geplatzt war. Und ich hatte dieses Gerücht auch noch selbst in die Welt gesetzt. Lügen rächten sich. Trotzdem hätte Diana dichthalten müssen – schließlich bezeichnete sie uns als Freundinnen.

»Sie müssen verstehen, dass ich Sie im Augenblick nicht auf einen anderen Posten setzen kann«, sagte mein Chef.

Ich holte Luft und blickte Herrn Müller in die Augen. »Herr Müller, Sie wissen, dass es eigentlich gar nicht darum geht, ob und wann ich Nachwuchs plane«, sagte ich mit fester Stimme. »Und Sie wissen auch, dass Sie das vor dem Betriebsrat niemals so formulieren dürfen.«

»Natürlich weiß ich das.« Herr Müller begann, auf seinem Schreibtisch Unterlagen zu sortieren. »Offiziell haben Sie weder die nötigen Fähigkeiten noch ein abgeschlossenes Studium. Zufrieden?«

*

»Wer hat gepetzt?«

»Diana.«

»Ratte!«

»Hab ich auch gedacht.«

»Atomblonde Trampelsau! Frauenrechteverräterin!«

»Hab ich nicht gedacht. Stimmt aber.« Ich saß neben Lea im Auto. Sie hatte mich nach Feierabend vor dem Firmengebäude abgefangen, weil Paul und Sophie irgendwo und mit irgendwas auf uns warteten. Ich entschied mich dazu, nicht genauer nachzufragen.

»Letztes Jahr hab ich den Posten nicht gekriegt, weil ihn der Neffe vom Chef wollte. Jetzt ist er endlich seiner Inkompetenz zum Opfer gefallen, aber ich hab mich in der Zwischenzeit zur mutmaßlichen *Risiko-Kandidatin* entwickelt! Ist doch scheiße.«

»Willst du 'nen Rat von mir?«, fragte Lea.

»Gott steh mir bei – ja.«

»Du kündigst bei diesem Idioten, machst woanders fette Kohle, kaufst den Laden und machst 'nen Puff draus.«

»Hm.«

»Gib's zu, das is 'n Plan. Und du magst Pläne.«

Ich krallte mich am Sitz fest, als Lea einem Linienbus die Vorfahrt nahm. »Kündigen kam mir auch schon in den Sinn. Aber nicht, um mich zu rächen, sondern um endlich mal meinen Traum zu verwirklichen.«

»Respekt!« Lea sah mich an. »Du machst dich! Was gibt's denn Schönes zu verwirklichen?«

»Na ja, also *verwirklichen*, das klingt erst mal blöd, wenn man das so sagt, das hört sich an wie ... also ... *verwirklichen*, als wollte ich Rockstar werden, oder so ... also ...«

»Laber nicht so viel drum rum, meine Lebenszeit ist begrenzt, ich hab heute Morgen ein weißes Haar in meinem Pony entdeckt!« Lea bog auf Höhe der Uni von der Saarstraße ab.

»Ich würde gerne ein Controlling-Studium anfangen«, sagte ich.

»Hä?« Lea riss den Kopf herum und starrte mich an.

»Ich hab mich da mal informiert: Man kann eine berufliche Weiterbildung machen, das geht über die IHK. Man könnte auch BWL studieren und Controlling dann als Schwerpunkt auswählen, oder es gibt eine Art Aufbaustudium, das kann man ...«

»Jetzt mal im Ernst, Lou«, unterbrach mich Lea. »Das soll dein *Traum* sein?«

»Ja, wieso?«

Nach dem Gespräch mit Herrn Müller hatte ich, statt ein Hotel für das Business-Wochenende auszusuchen, den gesamten Arbeitstag damit verbracht, Weiterbildungsmöglichkeiten und Studiengänge im Controlling-Bereich zu googeln – ohne schlechtes Gewissen. Es war auf Dauer inakzeptabel, dass ich die Kompetenzen in diesem Bereich zwar besaß, aber damit erpresst wurde, dass ich sie nicht nachweisen konnte. Noch dazu hatte ich immer von einem Studium geträumt und diese Gedanken meist nur deswegen verworfen, weil Steffen sie irrational fand. Schließlich hatten wir auf ein Eigenheim hingearbeitet, und ein Studium hätte, zumindest kurzfristig, unsere Einnahmen gesenkt. Außerdem würde ich ohnehin weniger arbeiten, sobald die Kinder da wären, hatte er gemeint, und da käme es schließlich nicht darauf an, was ich tat. *Schaun wir mal*, hatte er immer gesagt, wenn ich weitergebohrt hatte. Hieß: Wird nie passieren. Meist war ich nach einiger Zeit verstummt, weil ich, nüchtern betrachtet, gleicher Meinung war. Meine Eltern hatten mir immer geraten, realistische Ziele zu stecken, besser an naheliegenden Karrieresprüngen zu arbeiten, als die Zeit zu verträumen und später enttäuscht zu sein, wenn die eigenen Luftschlösser auf dem harten Boden der Tatsachen wackelig stünden. Noch dazu bezahlten einem die Kalenderblätter, die einem sagten, man solle seine Träume leben, weder die Miete noch die Rentenversicherung. Dabei war ein betriebswirtschaftliches Studium doch wirklich kein allzu großes Wagnis: Ich wollte nicht barfuß auf Weltreise gehen, sondern mich nur weiterbilden! Je länger ich heute im Büro darüber nachgedacht hatte, desto klarer hatte sich abgezeichnet, was zu tun war. Ich hatte mich gefragt, was wohl da draußen noch alles auf mich warten würde, wenn ich nicht hinter emsiger, aber unsinniger Betriebsamkeit eingemauert wäre.

»O Mann, Louisa.« Lea verdrehte die Augen.

»Was denn?«

»Na, eben dachte ich noch, du veränderst dich langsam zum Positiven«, sagte Lea. »Aber dann … Also die Verbindung der Worte *Traum* und *Controlling* haben mein Logikzentrum zerfetzt. Und das ist einiges gewohnt! Ich habe einen Assistenten, der mit 'ner Eins von der Journalistenschule kommt und jeden zweiten Tag auf den Postillon reinfällt. Controlling, mein Gott, Louisa! Das klingt nach deinem gutgekämmten Vernunfts-Teufelchen, das dich mit Sicherheit, Bodenständigkeit und all dem Kitsch infiltriert. Trau dich doch mal, über was nachzudenken, das dir wirklich Spaß macht!«

»Es mag dich überraschen«, antwortete ich. »Aber das macht mir wirklich Spaß.«

Lea verzog das Gesicht. »Echt jetzt, oder was?«

Ich nickte.

»Den ganzen Tag Rechenübungen und Kalkulationstabellen?«, fragte Lea weiter, während sie in eine Seitenstraße einbog.

Ich hob die Schultern. »Stelle ich mir hammermäßig vor.«

»*Hammermäßig.*« Lea verdrehte erneut die Augen.

»Grundwissen hab ich ja schon seit dem Wirtschaftsabi und mich seitdem noch weiter mit dem Thema befasst«, sagte ich. »Weißt du, ich könnte total gut sein im Studium, hab mir ja schon ein Grundwissen angelesen. Ich würde aber trotzdem in jede Vorlesung gehen, ist ja klar! Dann kann ich die Dozenten mit weiterführenden Fragen löchern, da habe ich nämlich schon einige im Kopf und …«

»Du wirst sicher total beliebt bei deinen Kommilitonen.« Lea zog die Handbremse an und schnallte sich ab.

»Wo gehen wir hin?«, fragte ich, als wir beide aus dem Auto gestiegen waren.

»Wir sind schon fast da.«

»Du musst lernen, präziser zu antworten.«

»Wir gehen zum Hauptfriedhof.«

»Willst du ein paar Zombies ausbuddeln? Oder Vampire pfählen?«

»Sei nicht albern. Es ist helllichter Tag.«

*

»Wir feiern die Veröffentlichung von Pauls Grabstein!« Sophie stand mit Paul auf einem mit Blumenkränzen bedeckten Grab und trank aus einer Tasse vom Mainzer Weihnachtsmarkt. Neben ihnen stand ein Klapptisch mit einer Thermoskanne und weiteren Bechern.

»Nich meiner, Sophie, der vom alten Henkel«, korrigierte Paul und wandte sich an Lea und mich: »Ich hab doch nur das Design gemacht.«

»Mein ich doch.« Sophie goss uns je eine Tasse aus der Thermoskanne ein. »Glühsekt, selbst gemacht, Prost!«

»Super bei dem Wetter.« Lea schnappte nach ihrer Tasse und prostete mir zu. Ich fröstelte, es war ein paar Grad unter null, und der Nieselregen hatte seit dem Morgen nicht aufgehört. Nicht unbedingt der ideale Tag, um sich nach Feierabend auf dem Friedhof zu betrinken.

»Ich muss euch das erst mal erklären«, fuhr Sophie fort. »Paul hat früher immer Skulpturen vor unserem Laden ausgestellt und auch ein paarmal was verkauft. Ein von ihm selbst designter Grabstein war auch dabei. Tja, und jetzt ist der Typ endlich tot!«

»Schon seit ein paar Tagen«, fügte Paul an. »Aber ich hab's

Sophie nicht gleich erzählt, sollte 'ne Überraschung sein. Wir warten seit Jahren darauf, und ich hatte schon Angst, dass der alte Henkel mich überlebt! Dann hätte jemand anderer das Todesdatum reinmeißeln müssen, hätte scheiße ausgesehen. Aber ist ja alles noch mal glatt gelaufen.«

»Ansonsten hättest du eben das Naheliegende tun müssen«, sagte Lea.

»Ausgeschlossen«, antwortete Sophie. »Es bringt Unglück, jemanden umzubringen.«

»Nein, ich meine, für jedes mögliche Todesdatum einen Grabstein anfertigen«, sagte Lea. »Aber jetzt mal im Ernst, herzlichen Glückwunsch, Paul!«

»Ja, das ist ja wirklich ...« Ich war nicht ganz sicher, ob man das anlässlich eines Todesfalls sagen durfte: »Spitze!«

»Ich kann es noch gar nicht glauben«, sagte Paul, als Lea und ich ihn umarmten.

»Darf man denn auf einem Grab Sekt trinken?«, fragte ich. »Ist das nicht irgendwie respektlos?«

»Ach, der alte Henkel soll erst mal vor seiner eigenen Tür ins Haus fallen«, schimpfte Sophie.

»Wie viel hat sie schon davon?«, flüsterte Lea Paul zu und deutete auf den Glühsekt, während Sophie sich umdrehte, um ihre Tasse aufzufüllen.

»Nicht mehr als sonst«, zischelte Paul. »Aber sie hatte keinen Mittagsschlaf. Dann überdreht sie immer ein bisschen. Niedlich, oder?«

»Der Typ war ein Idiot!« Sophie wandte sich wieder uns zu. »Hatte Geld wie Heu, hat Paul aber auf die Hälfte runtergehandelt und ...«

»... und dann noch nicht mal die Hälfte von dieser Hälfte bezahlt«, beendete Paul den Satz. »Am Ende hatte ich noch nicht mal die Materialkosten raus.«

»Was für'n Arsch!«, regte sich Lea auf.

»Das ist eine allgemein anerkannte Bezeichnung für ihn«, brummte Paul. »Das und noch ein paar mehr. Noch nicht mal in seiner Familie trauert irgendeiner um ihn. Konnte ich problemlos raushören, als ich mit seiner Frau und seinen Söhnen zu tun hatte wegen der Fertigstellung des Steins. Da sind Worte gefallen, die würde ich noch nicht mal vor Lea wiederholen.«

»Was soll das denn jetzt …«, schimpfte Lea.

»Aber das soll uns jetzt nicht die Laune verderben«, flötete Sophie mit hoher Stimme. »Wir wären ja gestern schon zur Beerdigung gekommen, um das gute Stück quasi *in Aktion* zu bewundern, aber die war morgens um sieben …«

»So früh?«, fragte Lea. »Wollte er am Ende alle noch mal abfucken, oder was?«

»Paul, das ist wirklich ein auffällig schöner Stein«, sagte ich und ließ meine Hand über die glatte anthrazitfarbene Oberfläche gleiten. Jede eingemeißelte Zeile darauf war in einer anderen Typographie gehalten, aber insgesamt gab alles ein harmonisches Bild ab.

»Stimmt«, fiel Lea auf. »Total!«

»Ich sag's ja.« Sophie prostete uns zu. »Er könnte ein Vermögen verdienen, wenn er sich darauf spezialisieren würde.«

»Ich sondiere noch die Marktlage«, sagte Paul und deutete hinter sich. »Der neueste Trend sind Zitate auf Steinen und Grabplatten, so wie das hier.«

Wir drehten uns zu einer Grabplatte um, die von oben bis unten beschrieben war: *Ich beklage mich, ich habe gewisse Jahre von meinem menschlichen Leben verloren: und lag's nicht bloß an mir, sie zu genießen? Bot mir nicht das*

Schicksal selbst die ganze fertige Anlage dazu dar? Johann Gottfried Herder.

»Da könnte man natürlich, rein vom Design her, viel mehr draus machen«, sagte Paul, während mir durch den Kopf ging, dass das Zitat auch zu mir passen würde. Fiele ich auf der Stelle tot um, könnte ich gleich auf dieser Platte liegen bleiben, und jeder wüsste Bescheid. Oder, die dezentere Variante, ein eigenes Grab schaufeln und das Zitat klauen. Durfte man von Grabsteinen abschreiben? Genau genommen hatte es der Tote ja auch geklaut. Und außerdem: Wer wollte mich dann noch belangen?

»... würde ich nach Zeilen bezahlt, dann wäre das ziemlich lukrativ«, hörte ich Paul fortfahren. »Aber das Problem in dem Geschäft ist ja, dass man schlecht bekannt wird. Ich meine, wie sollen die Leute zum Beispiel wissen, dass der Stein hier von mir ist, hä? Ich sollte mich lieber auf Webdesign konzentrieren, da gibt's wenigstens ein Impressum!«

»Vielleicht können wir ja irgendwo deine Visitenkarte dranstecken ...« Lea ging um den Grabstein herum, während ich auf die Uhr blickte. Es war halb sechs, und ich wollte Steffen im Büro anrufen, damit nicht wieder jemand anderer abheben konnte. Dort würde er aber nur noch eine halbe Stunde lang sein.

»Ich muss mal eben um die Ecke zum Telefonieren«, sagte ich. »Was fürs ... äh ... für die Arbeit.«

Ich blickte mich noch einmal um, als ich den Kiesweg entlanglief, aber Paul, Sophie und Lea waren in ein Gespräch über die mögliche Verbindung zwischen Web- und Grabdesign vertieft. Ich bog um zwei Ecken hinter die Friedhofsmauer und sah mich nach einem geeigneten Platz zum Telefonieren um, als mein Blick auf ein mir bekanntes Grab fiel: *August Kämmer, 1914–1944, Erna Kämmer, geb. Wesche, 1919–1940.* Ich war als Kind zum letzten Mal hier gewesen, aber das Grab war unverändert. Ein bisschen Gebüsch, eine abgebrannte Kerze. Ich kannte meine Urgroßeltern nicht, sie waren vor meiner Geburt längst tot gewesen: Meine Urgroßmutter war zu Lebzeiten schwächlich und starb mit einundzwanzig während einer Grippewelle, weswegen mein Urgroßvater meine Oma allein aufgezogen und gleichzeitig einen kleinen Werkzeugladen geführt hatte, bis er kurze Zeit später an die Ostfront geschickt worden und nicht mehr zurückgekommen war. Mehr wusste ich nicht über die beiden. Ich blieb vor dem Grab stehen. Wie sie wohl gewesen waren? Und was sie wohl von mir denken würden? Man stellt sich ja immer vor, dass man vom Himmel oder dem Nirwana aus von seinen Ahnen beobachtet wird. In diesem Fall konnte ich nur hoffen, dass sie mich nicht ernst nahmen. Lieber sollten sie mich als Anti-Helden einer Sitcom betrachten, über dessen Tolpatschigkeit und Verblendung man von da oben aus prima lachen kann. Jemand, der so ein schweres Leben hinter sich hatte, würde es sicherlich nicht verstehen, dass ich wegen Beziehungs- oder Jobstress ernsthaft in eine Lebenskrise stürzte, zwanghaft Kalorien zählte oder mich ausgedehnt über die zu hohe Rechnung von Vodafone, das Wetter oder die Nachbarin beschwerte, die jede Woche die ganze Papiermülltonne vollstopfte. Und sie hatten recht: Wenn ich in fünfzig Jahren hier läge, spielte das alles keine Rolle mehr. Es würde einzig wichtig sein, ob ich mein Leben in meinem Sinne gelebt hatte. In der Theorie wusste ich das, mein Gegner war ich selbst. Ich ließ mein Leben lang schon Möglichkeiten vorbeiziehen, um keine richtige Entscheidung treffen zu müssen, und sah starr dabei zu, als würde ein Auto in Zeitlupe in ein anderes fahren: Ich wusste, dass es gleich knallen würde, und konnte doch nichts tun.

»Ich frage mich, ob die alle hier schon voll mit Würmern sind.« Ich schreckte hoch, als Lea ein paar Meter weiter auf dem Kiesweg auftauchte und mit einer ausufernden Armbewegung über den Friedhof zeigte. »Und eigentlich auch, woher die Würmer kommen, wenn doch der Sarg zu ist? Und ob man sich nicht doch besser verbrennen lassen sollte. Also ich hab auf so Ekelviecher echt keinen Bock. Du?«

»Nee, aber ich stell mir grade ganz andere Fragen.« Ich blickte auf das Grab. »Existentiellere.«

»Wenn du jetzt anfängst, über den Sinn des Lebens zu quatschen, bin ich raus.«

»Du bist natürlich viel zu cool für so was.«

Lea zuckte mit den Schultern. »Man fragt nicht nach dem Sinn des Lebens, man gibt ihm einen. Und fertig.«

»Hm.« Ich blickte Lea an. Dumm war sie nicht.

»Musst du zufällig auch grade pinkeln?«

Ich hielt mein Handy hoch. »Telefonieren.«

»Ich suche ein passendes Gebüsch.« Lea ging eilig die Friedhofsmauer entlang. Als sie um die Ecke war, beugte ich mich noch mal nach vorn, um zu sehen, ob sie auch wirklich hinter der Friedhofsmauer verschwunden war. Dann setzte ich mich auf den Steinrand des Grabes. Egal, was nun dabei herauskommen würde, ich wüsste endlich, was bei Steffen los war. Als ich zu seiner Nummer scrollte, fragte ich mich, was ich eigentlich hören wollte: Dass er mit Conny Rabe zusammen war? Dass er es nicht war? Was würde ich mit der jeweiligen Information anfangen? Noch dazu fiel mir etwas auf: Ich saß auf dem Friedhof und suchte nach der

Nummer meines Exfreundes, den ich nicht liebte. Ich ließ das Handy sinken.

»Falls du pinkeln musst, empfehle ich, dafür nicht über den Zaun dahinten zu klettern.« Ich blickte auf, als Lea aus dem Nichts vor mir auftauchte. »Da ist ein Kindergartengelände voller rotznasiger Miniatur-Petzen! Wär ich ein Mann, könntest du mich jetzt im Kerker besuchen. Warum grinst du so?«

Ich steckte mein Handy ein. »Hab nur grad an Sophie gedacht.«

»Das ist echt unangemessen. Sie ist vergeben.«

»Präzise formuliert habe ich an etwas gedacht, das sie mir mal gesagt hat.«

»Was denn?«

»Krieg ich nicht mehr ganz zusammen«, antwortete ich. »Ging darum, dass man die guten Dinge im Leben nicht beeinflussen kann … Was zu einem gehört, kommt und bleibt, was gehen will, geht sowieso.«

»Und wo geht's dann hin?«, fragte Lea.

»Ist doch vollkommen egal.«

»Dir vielleicht, ich guck halt über den Tellerrand«, sagte Lea und trat in einen Hundehaufen.

»Guck mal lieber, wo du hintrittst.«

»He, guck mal, da vorne liegt mein Therapeut.« Lea zeigte auf ein Grab in der Nähe der Friedhofsmauer.

»Wundert mich jetzt höchstens so mittel.«

»Hey, na?« Ben stand vor uns. Ich schluckte. Seit gestern hatte es mich beinahe ununterbrochen beschäftigt, dass wir uns gestritten hatten. Ich war zwar noch wütend auf ihn, aber die Scham darüber, dass ich ihn so falsch eingeschätzt hatte, überwog. Aber vor allem fragte ich mich, warum mich das so beschäftigte. Und ob es an meinem grundsätzlichen Harmoniebedürfnis lag – oder an Ben.

»Hallo«, sagte ich.

»Hi«, sagte er wieder.

»Hi«, sagte ich auch.

»Äh …« Lea blickte zwischen uns hin und her.

»Wie geht's?«, fragten Ben und ich gleichzeitig. Ben grinste, ich schluckte.

»Okay.« Leas Augenbrauen standen schräg. »Wer von euch hat hier wen von euch aus Versehen nackt gesehen?«

Ben räusperte sich. »Wo ist denn das Kunstwerk?«

»Komm einfach mit, wir wollten sowieso grade zu Paul und Sophie zurück, bevor die den ganzen Sekt ohne uns trinken«, sagte Lea und ging voran. »Auf Louisa müssen wir übrigens auch noch anstoßen. Ist wohl Tag der Selbstverwirklichung heute. Stell dir mal vor, sie will Controlling studieren, weil's ihr *Spaß* macht.«

»So ist eben Louisa«, sagte Ben. Nicht abwertend, nicht verständnislos. Er lächelte in meine Richtung. Ich lächelte zurück und spürte mein Herz klopfen. Auch das noch.

*

»Ich weiß jetzt, was für 'nen Nebenjob ich mache«, sagte Sophie und stellte eine Kiste mit Pinseln und Farbwalzen vor mir ab. Ich machte zum ersten Mal von unserem Homeoffice-Angebot Gebrauch – es zahlte sich aus, einen Chef zu haben, der zwanghaft hip sein wollte. Bislang war ich immer gegen die neue Regelung gewesen, bis zu sechzehn Wochenarbeitsstunden von zu Hause aus ableisten zu können. Ich dachte, das sei was für junge Eltern oder ADHS-gestörte Graphikdesigner mit Hipster-Brille, man arbeitete ja zu

Hause doch kaum. Weit gefehlt: Man arbeitete zu Hause gar nicht. Nach dem Frühstück war ich Lea an ihrem freien Tag in die Arme gelaufen. Zuerst hatten wir an einer Online-Bewerbung für die Uni gearbeitet: Ich hatte Zeugnisse hochgeladen, und Lea hatte innerhalb weniger Minuten ein Anschreiben formuliert, bei dem zwar kein Wort gelogen war, aber das mich in so einem guten Licht erscheinen ließ, dass ich mich selbst vom Fleck weg immatrikuliert hätte. Danach hatten wir beschlossen, mein Zimmer zu renovieren. Paul und Sophie waren im Baumarkt gewesen, um Farbe und ein neues Rollo zu besorgen.

»Ach ja?«, fragte ich Sophie, während ich mir die Beschreibung auf dem Eimer mit der *Dispersionsfarbe Zitronengelb* durchlas. »So schnell? Was denn Schönes?«

»Das wird dich umhauen!« Lea setzte mir ein Zeitungshütchen auf den Kopf.

»Mhm«, murmelte ich, während ich den Deckel vom Eimer zog und überlegte, wie man die Farbe am besten auftrug.

»Ich züchte Gras auf dem Balkon«, sagte Sophie. »Und verticke es unten auf dem Gartenfeldplatz!«

»*Was?*« Ich ließ den Deckel fallen. Er landete mit der farbverschmierten Seite voran auf dem alten Dielenboden. »Ach, Mist!«

»Was 'ne Hammeridee, oder?«, fragte Lea.

»Was?« Ich bückte mich nach dem Deckel und versuchte gleichzeitig, mit einem Schwämmchen die Farbe von den Dielen zu wischen und dabei Sophie anzusehen. »Nein! Das ist … Herrgott, Sophie, das ist kein Nebenjob, das ist illegal!«

»Ach was, wer soll denn dahinterkommen?«, fragte Sophie.

»Die Polizei? Drogenhunde? Willy?« Sophie winkte ab. »Seit ich gestern die Christiane gesehen hab, wie sie mit dem Bargeld in der Hand nach Michi gesucht hat, geht mir das im Kopf rum.«

»Der Michi hat nämlich immer zu wenig, das ist immer alles gleich weg«, fügte Paul an, der mit einem Arm voller Zeitungen und einem Umzugskarton in mein Zimmer kam.

Lea nickte. »Da gibt's eindeutig eine erhöhte Nachfrage, ist mir auch schon aufgefallen.«

»Und unser Balkon ist riesig, das bietet sich einfach an: ein Zeltchen, ein paar Wärmelampen und fertig«, sagte Sophie. »Außerdem kann ich super mit Pflanzen umgehen. Jeder sagt, ich hätte 'nen grünen Daumen, dann kann ich ja jetzt auch mal davon profitieren.«

Ich ahnte, welchen Witz Paul gleich machen würde.

»Ein *grüner* Daumen.« Genau den. Paul und Sophie kicherten, dann eilte Paul wieder nach draußen. Ich blickte von einem zum anderen und sagte nichts. Nicht, weil ich nicht gewusst hätte, was ich sagen sollte, sondern weil ich mich nicht entscheiden konnte, wo ich anfangen sollte.

»Und für alles, was nach dem Züchten kommt, kannst du Gulli fragen, kennt sich super mit dem Vertrieb aus«, sagte Lea.

Ich reckte den Hals. »Es gibt jemanden, der Gulli heißt?«

»Offensichtlich. Sie kennt Michi.«

»*Sie?*«

»Sie ist so 'ne Art Drogen-Diplomatin.«

»Eine *was?*«

»Eine V-Frau, die die Handelsabkommen zwischen Dealern und Kiffern organisiert. Also kennt sie sich mit der Materie aus.«

»Welche Materie?«

»Du stellst heute aber viele dumme Fragen«, sagte Lea.

»Es gibt keine dummen Fragen«, verteidigte ich mich.

»Natürlich gibt's die, hör dir doch mal zu.«

»Ich finde nur einfach, also, ich glaube, dass …«, begann ich.

»Manchmal muss man die Dinge eben rational betrachten, Louisa«, sagte Lea.

»Das musst du mir doch nicht sagen!«

Lea gestikulierte mit den Armen. »Sophie fehlt Geld, Gras bringt Geld, der Balkon ist frei, alles andere wäre quasi blöd.«

Ich seufzte.

»Paul hat morgen schon seinen ersten Tag im Restaurant«, sagte Sophie. »Und ich brauche auch was, womit ich schnell anfangen kann.«

»Und ich brauche Abdeckband.« Lea tauchte kopfüber in den Umzugskarton, den Paul in der Mitte des Raumes abgestellt hatte.

»Ich fange nämlich morgen schon an der Schauspielschule an«, fuhr Sophie fort.

»Was? Warum denn jetzt schon?«, fragte ich.

»Aus unerfindlichen Gründen gehen die ja davon aus, dass ich steinalt bin, und wollen wahrscheinlich sicherstellen, dass ich die Ausbildung noch fertig kriege, bevor ich endgültig tot umfalle. Von daher darf ich ins laufende Semester einsteigen.«

»Ich glaube ja eher, dass es daran liegt, dass du sowieso alles schon kannst«, brummte Paul, der wieder ins Zimmer kam und Lea beiseiteschob, um selbst in dem Karton nach dem Band zu suchen. »Und sie deswegen wissen, dass du auf die ersten paar Einführungsveranstaltungen getrost verzichten kannst.« Die beiden hatten ihren Disput zwar beigelegt, so ganz verarbeitet hatte Paul den Umstand, dass Sophie jahrelang ohne sein Wissen die Klassiker der Weltliteratur auswendig gelernt hatte, aber noch nicht.

»Du kannst wirklich alles«, sagte ich und nahm eine Farbwalze aus der Holzkiste. »Wahrscheinlich besser als die Leute, die es dir dort beibringen wollen. Und was ich mich die ganze Zeit schon frage: Wozu brauchst du überhaupt die Schauspielschule?«

»Wir leben schließlich in Deutschland«, antwortete Sophie. »Und um da irgendwann mal am Theater spielen zu dürfen, brauche ich 'nen DIN-A4-Zettel von der Schule, der bestätigt, dass ich jeden Tag da war.«

»Bürokratie«, schimpfte Paul und wühlte noch immer in dem Karton herum.

»Würd ich jetzt nicht grundsätzlich verteufeln«, sagte Lea. »Manchmal regelt sie auch wichtige Dinge, ohne die das Zusammenleben in der Gesellschaft unmöglich wäre. Hab grade gestern einen Beitrag über die EU-Gurkenverordnung gedreht, die zwar abgeschafft wurde, aber immer noch angewendet wird. Schreibt vor, wie stark eine verkaufsfähige Gurke gekrümmt sein darf. Ich meine, hättet ihr's gewusst?«

»Hab den Beitrag gesehen«, sagte Sophie. »Aber musste es wirklich sein, dass du unseren Gemüseladen mit dem Kamerateam stürmst und unseren lieben Ali total durcheinanderbringst?«

»Er hat viel zu krumme Gurken. Kein Witz.«

»Trotzdem.«

»Wisst ihr, was mir noch einfällt?«, fragte Paul und reichte Lea das Abdeckband aus dem Karton. »Wenn Sophie jetzt selbst Gras anpflanzt, haben wir immer was für unsere Smoothies.«

»Das hab ich mir auch schon gedacht.« Sophie hielt einen Zeigefinger in die Luft. »Ich meine, wenn wir unser Zeug immer kaufen müssten, wär das ja auch ein monatlicher Posten, der die Fixkosten erhöht. Hast du ganz vergessen bei deiner Aufstellung, Louisa.«

»Kann ja mal passieren.« Paul tätschelte meine Schulter.

»Äh …«

»Wir von oben kriegen aber auch was ab, ne?«, fragte Lea und stieg auf einen Hocker.

»Sicher, Lea, alle«, antwortete Sophie, während Paul aus meinem Zimmer verschwand, um seinen Werkzeugkoffer zu holen.

»Bis auf Ben, die arme Sau.« Lea inspizierte den Türrahmen von oben.

»Wieso?«, fragte ich.

»Der kann sich's nur zu bestimmten Zeiten erlauben«, sagte Sophie. »Muss jeden Monat zum Drogentest.«

»Sonst ist sein Führerschein wieder weg, und den braucht er ja ständig«, fügte Lea an. »So als Vollzeit-Aktivist.«

»Er ist heute Nacht übrigens schon wieder losgefahren«, sagte Sophie.

Ach ja?, hätte ich lässig fragen sollen. »Was? Warum das denn? Wohin? Und wie lange?«, fragte ich stattdessen mit schriller Stimme. Ich schluckte. »Also ich meine … also einfach …«, versuchte ich, das Ganze in ruhiger Stimmlage zu retten. Ich fühlte mich ertappt – nicht zu Unrecht: Sophie blickte mich an, hob eine Augenbraue und lächelte schief. Lea stand mit dem Rücken zu uns auf dem Hocker und pustete Staub vom oberen Teil des Türrahmens. Sie hatte mein Gestammel offensichtlich nur am Rande mitbekommen.

»Ach, wieder irgendeine Aktion.« Lea winkte ab. »Er verrät ja nie, wo er hingeht, weil er niemanden mit reinziehen will. Keine Ahnung, was der so alles treibt. Castor schottern, gegen Globalisierungsgipfel demonstrieren, Flüchtlinge verstecken …«

»Vor kurzem war er bei einer Demo gegen … äh, irgendwas mit sozialer Ungerechtigkeit im Ausland, da kamen drei Polizisten auf einen Demonstranten«, sagte Sophie. »Und die Idioten haben ihm echt den Kiefer gebrochen! Ich mach mir da so meine Sorgen, wenn er tagelang weg ist. Da kommt er öfters mal verletzt nach Hause. Oder mitten in der Nacht. Und dann schläft er erst mal ein paar Tage durch.«

»Also, wenn Ben nicht wie mein kleiner Bruder wäre und ich nicht sowieso den weltbesten Typen zum Freund hätte, fänd ich das ja irgendwie sexy.« Lea stieg vom Hocker, wischte sich über die Stirn und sah mich an.

»Äh …« Ich drehte mich abrupt weg, räusperte mich und lief gegen den Farbeimer, der augenblicklich umkippte. Ein riesiger Schwall gelber Farbe verteilte sich auf dem Dielenboden.

»Ach, *shit*!« Ich ging in die Hocke, stellte den Eimer wieder auf und blickte panisch auf die Farblache, die sich immer weiter ausbreitete.

»Sag mal, Louisa, was 'n heute mit dir los?« Lea griff nach ein paar Lappen neben der Pinselkiste.

»Die Sache mit der Uni-Bewerbung macht sie ganz wuschig, stimmt's, Louisa?« Sophie warf mir mit gesenktem Kopf über ihre Brillengläser hinweg einen bedeutungsschwangeren Blick zu. Ich nickte schnell, während ich Sophie im Geiste für ihre Loyalität dankte. Und Lea für ihre lange Leitung.

»Mist, Mist, Mist«, fluchte ich, schnappte mir einen Lappen und begann, die gelbe Farbe aufzuwischen. »Tut mir total leid jetzt, ich hab euch den Boden versaut! Zum zweiten Mal.«

»Kein Ding«, sagte Sophie, drückte aber zur Sicherheit den Deckel auf den Eimer. »Wir kriegen erst Stress, wenn 's Willy 'nen Stock tiefer in die Suppe tropft.«

»Was ist denn dein Problem mit der Uni?«, fragte Lea und stieg wieder auf den Hocker, während Paul mit seinem Werkzeugkasten um die Ecke bog.

»Ach, ich weiß nicht …«, sagte ich. Sophie hatte ja nicht gelogen, die Sache mit den Bewerbungen brachte mich wirklich durcheinander. »Ich bin doch eigentlich viel zu alt für ein Studium.«

»Also, ich weiß jetzt nicht, wen du diskriminieren willst, aber an mir prallt das ab.« Paul zog sein Ersti-Ticket aus der Hosentasche und hielt es mir vor die Nase.

Ich musste lächeln. »Hast ja recht.«

»Klar hat er recht«, meldete sich Lea von oben und warf Sophie die Abdeckbandrolle zu. »Sophie, kannst du mir bitte mal Streifen schneiden? Und, Louisa, auch wenn's abgedroschen klingt, hör auf dein Herz. »

»Das ist wirklich abgedroschen und null hilfreich: Es will ja selbst ständig was anderes.«

Paul warf Sophie eine Schere aus der Kiste zu und verschwand wieder im Flur. »Akkubohrer im Auto liegen lassen«, brummte er vor sich hin.

»Dann schalt doch wenigstens den Kopf aus, Louisa«, fuhr Lea fort und sah Sophie dabei zu, wie sie ein Stück Abdeckband abschnitt.

»Der lässt sich nicht ausschalten«, antwortete ich. »Ist ein Arsch.«

»Dein Kopf?«

»Stell es dir jetzt bitte nicht bildlich vor.«

»Das ist ein freies Land, Schatz.«

»Wieso kennst du Ben eigentlich schon so lange?«, fragte ich, während Sophie Lea einen Streifen Abdeckband reichte.

»Na, von der Schule.« Lea hob die Schultern und widmete sich wieder dem Türrahmen. »Wir haben zusammen Abi gemacht. Der war damals schon ein Scheißgenie. Wurde nur nicht verprügelt, weil ihm das vollkommen egal war. Er war quasi ein cooler Streber.«

»Was heißt *Genie?*«, fragte ich, und mir fiel auf, wie schwer es sein konnte, beiläufig und uninteressiert zu klingen, wenn man es nicht war. »Und was heißt *damals schon?*«

»Ich erinnere mich noch ans Mathe-Abi«, erzählte Lea, während sie den ersten Teil des Türrahmens abklebte. »Er ist vierzig Minuten vor Schluss erschienen und hat alle Punkte geholt, das musst du dir mal vorstellen! Ich hasse solche Menschen normalerweise. Aber er kann ja nichts dafür und hat außerdem immer alle abschreiben lassen. Er hat für mich sogar mal eine Physikklausur geschrieben, weil ich in der Zwölften fast durchgerasselt wäre, und hat für sich selbst ein leeres Blatt abgegeben, weil es ihm einfach egal war. Die Lehrer sind seinetwegen permanent ausgeflippt, aber sie konnten nicht viel ausrichten, weil er trotzdem immer die besten Noten in der ganzen Stufe hatte. Er musste immer irgendwelche Klausuren nachschreiben, wenn er dann mal in der Schule aufgetaucht ist. Er war ja früher schon sehr, ich sage mal, äh …*politisch*. Seine Eltern waren manchmal völlig fertig mit den Nerven.«

»Und nach dem Abi?«, fragte ich weiter, während ich den Boden schrubbte und fand, dass ich den desinteressierten Tonfall schon viel besser hinkriegte.

»Na, jetzt ist er ja bei irgendeinem Software-Riesen in Frankfurt angestellt.«

»Ach ja?« Ich stellte fest, dass ich die ganze Zeit im Kreis gewischt und die Farbe nicht entfernt, sondern nur gleichmäßiger auf dem Dielenboden verteilt hatte.

»Mit dem Aktivisten-Zeug verdient er ja nichts, da zahlt er eher noch was drauf.« Lea drehte sich über die Schulter zu Sophie, die ihr einen weiteren Streifen Abdeckband reichte. »Er hat sein Informatikstudium abgebrochen, ist aber ein absolutes Ass. Wird von denen mit ordentlichen Summen bezahlt, mit Firmenwagen bestochen und sonst auch ziemlich gehypt, nur um sich bereitzuhalten für irgendwelche kniffligen Sondersachen, die sie dort selbst nicht auf die Kette kriegen. Die macht er dann kurzfristig, aber wenn's hochkommt, arbeitet er zehn Stunden die Woche, und das meiste von seinem Verdienst steckt er in sein Entwicklungshilfeprojekt in Kenia. Da fliegt er auch jedes Jahr hin.«

»Ach so«, presste ich hervor und zwang mich, lässig mit den Schultern zu zucken. Ich hatte überhaupt keine Ahnung gehabt, wer Ben war. Und nun hatte ich keine Ahnung, wo er war. Vielleicht *tagelang* weg, hatte Sophie gesagt. Wieso hatte er sich nicht verabschiedet? Andererseits: Wieso sollte er? Ich hatte gestern auf dem Friedhof kaum ein Wort mit ihm gewechselt und war ihm irgendwie sogar aus dem Weg gegangen. Wir standen in keiner besonderen Beziehung zueinander. Hätte er sich bei mir »abgemeldet«, könnte man sicher etwas hineininterpretieren. Würde auch jeder. Außer Lea vielleicht.

»Ach, wo wir grade von ihm reden.« Lea drehte sich wieder über die Schulter und schlug sich mit der flachen Hand an die Stirn. »Hätt ich beinahe vergessen: Ich soll dich von ihm grüßen, er wollte sich gestern Abend noch bei dir verabschieden, aber du hast schon geschlafen. Wieso grinst du so? Hab ich Farbe am Kopf?«

6
Die sechste Grundregel

»Tu nichts Verbotenes.«

»Sophie?«, rief ich, als ich die WG betrat. Ich war außer Atem. »Was ist passiert? Wo bist du?« Es war Freitagnachmittag, Sophie hatte Michi und Gulli zu uns eingeladen, um Details über Produktion und Vertrieb ihres Cannabis-Start-ups zu besprechen. Sie hatten dafür eine Uhrzeit vereinbart, bei der ich noch im Büro und Paul bereits im Restaurant war. Ich war zwar dagegen gewesen, dass sie sich allein mit Drogendealern und Kleinabnehmern traf, aber Sophie hatte gemeint, ich solle mal keine unschuldigen Leute kriminalisieren. Ich hatte mich trotzdem verfrüht aus dem Büro geschlichen, zum einen, damit Sophie nicht zu lange allein war, und zum zweiten, weil ich sie in ihrem Vorhaben unterstützen und mein betriebswirtschaftliches Fachwissen einbringen wollte. Es war ohnehin ein verlorener Tag gewesen: Ich hatte eine subtil vorwurfsvolle Rede an Diana ausgearbeitet, die mindestens mittelstarke Gewissensbisse hätte produzieren sollen, aber als hätte sie es geahnt, hatte sie sich für den Rest der Woche krankgemeldet. »Sophie?« Ich warf meinen Mantel in die Ecke und blickte mich um. Unsere Stühle waren umgeworfen worden, die Dielen übersät mit Zeitungsfetzen, in der Küche lagen Scherben in einer roten Lache. »Sophie!«, schrie ich und hastete durch das Wohnzimmer.

»Ja, ja.« Sophie kam aus dem Bad, in ihrer Hand baumelte ein Eimer mit schaumigem Wasser. »Bin ja da.«

»O Gott, was ist denn passiert?« Ich stürzte auf sie zu.

»Alles halb so schlimm.« Sophie hob die Hand. »Wir müssen nur das Lösegeld zahlen, dann geben sie uns Paul zurück.«

»*Waaaas?*« Ich starrte sie an.

»Louisa, ganz ruhig, alles ist gut.« Sophie tätschelte mir die Schulter, als sie sich an mir vorbei in die Küche schob. »Sie sind noch gar nicht hier.«

»Und wieso sieht's dann hier so aus?«

»Willy war mit seinen Enkeln zu Besuch, ich wische grade mal den verschütteten Traubensaft auf.«

Ich atmete auf. »O Mann, ich bin gerade um weitere achtundzwanzig Jahre gealtert!«

»Sieht man dir nicht an. Gute Gene, schätze ich.«

Ich stellte meine Tasche ab und warf mein Jackett auf das Sofa. »Na, das geht ja gut los mit deinen Geschäftspartnern. Nicht pünktlich sein ist schon mal ein Zeichen für Unzuverlässigkeit.«

»Es sind jetzt sieben Minuten, Louisa.«

»Tzzz, wahrscheinlich sind sie schon zu stoned, um überhaupt das Haus zu finden.« Als ich die Stühle wieder rings um unseren Esstisch gestellt hatte, klopfte es an der Tür.

»Hey«, sagte Lea, als ich öffnete. Sie trat einen Schritt zur Seite. »Hab dir dein *Team* gleich mitgebracht.« Sie zeigte auf eine hochgewachsene Frau mit kantigem Gesicht, die einen viel zu dünnen Rottweiler mit einem massiv unterbelichteten Gesichtsausdruck auf dem Arm trug, und einen bebrillten Typen in Jeans und Karohemd. Beide sahen völlig normal aus.

»Hi«, sagten die beiden, reichten mir die Hand und begrüßten Sophie, die neben ihrem Eimer auf den Küchenfliesen kniete und von dort aus winkte. »Schön, dass ihr kommen konntet, bin gleich bei euch.«

Gulli setzte den Hund auf dem Boden ab, und Hemingway sprang auf, um ihn zu beschnuppern. Zum ersten Mal, seit ich hier wohnte, erlebte ich ihn im Wachzustand.

»Jetzt bin ich ja mal gespannt auf euer *Meeting.*« Lea kicherte, als sie, nach Michi und Gulli, an mir vorbei zum Tisch tippelte. Seit ich Sophie vorgeschlagen hatte, ihr Geschäft mit etwas System in Gang zu bringen, machte Lea keinen Hehl daraus, dass sie meine Herangehensweise wahnsinnig unterhaltsam fand und jeden meiner Schritte sensationsgeil beobachten würde. Ich ließ mich nicht irritieren und startete mit dem klassischen Small Talk, um eine Vertrauensbasis zu schaffen.

»Wie heißt denn der Kleine?« Ich deutete auf Gullis Hund, als wir uns alle gesetzt hatten

»Heidi Klum.« Gulli tätschelte dem Hund das Köpfchen.

Lea kicherte.

»Oh … wie ungewöhnlich«, sagte ich.

»Na ja, sie hat Bulimie, seit sie auf die Welt gekommen ist. Und mag pink. Da lag das nah.«

»Habt ihr sie mal untersuchen lassen?«, rief Sophie aus der Küche.

»Klar, kein Arzt hat was gefunden, scheint was Angeborenes zu sein.«

»Oh, okay.« Ich räusperte mich. »Und darf ich fragen, warum du *Gulli* genannt wirst?«

»Abkürzung für Guillaume.«

»Wie schön«, sagte ich.

»Also für mich wirft das, ehrlich gesagt, nur noch mehr Fragen auf«, warf Lea ein.

»Ich bin gleich so weit«, rief Sophie aus der Küche.

»Ich weiß, Männername.« Gulli hob die Schultern. »Meine Eltern wollten immer einen Jungen, der Guillaume heißt. Nach drei Mädchen hintereinander haben sie dann beim vierten einfach beschlossen, dass es ein Junge wird. Und ihn vorher schon Guillaume genannt. Das war ich.«

»Was für eine nette Anekdote.« Ich lächelte. »Na gut, was haltet ihr davon, wenn wir gleich anfangen?«

Michi und Gulli nickten, während ich in meiner Tasche nach den Handouts kramte, die ich im Büro für alle ausgedruckt hatte. Lea blickte erwartungsvoll in die Runde.

»Also, das soll jetzt nicht wie ein Vorwurf klingen«, begann ich, während ich die Blätter austeilte. »Aber darf ich fragen, warum keiner von euch an meiner Doodle-Umfrage zur Terminplanung teilgenommen hat? Gut, es ist auch erst einen Tag her, dass ich die Einladung verschickt habe, aber ich kann euch das System auch gerne noch mal erläutern, es ist ganz einfach.«

»An *was* teilgenommen?« Michi blickte mich an.

»Ich glaube, dafür hatte ich eure E-Mail-Adressen eingesammelt und an Louisa weitergegeben«, rief Sophie aus der Küche.

»Ach so, das, die E-Mail.« Michi nickte, als wisse er nun, worum es ging.

»Na ja, wir sollten da von Anfang an ein gutes Netzwerk bilden«, sagte ich.

»Netzwerkbildung find ich gut.« Michi wandte sich an Gulli: »Bedeutet, nach Feierabend saufen gehen.«

»Ähm …« Ich räusperte mich. »Ich gebe euch vorab mal eine grobe Zusammenfassung über die Punkte, die wir jetzt im Meeting abzuarbeiten haben: Ich würde sagen, wir fangen mit einem Brainstorming zum grundsätzlichen Vorgehen an. Danach sollten wir uns an den Zeitplan machen und vor allen Dingen den Termin für das Go-Live unseres Projektes festsetzen. Sobald wir das haben, trage ich alles in den Koordinatenplan ein, vom Starttermin rückwärts gerechnet ergeben sich dann nämlich die Termine für alles Weitere. Den fertigen Plan schicke ich dann per E-Mail rum. Ich werde auch zwischendrin immer wieder mit Sophie in Kontakt treten, um zu erfahren, wie weit die Pflanzen sind, und euch die Infos weiterleiten, dann sind wir safe, was das angeht.« Ich blickte auf meine Notizen. »Ach ja, eine Hürde: Herkömmliche Werbe- und Marketingstrategien wie Social Media und Ähnliches fallen ja bei diesem Produkt, äh, irgendwie raus, also müssten wir uns da noch mal Gedanken machen. Das Problem brauchen wir aber nicht heute zu lösen, da kann jeder für sich mal drüber nachdenken. Ich würde als Zeitraum sagen … na ja, maximal eine Woche? Wir müssen deswegen aber kein Meeting festsetzen, ich kann auch gerne 'ne Telko zu dem Thema organisieren.»

Gulli und Michi starrten mich an. Lea fing herzhaft an zu lachen.

»Was denn?«, fragte ich.

»Äh …« Gulli blickte zu Michi.

»Hm«, sagte Michi. »Also … äh … ich plädiere dafür, das Ganze irgendwie … äh … weniger kompliziert zu machen?«

»Ach ja?«, fragte ich. »Und wie stellst du dir das vor?«

Michi blickte mich an. »Wir warten, bis Sophie die Dinger großgezogen hat, dann verkaufen wir das Zeug und geben ihr ihren Anteil.«

Gulli nickte.

»Warte doch mal.« Lea kicherte. »Hätte mich inter so essiert, was als Nächstes kommt. Slogan? Newsletter? T-Shirts?«

»Ich hab doch gesagt, dass wir *alternative* Marketingstrategien brauchen!«, wehrte ich mich.

»Wie dem auch sei.« Lea klopfte sich auf die Oberschenkel, dann stand sie auf. Sie grinste noch immer. »Ich denke, ihr seid auf dem richtigen Weg. Oder auch nicht. Jedenfalls muss ich los, und ihr müsst jetzt, so hart es auch klingt, ohne mich klarkommen.«

»Positiv. Du hast bisher keinen einzigen sinnvollen Vorschlag gemacht«, stellte ich fest. »Also schätze ich, wir kommen klar.«

»Ah, Freitag«, sagte Michi zu Lea. »Du musst zu deiner Waldorf-Gymnastik, stimmt's?«

Lea riss den Kopf herum und blickte Michi an. »Yoga ist anstrengend, du Arsch!«, rief sie, während sie zur Wohnungstür stampfte. »Außerdem macht es mich viel ausgeglichener!« Sie knallte die Tür hinter sich zu.

»So, da bin ich.« Sophie kam mit einem Tablett voller Gläser ins Wohnzimmer. »Und was zu trinken habe ich auch dabei. Selbst gemacht!«

»Ahhh, deine berühmten grünen Smoothies«, freute sich Michi, als schon wieder die Wohnungstür aufflog.

»Wie werden die eigentlich gemacht?« Gulli deutete auf die Smoothies.

»Sophie!« Paul kam hereingestürmt und blieb mitten im Raum stehen, während Sophie die Smoothies an uns verteilte. »Ich bin befördert worden, Sophie! Ich bin ab morgen Barkeeper! Ich werde ganz fett Karriere machen!«

»Aber zum Mittagessen bist du wieder da«, sagte Sophie

geistesabwesend, während sie mir eines der Gläser reichen wollte.

»Na, ich ganz sicher nicht!« Ablehnend hob ich eine Hand.

»He, hast du mir zugehört, Sophie?«, fragte Paul dazwischen.

»Trinkst du nur heute keinen oder sonst auch nie?«, fragte Michi und blickte mich an, während Sophie Gulli erklärte, wie sie die Smoothies hergestellt hatte.

»Sonst auch nie«, antwortete ich.

Paul murmelte etwas und verschwand im Flur. Dann krachte seine Zimmertür ins Schloss.

»Du machst *Brainstorming*, *Koordinatenpläne* und *Marketingstrategien* für ein Produkt, das du überhaupt nicht kennst?« Michi blickte zu mir, als er mit Gulli anstieß. »Das ist aber nicht sehr professionell.«

»Finde ich auch.« Gulli nahm einen Schluck.

»Ich glaube, ich muss mal Paul hinterher, irgendwas hat er grade gesagt, oder?« Sophie stellte das Tablett mit dem letzten Smoothie auf dem Wohnzimmertisch ab und verließ das Zimmer.

»Na ja, ich muss ja nicht unbedingt …«, begann ich, mich zu rechtfertigen. »Um zu wissen, wie es wirkt, muss ich ja nicht … ich meine … und … um Himmels willen, es ist eine Einstiegsdroge!«

»Na eben.« Michi hob die Schultern.

»Was soll das heißen?«, fragte ich.

»Na, wenn es was Schlimmes wäre, würde man es ja wohl kaum als *Einstiegsdroge* bezeichnen.«

»Was?« Ich reckte den Hals.

»Sogar die Politiker machen sich Gedanken darüber, das Zeug zu legalisieren«, fuhr Michi fort. »Würden sie das machen, wenn man dran sterben würde? Oder was? Ist doch sogar weniger schädlich als Alkohol.«

»Wer sagt denn so was?«, fragte ich.

»Na, die Zeitung«, antwortete Gulli.

Nachdem ich von Lea wusste, dass die meisten Journalisten dauerbekifft waren, hielt ich das für keine objektive Quelle.

»Ist ja jetzt auch ein Unterschied, ob man das ständig macht oder *einmal* zum Ausprobieren«, fügte Michi an.

»Hm.« Ich starrte auf das Glas mit dem Saft. Es sah ziemlich harmlos aus. »Was ist da jetzt anders, als wenn ich das rauchen würde?«

»Du musst nicht husten.«

»Nee, ernsthaft jetzt!«

»Du musst nicht husten.«

»Michi!«

»Na ja, eigentlich nicht viel.« Michi hob die Schultern. »Es ist der gleiche Stoff, nur in einer anderen Konfiguration. So verarbeitet, ist es auf jeden Fall gesünder.«

»Wieso?«

»Kein Tabak, kein Nikotin.«

Warum auch immer: *Das* überzeugte mich. Fast.

»Aber es ist so ... schleimig und ... grün«, sagte ich, als ich das Glas vom Tablett nahm.

»Probier doch einfach mal.«

Ich nahm einen Schluck. »Es schmeckt sogar grün.«

Gulli und Michi blickten mich an, als ich weitere Schlucke nahm und der Gemüsesaft kühl meine Kehle hinunterlief. Schon wieder ein Regelbruch: Ich sollte eigentlich nichts Verbotenes tun. *Ich sollte nichts Verbotenes tun*? Wie war ich überhaupt dazu gekommen, so eine Regel aufzustellen? Freiwillig hätte ich doch sowieso nie etwas Verbotenes getan. Ich hatte schon ein schlechtes Gewissen, wenn im Fernsehen jemand eine Zeitschrift klaute oder auf der Straße ein Polizeiauto an mir vorbeifuhr (obwohl ich noch nie etwas angestellt habe). Kurz nach meinem achtzehnten Geburtstag hatte ich mich sogar mal selbst angezeigt, als mein Auto beim Einparken an einen öffentlichen Papierkorb gerollt war, der an einer Straßenlaterne befestigt gewesen war. Auf der Polizeistation hatte man mir versichert, dass so etwas täglich tausendfach vorkam, aber sich *noch nie* jemand deshalb bei ihnen gemeldet hätte. Und dass man das auch nicht musste, solange dem Papierkorb nichts Wesentliches zugestoßen war. (Und da hieß es immer, die deutsche Bürokratie sei so detailverliebt.) Weil ich so durcheinander gewesen war, hatte mir ein junger Polizist Gummibärchen und einen Lolli geschenkt.

»Und was machen wir jetzt?« Ich wischte mit dem Ärmel über meinen Mund.

»Na, wir hängen ab.« Michi hob die Schultern.

»Was?«

»Wir hängen ab.«

»Und was tun wir dabei?«

»Abhängen.

»Ihr müsst doch ungefähr wissen, was jetzt passiert?« Die beiden sahen mich ausdruckslos an. Es machte mich nervös, wenn ich nicht wusste, was auf mich zukommen würde. Sollte ich zur Sicherheit noch mal aufs Klo?

*

»Ich hab Hunger«, sagte Gulli.

»Was willst du essen?«, fragte Michi.

»Weiß nicht, irgendwas.«

»Mit was obendrauf?«

»Nudeln.«

»Okay, ich hol Nudeln. Was für welche?«

»Was?«, fragte Gulli.

»Nudeln!«, rief Michi.

»O ja!«

»Okay, ich hol Nudeln.«

Ich musste lachen. Ich musste sogar so sehr lachen, dass ich fast aus der Hängematte fiel. Aus den Augenwinkeln sah ich Gulli und Michi auf einer Parkbank sitzen. Ich hatte ja keine Ahnung gehabt, wie bequem Hängematten waren! Hätte ich jemals gewusst, wie bequem Hängematten waren, hätte ich mir weder ein Bett noch ein Sofa angeschafft. Neben der Parkbank stand ein Motorrad. Gegenüber fehlte die Tür zum Badezimmer und gab freien Blick auf einen wuchtigen Bücherberg neben der Dusche, der nur von zwei Straßenschildern als Stützen zusammengehalten wurde. Auf dem Boden lag grünbemalte Pappe. Selbstgemachter Kunstrasen vielleicht. Ansonsten war das Zimmer, bis auf ein paar beachtenswert gepflegte Palmen und die Hängematte, die von einem Deckenbalken baumelte und die ich nie wieder verlassen würde, frei von jeder erkennbaren Einrichtung. Eine Freundin aus Berlin hatte mir vor kurzem erzählt, dass es bei ihr im Viertel schon als spießig galt, wenn die Möbel aus Möbeln bestanden und nicht aus aneinandergenagelten Paletten. Ich schätze, Ben war schon einen Schritt weiter und hielt Möbel generell für spießig. Oder einfach überflüssig. Sophie hatte uns in seine Wohnung geschickt, da Ben eine Lieferung erwartete, aber selbst nicht da war (eine *Lieferung* – schon klar!, dachte ich). An der gegenüberliegenden Wand stand eine Schaufensterpuppe, an deren ausgebreiteten Armen und auf dem Kopf unzählige Kleidungsstücke hingen. Wahrscheinlich Bens Kleiderschrank. Michi hatte sich von der Parkbank aufgerappelt und stand nun mitten im Raum.

»Ich hab vergessen, was ich grad machen wollte.«

»Was hast du vergessen?«, fragte Gulli.

»Was ich machen wollte.«

»Was wolltest du denn machen?«

»Hmm. Was wollte ich denn machen? Ich weiß nicht mehr! Ich glaub, ich hab's vergessen. Weißt du 's?«

»Nee, aber ich hab Hunger.«

»Was willst du essen?«

»Nudeln.«

»Okay, ich hol Nudeln.«

»Bei Sophie«, rief ich dazwischen. »Sophie hat Nudeln.«

»Gute Idee«, sagte Michi. »Bei Sophie.«

»Hoffentlich bringt er auch Tomatensoße mit«, sagte Gulli, als Michi die Wohnung in Richtung Flur verlassen hatte. Dann streckte sie sich auf der Parkbank aus. »Tomaten sind toll. Aber wenn man rot-grün-blind ist, kann man nie Tomaten sehen. Hast du das gewusst?«

»Wie jetzt? Echt jetzt, oder was?«, fragte ich.

»Überleg doch mal, wenn man blind für Rot und Grün ist, kann man sie am Anfang nicht sehen, wenn sie grün sind, und später auch nicht, wenn sie dann rot sind.«

»Quatsch, man sieht doch die Farben, wenn man rot-grün-blind ist, man kann sie nur nicht auseinanderhalten.«

»Ach so. Dann kann man also nie wissen, ob 'ne Tomate reif ist oder nicht, oder was?«

»Nee.« Ich schüttelte den Kopf. »Kann man nicht. Man kann 's einfach nicht.«

»Sophie ist eingeschlafen.« Michi stand plötzlich wieder mitten im Raum.

»Sie braucht ihren Mittagsschlaf«, sagte ich. »Sonst überdreht sie.«

»Irgendwas wollte ich doch da drüben ...«, murmelte Michi. »Aber ich war grade total irritiert: Hemingway vögelt Heidi Klum.«

»Was?«, rief Gulli.

»... und ich hab mich gefragt, was dabei wohl rauskommen würde«, fuhr Michi gedankenverloren fort und zuckte zusammen, als Gulli mit einem Satz von der Parkbank aufsprang.

»Ein magersüchtiges Sprachtalent?«, fragte ich. Michi fing an zu lachen. Ich musste ebenfalls lachen, so sehr, dass ich mir den Bauch halten musste.

»Das ist nicht witzig!«, rief Gulli. »Ich kann nicht auch noch 'nen Wurf kotzender Welpen gebrauchen ...«

»Kann doch nix passieren.« Michi winkte ab. »Sie ist kastriert.«

»Stimmt.« Gulli setzte sich wieder.

»Aber er nicht«, warf ich ein.

»O Mist!« Gulli sprang wieder auf und stürmte aus der Wohnung.

»He ...«, rief Michi ihr hinterher, dann beugte er sich über meine Hängematte und sah mich an. »Sag mal, reicht es nicht, wenn einer davon kastriert ist?«

»Doch!«, antwortete ich und musste schon wieder lachen. Ich rollte mich hin und her und bekam kaum noch Luft. Michi warf sich auf den Boden neben der Hängematte und lachte ebenfalls laut. In dem Moment klopfte es an der Wohnungstür. »Hallo?«, rief jemand vom Flur aus. »Ein Paket für Sie.«

»Aha!« Ich schaukelte mit der Hängematte auf eine Seite, ließ meine Beine herausgleiten und stand auf. »Die

Lieferung ist da, weißt schon, 'ne? *Lieferung.*« Ich blickte Michi bedeutungsvoll an.

»Hä?«

»Na, du weißt schon.« Ich verdrehte die Augen, als ich an Michi vorbei in Richtung Tür ging.

»Nee, weiß ich nicht.«

»Ach, du bist doch total zugedröhnt.«

»Und du nicht, oder was?«

Ich musste schon wieder lachen.

»Halloohoo.« Ich bog um die Ecke zum Flur. Dort wartete bereits ein Lieferdienstmitarbeiter. »Hui ui ui, Sie haben sich ja richtig gut als Paketmann verkleidet!«

»Wie bitte?«, fragte er. Neben ihm stand ein Stapel aus würfelartigen Pappkartons.

»Na, Sie wissen schon.« Ich zwinkerte mehrmals hintereinander, wahrscheinlich sah es auch so aus, als wäre mir etwas ins Auge geflogen. Aber er sollte ruhig wissen, dass ich wusste, worum es hier ging, und mich das total locker ließ. Ich war schließlich schon lange nicht mehr so naiv, nicht zu wissen, was hier so alles abging. Der Mann blickte mich an und wollte mir den Stift seines Handscanners reichen. »Bitte hier unterschreiben.«

»Was?«, fragte ich und wehrte den Scanner mit einer Handbewegung ab. »Ich bitte Sie, ich unterschreibe doch nicht für den Erhalt von *dieser* Art von Ware! Da können Sie sich noch so hübsch als Paketmann verkleiden! Am Schluss rutsch ich da noch in was rein!«

»Wie bitte?« Der Paketmann sah mich an, als hätte ich in einer ihm unbekannten Sprache gesprochen. Ich überlegte, ob man ihn vielleicht nicht richtig darüber aufgeklärt hatte über das, was er hier tat. Ich führte die Hände zum Mund, beugte mich zu ihm und flüsterte: »Das ist doch Schwarzmarkt-Ware, da darf es doch keine Spuren geben, verstehen Sie mich?«

»Das ist Bio-Tierfutter.« Der Paketmann deutete auf die Etiketten, die auf alle drei Kartons aufgeklebt waren.

»Na klar«, sagte ich und zwinkerte wieder mehrmals hintereinander. »*Bio-Tierfutter!*«

»Es *ist* Bio-Tierfutter! Und ich bin ein ganz normaler, wie Sie es nennen, *Paketmann*!«

»Jetzt werden Sie doch nicht so aggressiv.« Ich deutete ihm mit den Händen an, sich zu beruhigen. »Das ist echt nicht cool! Warten Sie mal, ich hol jemand anderen.« Ich ging nach drinnen. »Michi?« Wo war der denn? War der nicht eben noch da? Vielleicht auch nicht.

»Gott sei Dank«, hörte ich den Paketmann im Flur sagen. »Da drin ist eine, die tickt nicht ganz sauber, wenn Sie wissen, was ich meine, und unterschreiben will sie auch nicht.«

»Lea, was ist denn los?«, hörte ich Bens Stimme nach drinnen rufen. Ben? Ich flitzte um die Ecke und sah ihn im Flur neben dem Paketmann stehen. Ich rannte auf ihn zu. »Halloooo!« Und … blieb kurz vor ihm stehen, weil mir einfiel, dass ich gar nicht wusste, was ich tun sollte, wenn ich vor ihm angekommen war.

»Hoppla, Louisa.« Ben grinste. »Freust du dich so, mich zu sehen, oder wieso hast du es so eilig?«

»Ja! Äh … nein! Also doch! Also … ich … ich … hab 'nen Smoothie getrunken!«

»Verstehe«, sagte Ben. Er sah müde aus und hatte ein Veilchen am Auge.

»Was ist passiert?«, fragte ich. »Du …«

»Ach, Ben, wie schön, dass du wieder da bist.« Sophie kam aus unserer Wohnung und streckte sich ausgiebig.

»Und wie verbleiben wir jetzt?«, fragte Gulli, die nach

Sophie auf den Flur trat. Sie hielt Heidi Klum im Arm. Ben unterschrieb auf dem Handscanner des Paketmanns.

»Ich sag's dir noch mal, ich zahl keine Alimente«, antwortete Sophie. »Wenn sie schwanger ist, dann garantiert nicht von Hemingway, der ist doch viel zu klein, und außerdem hab ich überhaupt nichts gesehen.«

»Weil du geschlafen hast!«, schimpfte Gulli. Der Paketmann schüttelte den Kopf und eilte in Richtung Treppe.

»Sag mal, Bennie, ich hab noch 'nen Termin, könntest du wo für mich einspringen?«, fragte Sophie und gähnte.

»Ich wollt mich eigentlich gleich hinhauen, hab seit vorgestern nicht geschlafen und …«

»Könntest du ein bisschen auf Louisa achtgeben?«, bat Sophie ihn. »Sie hat ihren ersten Smoothie getrunken und ist etwas, na ja, du siehst es ja selbst, sie …«

»Hallo?«, fuhr ich dazwischen. »Ich brauch doch niemanden, der auf mich aufpasst!«

»Nicht?« Ben zwinkerte.

*

»Muss es ausgerechnet jetzt regnen?« Ich zog meine Kapuze über den Kopf, während die schweren Flügel der Haustür hinter uns ins Schloss krachten.

»Ist doch egal.« Ben schob mich auf den Bürgersteig am Gartenfeldplatz. Bis auf das Licht der Straßenlampen war es stockdunkel und außer uns niemand unterwegs.

»Na ja, also, wenn 's schlimmer wird …«, sagte ich.

Ben blickte mich an. »Leute, die sich durch Regen von irgendwas aufhalten lassen, haben schon lange vorher resigniert.«

»Ich wollte ja auch nur sagen, wenn 's schlimmer wird,

brauchen wir 'nen Schirm«, sagte ich, als wir über die Straße gingen. Ben grinste. »Aber was meinst du damit, *sie haben schon lange vorher resigniert?*«

»Denk nach.«

»Poet sein passt nicht zu dir.« Ich lachte.

»Wieso nicht?«

»Passt allgemein nicht zu Informatikern.«

»Passt es in deine schwarzweiße Welt, dass ich kein Informatiker bin, sondern nur Geld damit verdiene?«

»Nein, aber dazu wollte ich sowieso noch was sagen.«

Ein schlaksiger Kerl mit Bierflasche in der Hand kam uns entgegengeschlendert. Ich hatte ihn schon ein paarmal in unserem Treppenhaus gesehen. Laut Tine gehörte er zu einer Band, die im oberen Stock wohnte.

»Hey, Thorsten«, sagte Ben.

»Moin.« Er rülpste und schlurfte um die Ecke.

»Also von dem Verdienst, den du da bekommst«, begann ich, als wir weitergingen. »Wenn du das mal hochrechnest auf Vollzeit, dann könntest du …«

Ben blieb stehen und drehte sich zu mir. »Wie bitte?«

»Na, vielleicht bist du der nächste Steve Jobs und weißt es bloß noch nicht? Also das heißt, die *Welt* weiß es noch nicht!« Ich musste schon wieder kichern. Objektiv betrachtet klang es wahrscheinlich eher wie ein hysterisches Gackern. »Meinst du nicht, du verschwendest dein Talent?«

»Du hörst dich an wie meine Mutter.«

»Oh … Das ist … nicht gut.« Sogar in meinem schwummerigen Zustand war mir das bewusst. Ich hörte auf zu gackern. Der Regen hatte aufgehört, es nieselte nur noch. Ich schob meine Kapuze wieder vom Kopf.

Ben wandte sich ab und ging weiter. »Ist unwichtig, dass ich mein Talent verschwende, mir liegt nichts dran. Aber auf andere Weise verschwende ich meine Zeit, und daran liegt mir was.«

Was war nur aus der verwirrten Generation geworden, die nicht wusste, was sie wollte, und von der hinterhältig hohen Zahl an Möglichkeiten in Entscheidungskrisen gestürzt wurde? Ich hatte mich schon lange gefragt, wie lange es wohl dauern würde, bis die alle einfach mal klarkamen und das taten, was sie wollten. Vor allem ich. Ben hatte völlig intuitiv den richtigen Weg aufgespürt. Noch dazu war er keine Spur verwirrt. Er fand sich deswegen noch nicht mal besonders, wahrscheinlich war es ihm sogar egal. Was sollte man dazu sagen?

»Du bist ganz schön egoistisch«, sagte ich.

»Was? Wieso?«

»Weil du ... ach, dieses ganze gute Zeug, was du da tust.«

»Das ist egoistisch?«

»Ja! Weil ich dauernd denke, du bist ein viel zu guter Mensch für mich ... Dauernd! Als hätte ich so ein beschissenes Gedankentourette ...«

»Für *dich?*«

»Was?«

»Ich bin ein zu guter Mensch für *dich?*«

Ich erschrak und sah Ben an. Sonst redete ich nie, bevor ich dachte. »Äh, das ... ich ...«

Ben grinste. »Dann müsste ich wohl Banker werden, damit du dich besser fühlst.«

»Das würde helfen.« Ich lächelte.

»Da müsste ich aber erst mal die Finanzwelt verstehen.«

»Frag mich!«, bot ich an.

»Wie lebt sich's ohne Moral?«

»Du bist sarkastisch. Und arschig. Du bist sarkarschig.«

Ben lachte.

Ich räusperte mich. *Und irgendwie einfach toll. Willst du mich küssen?* Ben blieb stehen und drehte sich zu mir. Er grinste. Ich schlug die Hand vor den Mund: O *Gott, habe ich das gerade gesagt? Oder nur gedacht?* O *Mist! Habe ich* das *jetzt gesagt, oder habe ich es nur gedacht?* Dieser heimtückische Smoothie! Sogar Michi und Gulli hatten gesagt, dass er ziemlich reingehauen hatte. Und die beiden waren einiges gewohnt. Ben fing an zu lachen.

»Also … äh? Gibst du mir eine Antwort?«, stammelte ich. Wenn er jetzt nicht wusste, wovon ich sprach, konnte ich aufatmen.

»Worauf soll ich antworten?«, fragte Ben, aber es irritierte mich, dass er noch immer grinste.

»Auf meine, äh, Frage? Hab ich das grade alles gesagt? Ich verwechsle gerade denken mit sprechen.«

»Ja.«

»Was?«

»Die Antwort ist Ja.«

»Worauf jetzt? Die erste oder die zweite Frage?«

Ben grinste, schüttelte den Kopf und ging weiter. »Ich bin demnächst für zwei Monate in Kenia. Willst du mitkommen? Wir brauchen immer Helfer.«

»Äh … das … ich …« Ich blieb stehen. Selbst wenn alle bisherigen Zeichen Ansichtssache gewesen waren, diese Frage konnte nur bedeuten, dass Ben auf mich stand! Mein Magen knurrte. Laut und lange.

»Was willst du überhaupt essen?«, fragte Ben.

Richtig! Wir hatten das Haus verlassen, um in der Stadt etwas zu essen zu kaufen, fiel mir ein. Bisher waren wir aber nur ziellos über den Gartenfeldplatz gewandert. Mein Blick schweifte über die zahllosen, dicht aneinandergeparkten Autos und die vom Regen glänzende Straße, auf der sich das Licht der Straßenlampen spiegelte.

»Da steht ja ein Eiswagen!«, rief ich.

Bens Blick folgte meinem ausgestreckten Zeigefinger auf einen am Straßenrand geparkten, abgekoppelten Anhänger mit der Werbeaufschrift einer Eisdiele.

»Ja.« Ben hob die Schultern. »Und was willst du damit?«

»Na, Eis essen!« Ich griff nach seiner Hand und versuchte, ihn in Richtung des Anhängers zu ziehen.

»Ich glaube kaum, dass da nachts Eis drin ist.« Ben blieb stehen. »Die fahren mit dem Hänger zu Veranstaltungen und bringen die Reste danach wieder in die Eisdiele zurück.«

»Aber wir können doch nachsehen.« Ich ließ Bens Hand los und rannte voran. »Wir brechen ein!«

»Was?« Ben folgte mir in großen Schritten.

»Ich hab Hunger«, sagte ich, als ich vor dem Anhänger ankam.

»Ich weiß, aber …« Ben tauchte neben mir auf, als ich gerade die Fenster des Hängers untersuchte.

»Wie geht man da am besten vor?«, fragte ich. »Du kennst dich doch da aus!«

»Geht jetzt *das* Thema wieder los?« Ben kramte in seiner Hosentasche.

»So war's nicht gemeint«, sagte ich. Dann blickte ich auf. »Doch eigentlich schon! Du klaust doch ständig Tiere, du bist ein Dieb für die gute Seite, aber ein Dieb.«

»Schließen wir einfach auf«, antwortete er, zog einen Schlüsselbund aus seiner Jeans und ging zur Tür des Anhängers.

»Das ist jetzt nicht dein Ernst, oder? Wieso hast du 'nen Schlüssel dafür?«

»Weil das Ding meinem Freund gehört.« Ben trat einen

Schritt zur Seite, um im Licht einer Straßenlampe den richtigen Schlüssel zu finden. »Ich leihe mir den Hänger ab und zu aus, wenn ich … unterwegs bin. Dafür bekommt Flavio meinen Geländewagen, wenn er Termine mit dem Hänger hat.«

»Du meinst, du kidnappst schlachtreife Tiere mit einem Eisanhänger?«

»Wär möglich.«

»Das ist aus mehreren Gründen nicht legal!«

»Vollkommen richtig.«

»Echt toll für dich, dass das so reibungslos funktioniert!«, sagte ich und stemmte die Hände in die Hüften. »Wenn ich nämlich mal 'ne moralisch umstrittene Idee hab, hast du 'nen scheiß Schlüssel dabei!«

»Ah, da ist er.« Ben schloss die Tür auf. »Willst du jetzt Eis oder nicht?«

Ich nickte.

»Dann sehen wir mal nach.« Ben drückte die Tür nach innen auf. »Bitte schön.«

»Danke!« Ich stieg zwei Stufen nach oben und ging, gefolgt von Ben, einen Schritt ins Innere des Wagens. »Gibt's hier irgendwo Licht?« Ich tastete mich an der Wand entlang und zuckte zusammen, als sich zu meinen Füßen etwas bewegte. »Aua!«, rief jemand.

»Was … ahhh … *shit*!« Ich erschrak, sprang in einem Satz zurück und rempelte gegen Ben.

»Hallo? Ist da wer?«, fragte jemand aus dem Halbdunkel. Ich erkannte die Silhouette eines riesigen Mannes, der sich vom Boden aufrappelte. »Was zum Teufel machen Sie in meinem Wagen?«

»Ich … war … wir wollten … äh …«, stammelte ich, während sich Ben an mir vorbeidrängte.

»Flavio, Mann, was machst du denn hier?«, fragte Ben.

»Ach!« Der Typ rieb sich die Augen und schlug Ben auf die Schulter. »Ben, Mann, was machst du denn hier?«

Meine Augen gewöhnten sich langsam an das schummrige Licht, und ich sah mehrere Decken auf dem Boden.

»Anja hat mich letzte Woche rausgeworfen, seitdem penne ich im Hänger«, fuhr der Mann fort.

»Ach, scheiße!«, sagte Ben.

»Ja, was 'ne Scheiße. Aber was treibst du hier, brauchst du den Hänger, oder was?«

»Nee, komm, lass uns erst mal rausgehen«, sagte Ben. »Das hier ist übrigens Louisa.«

»Hi.« Flavio schlug mir so fest von oben auf die Schulter, dass meine Beine nachgaben. Dann warf er sich eine Jacke über und folgte Ben nach draußen. Bevor ich den beiden hinterherging, hob ich noch schnell einen silbernen Deckel von zwei Eisbehältern, aber leider hatte Ben recht gehabt, denn sie waren leer. Als ich nach draußen kam, lehnten Ben und Flavio an der nassen Außenwand des Anhängers.

»Ist ja echt scheiße mit Anja«, sagte Ben.

»Aber wirklich«, antwortete Flavio. »Was 'ne Scheiße.«

»Wahrscheinlich haste was verkackt.« Ich zog meine Jacke zu.

»Was?« Er wandte sich mir zu.

»Und anstatt mehrfach festzustellen, dass die Situation scheiße ist, könntet ihr ja mal versuchen, das Problem zu lösen«, fügte ich an. »Nur so 'ne abstruse Idee.«

»Wie soll ich das Problem lösen, Mann, *sie* hat mich rausgeworfen ...« Flavio strich sich die Haare aus der Stirn.

»Ja, aber die Frage ist doch, *warum?*«

»Wir haben uns gestritten.«

»Das ändert die Sachlage natürlich immens.«

»Wirklich?«

»Nein! Worum ging's?«

Flavio seufzte und zog eine Zigarettenschachtel aus seiner Jackentasche. »Wir waren auf der Hochzeit ihrer Freundin. Und man weiß ja, wie es als Pärchen so ist auf Hochzeiten: Plötzlich geht es nicht mehr um das Hochzeitspärchen, sondern um einen selbst.« Flavio zündete sich eine Zigarette an. »Es ging dann darum, dass wir jetzt seit sieben Jahren zusammen sind, und sie wollte genau wissen, wann ich ihr mal einen Antrag mache. Tja, und ich hab offensichtlich falsch reagiert.«

»Wie denn?«, fragte ich.

»Na ja.« Er hob die Schultern. »Ich glaube, dass sie grade einfach Panik bekommt, weil sie dieses Jahr dreißig wird.«

»Hast du ihr das *so* gesagt?« Ich runzelte die Stirn.

Flavio nickte.

»Oh«, sagte Ben.

»Bist du ein Idiot oder so was?«, fragte ich.

»Nein!« Flavio blies Rauch aus. »Mal ehrlich, ihr Frauen behauptet doch ewig, ihr wollt nicht unbedingt heiraten und denkt noch nicht an Kinder und wollt euch erst mal selbst verwirklichen. Ihr bereist die Welt und seid jeden zweiten Abend unterwegs. Und plötzlich, wenn ihr dreißig werdet, werdet ihr nervös. Ist es nicht so?«

»Natürlich ist es so!« Ich warf die Arme in die Luft. »Aber wir wollen nicht, dass es so ist! Deshalb darfst du es auch nicht zum Thema machen!«

»Wie jetzt?«

»Das heißt, du weißt es, darfst das Wissen aber nicht benutzen«, schimpfte ich. »Ist doch logisch! Mein Gott, wie schwer kann 's denn sein?«

»Also ich finde es, ehrlich gesagt, ganz schön schwer«, meinte Flavio. »Sie hat nämlich sonst immer gesagt, dass sie überhaupt keine konkreten Zukunftsvorstellungen hat.«

»Vielleicht wollte sie dich einfach nicht unter Druck setzen.« Ich seufzte. »Und noch was: Meistens sagen Frauen sowieso was ganz anderes als das, was sie wirklich sagen.«

»Und dabei ist es schon schwer genug, ihnen hinterherzukommen, wenn sie wirklich das sagen, was sie sagen«, antwortete Flavio.

Ich musste zugeben, er hatte nicht unrecht. In mancherlei Hinsicht muss man ganz klar sagen, dass es die Männer nicht leicht haben mit uns.

»Ich will sie ja heiraten«, fuhr Flavio fort. »Ich meine, ich wäre dumm, wenn nicht. Aber ich habe mich grade erst selbstständig gemacht und muss doch erst mal finanziell was vorweisen können. Ich meine, hey, Ben, du weißt, was der Hänger gekostet hat und die Miete für den Laden, das dauert, bis da mal ordentlich was reinkommt und …«

Ben nickte.

»Hast du ihr *das* denn erklärt?«, fragte ich.

»Nee.« Flavio warf seine Zigarette auf den Boden und trat sie aus.

»Ich geh mal davon aus, dass sie deine finanzielle Situation kennt.« Ich hob die Schultern. »Und sie will dich trotzdem heiraten.«

»Hm.« Flavio sah auf den Boden, dann blickte er auf. »Ich muss mich entschuldigen, oder?«

Ich nickte.

Flavio nickte ebenfalls und senkte dabei geistesabwesend den Blick, dann schloss er den Reißverschluss seiner Jacke. »O Mann, ich muss mich wirklich entschuldigen.«

Wir folgten Flavio zur Eingangstür des Eisanhängers. Er

hielt inne und drehte sich noch einmal zu mir. »Danke, Louisa!« Bevor er mir wieder auf die Schulter hauen konnte, streckte ich ihm aus sicherer Entfernung die Hand hin. Kurzerhand umarmte er mich. »Du bist cool.«

»Kein Ding.«

»Ich lad dich auf ein Eis ein.«

»Echt? Dafür?«

Flavio nickte, als er die Tür des Hängers zuwarf und abschloss.

»Wie wär's mit jetzt?«, fragte ich.

»Nee, sorry, mein Laden ist nicht in der Neustadt, ich wohn nur hier.« Flavio steckte die Hände in die Jackentaschen. »Und jetzt muss ich echt los. Bis demnächst, Ben.«

Ben und ich blickten Flavio nach, als er die Straße entlangeilte und dann um die Ecke bog.

»Erst kapiert er ewig lange gar nix, aber dann isses eilig.« Ich verdrehte die Augen.

»Es will nicht so richtig anlaufen mit der kriminellen Karriere, was?« Ben grinste. »Aller Laster Anfang ist schwer. Anstatt ihn zu überfallen, haste ihn therapiert.«

»Und hab kein Eis.«

»Ist mir auch schon aufgefallen.« Wir schlenderten die Straße entlang. Eine Gruppe jugendlicher Skateboarder kam uns entgegen, sie wichen auf die Straße aus.

»Aber immer noch Hunger.«

»Paul arbeitet doch in irgendeinem Laden, sollen wir da mal hingehen?«, fragte Ben.

»Neeeee«, antwortete ich. »Erstens arbeitet er heute Abend nicht, und außerdem ist das so ein überteuertes Ding. Obwohl … hey, wir könnten die Zeche prellen!«

»Was ist heute nur mit dir los, Louisa?« Ben blieb stehen und schaute mich an.

»Keine Ahnung … ehrlich gesagt.«

»Wo ist der Laden überhaupt?«, fragte er.

»Winterhafen.«

»Schon ein Stückchen.«

»Komm, wir fahren hin.« Ich schnappte Ben an der Hand und zog ihn zurück zum Gartenfeldplatz. »Da vorne steht mein Auto.«

»Du solltest in deinem Zustand nicht fahren, Louisa«, sagte Ben, als ich einen überhöhten Randstein hochstolperte. »Wie zugedröhnt bist du eigentlich?«

»Ganz erheblich.« Ich musste kichern.

»Tja, siehst du, und bei mir war es kaum was, als die mich vor kurzem erwischt haben. Also, echt jetzt, lass es lieber sein mit dem Fahren.«

»Sei doch kein Spießer!«

»Ich?«, fragte Ben, als ich ihn quer über den Gartenfeldplatz zog. Ich kicherte noch immer. Als wir bei meinem Auto ankamen, zog ich den Schlüssel aus der Jackentasche.

»Komm, lass mich fahren.« Ben streckte seine Hand nach dem Schlüssel aus.

»Geht nicht, das Auto ist nur auf mich versichert.«

»Also riskierst du lieber Stress wegen Drogen am Steuer?«

»Wenn ich schon Regeln breche, dann wenigstens meine eigenen.«

*

»Da!« Mitten auf der Straße trat ich auf die Bremse und deutete in eine Hofeinfahrt der Uferstraße.

»Was denn?«, fragte Ben vom Beifahrersitz aus.

»Da wohnt Diana.« Als ein Autofahrer hinter mir hupte, fuhr ich rechts ran. »Die Ratte!«

»Wer?« Ben blickte mich an.

»Meine Arbeitskollegin.« Dianas Ford stand hinter dem BMW ihres Freundes in der Hofeinfahrt geparkt. Daneben zwei kugelrunde Buchsbüsche auf Säulen. »Und sie ist zu Hause!«

»Na und?«, fragte Ben. »Ihr mögt euch ja anscheinend nicht besonders.«

»Ja, aber es wird höchste Zeit, das mal offiziell zu machen.« Ich legte den Rückwärtsgang ein. »Steig aus!«

»Was?«

»Du sollst bitte aussteigen!« Irritiert löste Ben seinen Gurt. »Was hast du vor?«

»Ich fahr ihr an die Karre.«

»Was?« Ben riss den Kopf herum. »Spinnst du?«

»Eben nicht.« Ich hielt inne und sah Ben an. »Ich glaube, ich habe grade einen Geistesblitz, verstehst du? Genau in diesem Moment! Okay, keinen besonders grellen, aber immerhin! Weißt du, ich bin immer viel zu nett, und deswegen denkt jeder Trottel, er könnte mir ungestraft ans Bein pissen! Bei Lea würde sich das kein Mensch trauen, stimmt's?«

»Äh …«

Ich hatte mein Leben lang Menschen wie Lea beneidet, die grundsätzlich taten, was sie wollten, und sich den Teufel drum scherten, was andere von ihnen hielten. Aber wir hatten leider überhaupt nichts gemeinsam – und das war schon aufgerundet. Das würde sich ab sofort ändern.

»Die erste Frage, die ich mir jetzt immer stellen werde, wenn Leute scheiße zu mir sind, ist: *Wie würde Lea reagieren*? Verstehst du?«

»Ich weiß nicht, ob das insgesamt so eine gute Idee …«

»Doch!«

»Louisa, du fährst unter Drogeneinfluss Auto und willst jetzt auch noch 'nen Unfall verursachen! Du kannst da echt Ärger kriegen!«

»Das hoffe ich doch«, sagte ich. »Aber allzu viel wird es nicht werden, offiziell wollte ich nur meine liebe Kollegin besuchen, bin von der Kupplung gerutscht und aus Versehen auf ihr Auto gekracht. Tine ist so was ständig in der Fahrschule passiert, hat sie mir gestern erzählt.«

»Und wenn dich hier irgendjemand beobachtet?« Ben blickte sich argwöhnisch nach einem Mann um, der zwei Häuser weiter gerade sein Auto geparkt hatte. »Ich meine, man sieht doch den Unterschied, ob jemand mit Absicht oder aus Versehen auf ein Auto …«

»Du sagst mir einfach, wenn grade keiner guckt«, unterbrach ich ihn. »Und jetzt steig bitte aus, ich fahre doch nicht mit 'nem Beifahrer gegen ein anderes Auto, bin ja nicht irre!«

»Ich glaub's einfach nicht«, murmelte Ben und öffnete die Beifahrertür. »Du kannst das Tier in dir ja ewig lange einsperren, aber wenn es dann mal raus ist, ist es raus.«

Ich lachte kurz auf, als Ben die Tür zuwarf. Ein paar Sekunden später bog ein Fiat um die Ecke, und danach gab Ben mir das Zeichen. Ich setzte mein Auto ein Stück zurück auf die Straße und schlug so ein, dass ich geradewegs auf Dianas Einfahrt zurollen konnte. Ich atmete durch und legte den ersten Gang ein. Als ich den Randstein hochfuhr, gab ich noch einmal richtig Gas. Es krachte, als mein Golf gegen die Stoßstange des Fords donnerte. Mein Oberkörper wurde von dem Aufprall ein Stück nach vorn geschleudert, aber vom Sicherheitsgurt gehalten. Danach rollte mein Auto ein paar Zentimeter zurück, ich trat auf die Bremse und hielt, hinter Dianas Auto in der Hofeinfahrt, an. Ben erschien mit entgeistertem Gesichtsausdruck neben dem Fahrerfenster, ich ließ es herunter.

»Du hast das komplette Heck gekillt!« Ben deutete auf Dianas Auto. Durch die Scheinwerfer meines Autos sah ich, dass ein großer Teil des Kofferraums eingedrückt war und das Nummernschild schief hing.

»Gott, hat das gutgetan …«, begann ich, wurde aber von einem ohrenbetäubenden auf- und abschwellendem Piepen unterbrochen.

»Was ist das?«, schrie ich und hielt mir die Ohren zu.

»Die Alarmanlage.«

»Lauf weg!«, schrie ich Ben zu.

»Unsinn, ich …« Er zeigte mir den Vogel.

»Du kannst echt nicht noch mehr Ärger gebrauchen, du hast wichtige Missionen«, schrie ich zurück.

»Was zum Teufel meinst du?«

»Hau jetzt sofort ab, oder ich behaupte, *du* wärst gefahren und hättest dich auch noch an mir vergriffen!«

»Bist du jetzt endgültig wahnsinnig geworden?« Ben kam näher ans Fenster und sah mich aus riesigen Augen an.

»Ich ruf gleich um Hilfe! *Drei, zwei …*«

»Ist ja gut. Mein Gott noch mal.« Ben verschwand um die Ecke. Ich lehnte mich zurück und stellte den Motor ab. Weiter hinten in der Einfahrt, neben dem BMW, flog die Haustür auf. Diana kam in den Hof gerannt, schaltete mit ihrem Funkschlüssel die Alarmanlage aus und blickte sich suchend um.

»Hier!«, rief ich aus dem noch immer geöffneten Autofenster. Diana blickte in meine Richtung, warf sich eine Weste, die sie bisher in der Hand gehalten hatte, um den Oberkörper und kam auf mich zu. »Louisa?«, fragte sie, als sie näher trat und starrte mich an. Ihr Haar war ungekämmt, und ich sah sie zum ersten Mal ungeschminkt. »Was … wieso ... was tust du hier? Was ist mit meinem Auto?«

»Du weißt ganz genau, warum ich hier bin.«

»Also ehrlich gesagt: nein!«

»Du weißt ganz genau, warum ich hier bin!«

»Louisa, drehst du jetzt durch?«

»Du hattest überhaupt kein Interesse an dem Job, es hätte dir einfach egal sein können!«

»Keine Ahnung, wovon du …«

»Jetzt stell dich doch nicht noch dümmer, als du sowieso schon bist!«

Dianas Blick fiel auf den Schaden am Heck ihres Autos, und ihr Gesichtsausdruck wandelte sich von Überraschung in Schock. »Sag mal … Hast ... hast du mein Auto angefahren?«

»Du kannst niemandem was gönnen, Diana«, fuhr ich fort. »Du stellst dich zu allen anderen immer nur in Konkurrenz, sogar wenn sie ganz andere Ziele haben als du! Ist das nicht anstrengend? Und selbst wenn nicht. Wie armselig, so was als Freundschaft zu bezeichnen!«

Diana schüttelte den Kopf, zwischen ihren Augen hatte sich eine Zornesfalte gebildet. Mit einer Hand hielt sie die Weste an der Vorderseite geschlossen, mit der anderen zeigte sie mir den Vogel. »Du tickst doch nicht mehr richtig! Du kannst es nicht beweisen, dass ich irgendwem irgendwas gesagt habe! Ich gehe jetzt rein und rufe die Polizei, das geht mal echt zu weit hier, dass du hier an mein Auto …«

Ich beugte mich aus dem Autofenster und schrie Diana hinterher, als sie in Richtung Haus eilte: »Und du kannst es nicht beweisen, dass ich irgendwo mit irgendeiner Absicht dagegengefahren bin!«

Diana warf die Haustür hinter sich ins Schloss.

*

»Ich würde Sie gerne einen Urintest machen lassen.« Ich saß in einem spärlich eingerichteten Büro auf der Polizeistation. Die Beamten waren sehr schnell eingetroffen. Diana war zwar nicht mehr aus dem Haus gekommen, und die beiden Polizisten hatten mir die Unfallversion widerstandslos abgekauft – allerdings hatten sie mir mit einer Taschenlampe in die Augen geleuchtet und mich im Anschluss zur Polizeistation gefahren. Ein Polizist mit grauem Schnauzer reichte mir nun einen Plastikbecher aus einer Schublade und begleitete mich durch den Flur bis zur Toilettentür. Als ich allein in der Kabine war, setzte für einen Augenblick meine Vernunft ein: Was machte ich hier? Ich könnte meinen Führerschein verlieren. Meinen Job. Steffen könnte das Ganze nicht gut aufnehmen. Wieder musste ich kichern. Fakt war also: Ich hatte wenig bis gar nichts zu verlieren.

»Also, versuchen wir, das mal zügig hinter uns zu bringen, in zwanzig Minuten hab ich Feierabend«, begann der Polizeiinspektor und räusperte sich, als er sich nach der Schnelltestauswertung mit einem Kärtchen vor mich setzte. »Das meiste wurde negativ getestet, Frau Hoffmann, das ist schon mal positiv. Allerdings haben wir hier beim THC eine Linie, wenn auch eine schwache, sehen Sie?« Er beugte sich zu mir über den Schreibtisch und deutete auf das Kärtchen, auf dem verschiedene Bezeichnungen aufgelistet waren, die ich nicht kannte. Ganz oben war deutlich ein grauer Streifen zu erkennen. Der Polizist legte das Kärtchen vor sich auf den Schreibtisch und musterte mich.

»Das ist also nicht positiv, schätze ich?«, fragte ich.

»Nein, das ist nicht positiv. Waren Sie heute alleine unterwegs?«

»Ja.«

»Und der Unfall ist passiert, weil Sie von der Kupplung gerutscht sind?«

»Ja.«

»Wann haben Sie das Cannabis geraucht?«

»Ich habe kein Cannabis geraucht«, antwortete ich.

Der Polizist seufzte und fuhr sich mit Daumen und Zeigefinger über den grauen Schnauzer. »Das ist nun die erste Antwort, die ich Ihnen nicht abnehme.«

»Wie interessant«, sagte ich und unterdrückte ein Kichern. Wo es doch die erste Antwort war, die der Wahrheit entsprach. Ich hatte das Zeug schließlich getrunken. Sollte ich allerdings wieder Denken mit Sprechen verwechseln, wäre es in der momentanen Situation ungünstig. Ich biss mir auf die Lippe.

»Schauen Sie, Frau Hoffmann«, fuhr der Polizist fort und musterte mich nun von oben bis unten – vielleicht kam es mir zugute, dass ich, wie immer, seriös in Stoffhose und Bluse gekleidet war? Ich besaß kaum etwas anderes. »Sie sehen mir wirklich nicht danach aus, aber wenn wir THC feststellen, dann ist da auch THC.«

»Ich kann mich nur wiederholen, ich habe kein Cannabis geraucht.«

Der Mann seufzte und stützte einen Arm neben seiner Schreibtischlampe ab. »Hatten Sie deswegen schon mal mit der Polizei zu tun?«

»Nein.« Ich schüttelte den Kopf. »Ich war nur mal vor circa zehn Jahren hier auf der Station, weil ich einen Papierkorb angefahren hatte und …«

»Das waren *Sie?*« Der Mann riss die Augen auf und beugte sich zu mir über den Tisch. »Die Geschichte erzählt man sich bei uns heute noch!«

»Ist ja echt toll!« Ich schaute ihn an und verschränkte die Arme. »Werd ich also jahrelang von der Polizei dafür ausgelacht, dass ich korrekt sein wollte und …«

»Der Kollege Kuntz hat Ihnen damals Gummibärchen geschenkt, weil Sie so durcheinander waren!«

»Und 'nen Lolli«, murmelte ich.

»Hören Sie, Frau Hoffmann …« Der Mann schüttelte den Kopf. »Kann es sein, dass Sie vielleicht Zigaretten rauchen? Dann wäre es vielleicht möglich, dass Sie mal an der Zigarette von jemand anderem gezogen haben und …«

»Klar«, sagte ich und hob einen Zeigefinger. »Ich rauche zwar nur auf Partys, aber da war ich jetzt auf einer mit ein paar Leuten, die ich nicht kannte und …«

Der Polizist sah auf die Uhr und unterbrach mich. »Sie wissen, dass Sie den Schaden an Frau Loses Auto übernehmen müssen?«

»Natürlich.«

»Und vielleicht legen Sie mal Ihren Streit bei«, sagte er. »Sie hat tatsächlich geglaubt, Sie hätten ihr Auto mit Absicht angefahren.«

»Wer tut denn so was?«

Der Polizist lächelte. »Ich kann es Ihnen aus Formalitätsgründen leider nicht ersparen, dass wir Ihren Führerschein erst mal einbehalten müssen. Sie müssen noch einen Drogenabstinenznachweis erbringen. Und wenn Sie wollen, können Sie sich einer medizinisch-psychologischen

Untersuchung unterziehen, dann bekommen Sie ihn schneller wieder zurück.«

»Mach ich.«

»Wen soll ich denn anrufen? Wer kann Sie hier abholen?«

Ich dachte kurz nach. Sophie hatte irgendetwas vor, Ben hielt ich von der Polizei lieber fern. Dann hatte ich eine Eingebung. »Meine Eltern.« Ich kritzelte die Nummer auf einen Zettel und schob ihn dem Polizisten zu. Es war zwar nicht ganz fair, meine Eltern zu instrumentalisieren, aber sie würden durch einen Anruf von der Polizei so von der Rolle sein, dass es mein Image als Unschuldslamm weiter festigen könnte. Sicher ist sicher.

»Gut.« Der Mann griff nach dem Zettel und erhob sich. »Und machen Sie sich bloß nicht wieder verrückt wegen des Blechschadens, Frau Hoffmann, so was kann ja jedem mal passieren.«

»Danke.« Ich nickte.

Der Mann nickte ebenfalls und verließ das Büro. Ich suchte ein paar Münzen aus meiner Jacketttasche zusammen und stand auf, um mir am Kaffeeautomaten im Flur einen Tee zu besorgen. Mein Mund war trocken, und eigentlich hatte ich noch immer Hunger. Als ich das Büro verlassen wollte, stellte ich allerdings fest, dass die Tür verschlossen war. Hatte mich der Inspektor hier eingesperrt? Ich drückte noch einmal dagegen, sie ließ sich nicht öffnen. Ich dachte, wir waren uns darüber einig gewesen, dass ich nichts angestellt hatte? Ich seufzte und setzte mich wieder hin. Vielleicht wurden Verdächtige immer eingeschlossen, und er hatte die Tür einfach automatisch abgesperrt?

»Ihre Eltern werden Sie nicht abholen.« Die Tür flog auf, und der Polizist betrat den Raum. Sie war gar nicht abgeschlossen gewesen, sie ging nur nach innen auf. Ach so. Offensichtlich stand ich immer noch etwas mehr neben mir, als ich dachte.

»Was?«, fragte ich.

»Sie wollten mir nicht glauben, dass Sie hier sind!« Der Mann kratzte sich am Kopf. »Also so was ist mir in meiner ganzen Dienstzeit noch nicht passiert! Ihr Vater hat am Telefon gesagt, Sie seien um diese Zeit längst im Bett, und wenn nicht, würden Sie allerhöchstens irgendeine Bluse bügeln, aber ganz sicher nicht bei der Polizei landen!«

»Da hat er schon recht«, antwortete ich.

»Ich habe ihm sogar gesagt, dass ich Ihren Ausweis hier vorliegen habe«, fuhr der Inspektor fort.

»Und?«

»Jetzt ist er sicher, dass Ihnen die Handtasche gestohlen wurde, und will eine Anzeige aufgeben.«

*

»Hey.« Ben tauchte vor mir auf, als ich am Fuß der Treppe vor dem Polizeigebäude angekommen war. Ich hatte kurzerhand beschlossen, nach Hause zu laufen. Es regnete wieder stärker, und Ben hatte sich seine Kapuze weit ins Gesicht gezogen.

»Hey!« Ich blieb vor ihm stehen. Er fing an zu lachen und schüttelte den Kopf. Ich fing ebenfalls an zu lachen. Ich ging noch einen Schritt auf ihn zu, und Ben breitete die Arme aus. Dann klingelte mein Handy. »Mist …«, sagte ich, zog das Handy aus meiner Jackentasche und ging dran.

»Stell dir mal vor«, begann meine Mutter mit hysterischer Stimme.

»Ja, ich weiß schon«, fiel ich ihr ins Wort und setzte

mich auf die nassen Stufen vor der Polizeistation. Ich deutete Ben an, dass es nicht lange dauerte, und er reichte mir eine Papiertüte. »Alles ist gut, ich bin zu Hause, mir wurde nur die Tasche gestohlen.«

Während ich die Papiertüte öffnete, hörte ich meine Mutter aufatmen. »Genau das haben wir dem Polizeibeamten auch gesagt, aber der wollte uns nicht glauben!«

»O ja!«, entfuhr es mir, als ich eine Brezel in der Tüte entdeckte. *Danke schön*, flüsterte ich Ben zu und biss ein großes Stück ab. »Da habt ihr, wie immer, den richtigen Riecher gehabt«, sagte ich kauend zu meiner Mutter. »Es hat sich alles aufgelöst.«

»Warum habe ich euch denn auf dem Festnetz nicht erreicht?«, fragte meine Mutter. »Ich hab es mehrmals versucht.« Erschrocken atmete ich ein. Dass durch meine Strategie die Situation zwischen Steffen und mir auffliegen könnte, hatte ich nicht bedacht. Die ganzen letzten Tage hatte ich überlegt, wann der richtige Zeitpunkt wäre, meinen Eltern von meinen neuen Lebensumständen zu erzählen, war aber zu keinem Ergebnis gekommen. Es wäre falsch, die beiden durcheinanderzubringen, solange ich selbst noch nicht wusste, wie sich die ganze Geschichte auflösen würde. Und es würde einiges aufwirbeln, das war sicher. Sie verloren schon aus weitaus geringeren Gründen die Nerven. Ein Glück, dass Steffen nicht abgehoben hatte.

»Unser Festnetztelefon ist … grade kaputt, wir kümmern uns drum«, sagte ich schnell. »Wie geht's euch denn? Ist alles in Ordnung?«

»Nein, nein, bei uns ist gar nichts in Ordnung.« Meine Mutter stöhnte.

»Was ist denn los?« Ich biss noch einmal von meiner Brezel ab.

»Stell dir mal vor: Bei Media Markt gibt's diese Woche dreißig Prozent auf alles mit Kabel, aber wir können den Coupon nicht mehr finden! Ich könnte ja wetten, die Putzfrau hat ihn geklaut. Aber so was kann man ja nicht nachweisen. Und dann hat sich auch noch die selbstöffnende Wäschespinne von der Tante Gisela am Donnerstag von einem auf den anderen Tag nicht mehr selbst geöffnet!«

»O weh!« Ich biss in meine Bretzel.

»Jetzt müssen wir aber schlafen gehen, Schätzchen. Melde dich doch mal ein bisschen öfter, ja?«

»Na klar.« Als ich mein Handy wieder eingesteckt hatte, blickte ich zu Ben. Er stand mittlerweile am Fuß der Treppe, die Hände in den Hosentaschen. Ich saß noch immer auf den Stufen. »Und jetzt?«, fragte ich.

»Nach Hause?« Er lächelte mich an und streckte seine Hand aus. Ich ergriff sie und stand auf.

»Aber wie krieg ich mein Auto zurück?« Ich steckte das letzte Stückchen meiner Brezel in den Mund. »Ich darf vorerst nicht fahren, und es steht noch bei Diana …«

»Ich hab's dabei«, sagte Ben. »Den Schlüssel stecken lassen ist übrigens keine besonders gute Idee.«

»Wa …?« Ich drehte mich zu ihm »Aber wieso …?«

»Jemand könnte damit wegfahren.«

»Nein, ich meine, ich hab doch gesagt, dass ihn niemand außer mir fahren darf, weil …« Ich folgte Ben zum Parkplatz.

»Tzzzz.«

»Hast du irgendwie ein Problem mit Regeln, oder so?«, fragte ich und warf die leere Brezeltüte in einen Papierkorb.

Ben lachte und schloss mein Auto auf. »Jetzt erzähl mir erst mal, was da drin abgegangen ist.«

»Du würdest staunen«, sagte ich, als ich die Tür zum Beifahrersitz öffnete. »Ich bin ein Wunderkind der Täuschung.«

»Ach ja?«

»Die Polizei glaubt weder, dass Dianas Auto absichtlich geschrottet wurde, noch, dass ich bewusst Gras konsumiert habe«, sagte ich, als wir beide einstiegen. »Schneid dir mal ein Stück davon ab, du *Profi-Ganove*! Beim Umparken erwischt werden und den Führerschein abgeben müssen, tzzz! Ich muss nur zu einer medizinisch-psychologischen Untersuchung, und dann krieg ich ihn wieder.«

»Du musst zum Idiotentest und lachst *mich* aus?«, fragte Ben.

»Was?« Ich starrte Ben an. »Die MPU ist das, was man Idiotentest nennt?«

Ben nickte.

»Muss ich etwa Kugeln stapeln?«

»Ich würd's dir nicht raten.« Ben grinste, als er den Motor startete. »Insgesamt bist du damit aber echt gut davongekommen. Du hast Glück, dass dir keiner was Böses zutraut.«

»Du auch nicht?«

»Ich bitte dich.« Ben verdrehte die Augen und bog vom Parkplatz auf die Straße ab. »Seit heute Abend trau ich dir alles zu. Ich sollte auf das bravste Mädchen der Stadt aufpassen, das dann wegen Randalierens unter Drogeneinfluss bei der Polizei landet. So was ist mir noch nie passiert.«

»Flavio hat gesagt, ich bin cool.« Ich hob eine Augenbraue.

»Bist du ja auch.« Bens Blick war auf die Straße gerichtet.

»So cool wie Lea?«

»Anders cool.«

»Was ist mit stuffy Lou?«

»Nur die Oberfläche. Innen drin bist du was ganz anderes. Ich weiß zwar noch nicht genau, was, aber auf keinen Fall spießig.«

»Vielleicht liegt's am Smoothie?«

»Der dreht dich auf, aber macht keinen anderen Menschen aus dir.«

»Und du bist kein Hipster«, sagte ich, als wir auf den Gartenfeldplatz einbogen. Mein vorheriger Parkplatz war noch frei.

»Ich weiß.«

»Ich wollte dich nur beleidigen, weil ich weiß, dass sich davon jeder beleidigt fühlt. Sogar Hipster.«

»Ich weiß.« Wir stiegen aus, gingen schweigend ins Haus und liefen die Treppe nach oben.

Als wir in unserem Stockwerk ankamen, drehte sich Ben zu mir um. »Kommst du noch mit zu …?«

»Ja!«, unterbrach ich ihn.

Er lächelte und schloss seine Tür auf.

»Tee?«, fragte er, als wir auf der grünbemalten Pappe in seiner Wohnung standen. Ich schüttelte den Kopf und ging auf ihn zu. Er zog mich an sich, und ich blickte ihm in die Augen.

»Louisa, ich …«

»Was?«

»Ich … Ich bin kein Typ für eine klassische Beziehung, das weißt du, oder?«

»O Mann!« Ich wandte mich von ihm ab und verdrehte die Augen.

»Was denn?«

»Besser hättest du die Atmosphäre jetzt echt nicht kaputtmachen können!«

»Ich weiß …« Ben fuhr sich durch die Haare. »Aber ich wollte es gesagt haben, bevor … Also … Es ist mir wichtig, dass du weißt …«

»Jetzt mach dich doch mal locker, mein Gott!« Ich verdrehte erneut die Augen.

»Ich?«

»Na, ich bin es jedenfalls nicht, der hier grade alles zerredet«, sagte ich. »Für mich ist alles cool, ich meine, hallo? Vor dir steht die neue Louisa! Hast du vorhin selbst gesagt.«

»Bist du sicher?«

Ich schüttelte den Kopf, seufzte und wandte mich ab. »Oh, du hast ja noch ein zweites Zimmer«, sagte ich, als ich eine Tür neben dem Badezimmer entdeckte, die mir am Nachmittag gar nicht aufgefallen war. »Mit einem echten Bett!«

»Klar«, sagte Ben und folgte mir, als ich in sein Schlafzimmer schlenderte, das nicht nur mit einem Bett, sondern auch mit zwei Regalen und einem Holzschreibtisch ausgestattet war. »Glaubst du, ich schlafe in der Hängematte?«

»Ich würd 's tun, wenn ich eine hätte.«

Ben lachte.

»O Mann!« Ich schlug die Hand vor den Mund, als ich vor seinem Regal stand. »O Mann, o Mann, o Mann!«

»Was denn?«

»Du hast deine CDs nach dem Alphabet sortiert!«

»Na und?«

»Du hast deine CDs nach dem Alphabet sortiert!«, wiederholte ich und fing an zu lachen. »Steckt da vielleicht ein klitzekleiner Spießer in dir?«

»Ruhe.« Er drückte mich neben dem Regal an die Wand.

»Wirklich?«, sagte ich, als er eine Hand hinter meinen Kopf legte. »Jetzt willst du mich küssen? Du bist so vorhersehbar.«

»Halt einfach die Klappe.«

»Na endlich«, sagte ich.

Dann küsste er mich.

7
Die siebte Grundregel

»Nicht den Kopf verlieren.«

Ich hatte immer gedacht, es wäre ein Filmklischee, dass sich Frauen Bettlaken um ihre nackten Körper schlingen, um nach der ersten gemeinsamen Nacht aus dem Zimmer zu huschen. Am Samstagmorgen war ich neben Ben aufgewacht mit der Erkenntnis, dass alles, was ich am Vorabend gesagt oder getan hatte, an Irrsinn grenzte. Leider musste ich feststellen, dass es bei einem grünen Smoothie nicht wie beim Alkohol war, der einem gnädigerweise einen Filmriss bescherte oder zumindest die Erinnerung an sich selbst im Zustand der Idiotie vernebelte. Ich erinnerte mich an jedes Detail und hätte mir ganz gern ein Loch geschaufelt. Aus Angst, Ben könnte aufwachen, und die Gesetze der Höflichkeit würden mich dazu zwingen, irgendetwas zu sagen, war ich tatsächlich in ein Laken gewickelt aus der Wohnung gestürmt. Erst durch Bens zweites Zimmer, dann über den Flur in unsere WG – meine Klamotten hatte ich auf die Schnelle nicht gefunden. Wo ich sie fallen gelassen hatte, fiel mir erst wieder ein, als ich bereits unser Wohnzimmer durchquerte: Nachdem wir uns geküsst hatten, war ich noch einmal ins türlose Badezimmer spaziert und nackt wieder herausgekommen. *Na bitte, ich stehe vor dir, wie Gott mich schuf,* hatte ich gesagt und eine Drehung wie eine Primaballerina vollführt. Rückblickend enorm peinlich. *Nur um einiges zugedröhnter,* hatte Ben geantwortet und sich mit mir aufs Bett geworfen. Barfuß tapste ich nun durch unseren Flur und war von mir selbst überrascht: Hatte ich doch seit Jahren keinen Mann mehr kennengelernt, mit dem mir ungefragt Unanständiges in den Sinn gekommen wäre – Steffen eingeschlossen. Einerseits war ich ziemlich angetan von Ben und andererseits genau deswegen in Panik: Es war eine meiner Regeln, vielleicht sogar die wichtigste, nicht den Kopf zu verlieren. Speziell in Bezug auf Männer. Erfahrungsgemäß blieb es nämlich nicht dabei: Nach dem Kopf verlor man sein Herz und tat ungestraft Dinge, für die man Unverliebte gut und gerne mit einem Dreimonatsvorrat frischer Unterwäsche irgendwo zur stationären psychischen Behandlung abladen würde. Mir war so was nur ein einziges Mal passiert, und seither war ich immer stolz darauf gewesen, aus diesem Alter raus zu sein. In der achten Klasse war ich fanatisch in André verliebt gewesen. Aber so groß die Freude auch gewesen war, als er Interesse an mir gezeigt hatte, hatte ich innerhalb einer einzigen Woche meine sündhaft teure Zahnspange im Geräteraum der Turnhalle verloren, war im falschen Schulbus fast bis nach Koblenz gefahren und hatte meinen eigenen Geburtstag vergessen. Wirklich schlimm war es aber erst geworden, als auf den Zustand der Verblendung die Ernüchterung gefolgt war: Dass sich André nach zwei Wochen Händchenhalten für eine andere entschieden hatte, ohne mir das nachhaltig mitzuteilen, hatte noch Jahre später an mir genagt. An einem Mittwoch nach dem Religionsunterricht hatte er mich einfach nicht mehr, wie sonst immer, vor meinem Klassenzimmer abgeholt, sondern, im gleichen Flur neben dem Chemielabor, mit der schönen Michaela aus der Parallelklasse geknutscht. Jeder hatte es mitbekommen. Ich hatte kein Wort gesagt, monatelang gelitten, mehr als eine Klassenarbeit verhauen und Herpes am Auge bekommen. Wer braucht denn so was? Danach hatte ich mich von Männern ferngehalten, die mir attraktiv erschienen, und mich lieber auf die Exemplare konzentriert, die eine vernünftige Basis für ein zufriedenes Leben versprachen. Dafür hatte ich in Kauf genommen, dass die Männer in der engeren Auswahl nicht unbedingt die leidenschaftlichsten waren – keine, mit denen es jemals schwerwiegende Auseinandersetzungen gegeben hätte, aber eben auch keine, die mich auf Händen getragen hätten.

Steffen hatte ich kennengelernt, weil ich mich bei ihm entschuldigt hatte, nachdem er mich in der Straßenbahn umgerannt hatte. Zwei Tage später gefolgt vom schlimmsten ersten Date in der Geschichte des Dates, bei dem ich kaum sitzen konnte, weil ich eine allergische Reaktion auf ein straffendes Oberschenkelfluid bekommen hatte und Steffen mein schmerzverzerrtes Gesicht als Lächeln missdeutet und geschlagene zweieinhalb Stunden nur über sich selbst geredet hatte.

Ich tapste in mein mittlerweile sonnengelb gestrichenes Zimmer und zerrte so eilig Unterwäsche, Hose und Pullover aus der Kommode, dass ein Stapel T-Shirts herausfiel. Ich ließ alles auf dem Boden liegen und stolperte, noch während ich mich anzog, in Sophies Zimmer.

»Psssst!«, sagte ich und zog mir den Pulli über den Kopf. »Sophie!«

»Mmmhhh.« Sophie drehte sich in ihrem fliederfarben bezogenen King-Size-Bett auf die andere Seite.

»Ich weiß, es ist noch nicht 18.00 Uhr, aber ich könnte einen klitzekleinen Whisky vertragen.«

»Lea?« Sophie rieb sich die Augen.

»Louisa!« Ich schlüpfte in meine Pullover-Ärmel. »Warum verwechseln mich in letzter Zeit alle mit …«

»O Gott, Kind!« Ruckartig setzte sich Sophie auf. »Wo warst du denn? Wir haben uns Sorgen gemacht!«

»Nichts passiert, ich hab nur, ich bin … äh … ich hab nur … bei Ben geschlafen.«

»Ach.« Sophie ließ sich erleichtert zurück in die Kissen fallen. »Dann ist ja alles gut.«

»Nicht so … ganz«, sagte ich. »Also ich … müsste mal mit irgendwem reden. Jetzt! Also nicht mit irgendwem … mit dir.«

»Natürlich.« Sophie richtete sich wieder auf und schlug die Bettdecke zurück.

»Tut mir total leid, dass ich dich wegen so was Unwichtigem wecke«, sagte ich, als ich den Reißverschluss meiner Jeans nach oben zog.

»Unsinn.« Sophie war bereits aufgestanden und in ihre Hausschuhe geschlüpft. »Was könnte denn wichtiger sein als Herzensangelegenheiten?«

»Woher willst du wissen, dass …«

Sophie verdrehte die Augen. »Jetzt red nicht drum rum, du verzögerst nur den Prozess.«

Als ich Sophie zehn Minuten später durch das Treppenhaus folgte, sah ich verstohlen zu Bens Tür und verschwand so schnell wie möglich um die Ecke. Sophies Erklärung, warum wir an einem Samstagmorgen im Februar, morgens um halb acht, unbedingt nach draußen mussten, habe ich nicht verstanden. Ich wollte mich aber, da sie sich schon die Zeit nahm, auch nicht beschweren. Man müsse, um über solche Sachen zu sprechen, an die frische Luft, hatte sie gesagt. Drinnen sei es viel zu eng, die Gedanken brauchten Platz, damit sie zuerst durcheinanderwirbeln und sich dann in die richtige Reihenfolge sortieren konnten. Nun saßen wir im Morgengrauen auf einer Bank am Gartenfeldplatz und froren, während im Café gegenüber das Licht anging und eine Handvoll am Wochenende arbeitender Eltern ihre Kinder ins Auto bugsierten, um sie zu Oma und Opa zu fahren.

»… und ich fasse es einfach nicht, was für einen riesigen Haufen Mist ich da von mir gegeben habe«, fuhr ich fort, nachdem ich Sophie den Hergang des Abends erläutert hatte. »Ich sehe es total locker, dass er keine feste Beziehung will? Das stimmt überhaupt nicht! Egal, wie locker ich werde, und ich bin schon echt locker geworden, Sophie, aber ich werde nie der Typ sein, der auf Techtelmechtel ohne Verpflichtungen steht! Das muss man ja auch nicht, oder? Das ist nichts für mich, Sophie, das weißt du!«

»Das weiß ich.«

»O Mann, hoffentlich weiß er das auch.« Ich rieb mit beiden Händen meine Augen, die vor Müdigkeit tränten. »Ich wünschte, es wäre gestern, und ich hätte den Verstand von heute! Ich will echt nicht, dass er jetzt denkt, ich wäre der Typ für irgendwelche Affären.«

»Warum?«

»Einfach weil es nicht so ist.«

»Okay.«

»O Gott, ich hab gesagt, *vor dir steht die neue Louisa!* Geht's noch peinlicher?«

»Offensichtlich hat ihn das jetzt nicht abgetörnt oder so.«

Ich sah einem Pärchen hinterher, das Hand in Hand an uns vorbeilief. »Na ja, Hauptsache, ich bin nicht verknallt und kann das alles noch rational betrachten.«

Sophie fing an zu lachen und tätschelte meine Schulter.

»Was denn?« Ich sah Sophie an.

»Louisa, ich bitte dich, wen willst du für dumm verkaufen?«

Ich seufzte und blickte auf meine Füße. »Bist du sicher?« Meine Stirn schmerzte, als ich sie in Falten legte. Sophie hat recht, schoss es mir durch den Kopf. Streng genommen konnte ich den Regelbruch gar nicht mehr verhindern, er hatte längst stattgefunden. »Einmal Sex, und er hat mich am Haken? Und da heißt es, Männer wären einfach gestrickt! Ich bin erledigt.«

»Ich müsste mich schon sehr täuschen, wenn dir Ben erst seit heute Nacht gefällt«, antwortete Sophie.

Ich riss den Blick von meinen Füßen und schaute Sophie an. »Weiß er das auch?«

»Woher soll ich das wissen?«, fragte Sophie.

»Das wär so peinlich.« Ich schlug die Hände vor mein Gesicht. »Er darf auf keinen Fall was davon erfahren.«

»Willst du jetzt nicht, dass er denkt, du wärst verliebt, oder willst du nicht, dass er denkt, du wärst der lockere Affären-Typ?«

»Beides!«

»Dann brauchst du eine Zeitmaschine.«

»Verflucht!«

Sophie legte den Arm um meine Schultern. »Ist doch schön. Genieß es.«

Es war nicht ganz einfach, meinem schlaffen Gesicht einen vorwurfsvollen Ausdruck abzuringen. »Hast du mir nicht zugehört? Er will keine feste Beziehung.«

»Hat er das so gesagt?«, fragte Sophie.

»Ja.«

»Ach, das ist sicher verhandelbar.«

Ich setzte mich gerader hin. »Heilige Scheiße, Sophie,

ich überrede ihn doch nicht zu irgendwas, das er nicht will! Und noch dazu will ich es selbst nicht.«

»Was? Warum das denn?«

»Ach …« Ich schüttelte den Kopf.

»Raus damit.«

»Weil es garantiert übel endet.«

»Morgen.« Gulli radelte an uns vorbei, gefolgt von einer hechelnden Heidi Klum. Ich winkte ihr zu.

»Morgen«, grüßte Sophie zurück.

»Sie ist garantiert schwanger, Sophie, sie kotzt schon den ganzen Morgen«, rief Gulli, kurz bevor sie um die Ecke fuhr.

»Wart doch erst mal ab«, rief Sophie hinterher. »Sie hat doch vorher auch gekotzt.«

Ich zog meine kalten Beine nach oben auf die Bank und umfasste sie mit den Armen.

Sophie wandte sich wieder mir zu. »Was war noch mal das Problem? Warum willst du dich nicht auf Ben einlassen?«

»Weil ich Angst habe, dass es übel endet.«

»O nein.« Sophie verdrehte die Augen.

»Was?«

»Wenn man Entscheidungen aus Angst trifft, kann man ziemlich sicher sein, dass sie falsch sind«, sagte Sophie. »Viel zu viele Leute tun schon Dinge, die sie gar nicht wollen, aus Angst. Oder tun Dinge nicht, die sie gerne tun würden, aus Angst. Vor allem davor, *was die Leute sagen* … Aber egal, jetzt geht es um dich: Es kann immer schiefgehen, Louisa. In deinem Fall kann es passieren, dass ihr nicht zusammenpasst, euch auseinanderlebt, neu verliebt …«

»Na eben.« Ich zuckte mit den Schultern.

»Was soll das heißen?«

»Dass ich grundsätzlich nur Vernunftbeziehungen führe«, antwortete ich. »Man sucht sich doch den Partner danach aus, wie hoch die Wahrscheinlichkeit ist, dass es funktioniert, man will doch, dass es für immer ist. Und nicht danach, wie heftig es kribbelt. Sonst steht man am Ende nur mit Herzschmerzen da. Meine Erfahrung. Also fange ich aus Prinzip nichts mit Männern an, die mich aus dem Konzept bringen könnten, sondern mit den anderen.«

»Und es stört dich nicht, wenn's nicht kribbelt?«

»Bei Steffen hat's auch nie gekribbelt, das war ideal.«

»Ich hoffe, das hast du ihm *so* nicht gesagt.«

»Wo denkst du hin.« Ich legte mein Kinn auf den Knien ab. »Obwohl es ihm wahrscheinlich egal gewesen wäre, er ist ja genau so.«

»Ihr hattet euch echt verdient.« Sophie seufzte. »Aber jetzt solltest du mal nach vorne schauen.«

»Ach, selbst wenn …« Ich seufzte. »Es würde doch so oder so nicht funktionieren mit mir und Ben.«

»Wieso denn nicht?«

»Ich bitte dich, er ist mein absoluter Gegenpol.« Ich atmete aus. »Und komm mir jetzt nicht damit, dass *sich Gegensätze anziehen*! Das bedeutet nämlich nur, dass sie sich zwar heiß finden, aber der gemeinsame Alltag eine einzige Katastrophe wäre! Andersrum heißt es nämlich *Gleich und Gleich gesellt sich gern*, in dem Fall kommt man auch gut miteinander aus. Und das wiederum bedeutet Stabilität und Zufriedenheit.«

»Ein Hoch auf die Königin des ausgefeilten Schubladendenkens.«

»Wenn du realistisch wärst, würdest du mir recht geben.«

»Und wenn du realistisch wärst, müsstest du zugeben, dass jeder noch so unwahrscheinliche Ausgang, den das Ganze nehmen könnte, möglich ist.«

»Ach!« Ich winkte ab. »Überleg doch mal, wie eine Beziehung zwischen mir und Ben aussehen würde: in einem Moment haben wir eine wahnsinnig tolle Zeit, im nächsten ist er tagelang verschwunden, weil er irgendeinen ersoffenen Baum aus dem Regenwald retten muss! Das ist doch genau die Art von Romantik, die nicht alltagstauglich ist. Er hat mir noch nicht mal verraten, woher er sein blaues Auge hat, obwohl ich mehrfach gefragt habe! Er ist total unberechenbar. Und wenn ich's mir richtig überlege, weiß ich gar nicht, was ich an ihm so anziehend finde.«

»Genau das.« Sophie zwinkerte. »Er ist unberechenbar.«

Ich seufzte. »Vielleicht liegt es auch einfach daran, dass ich im Moment innerlich total hin- und hergerissen bin. Steffen symbolisiert meine bodenständige Seite, Ben meine abenteuerlustige. Und ich weiß im Augenblick nicht so richtig … wohin ich gehöre.«

»Jedenfalls seltener in die Psycho-WG, so wie du dich schon anhörst.« Sophie verdrehte die Augen. »Vielleicht sind eure Unterschiede gar nicht so groß, wie du denkst. Ben ist vielleicht ein Freigeist und ständig in Aktion, aber in seinem Verhalten anderen gegenüber ist er weder sprunghaft noch unzuverlässig, im Gegenteil. Und du bist andersrum vielleicht gar nicht so konservativ, wie du tust.«

»Das hat er auch gesagt.« Bei der Erinnerung an Ben musste ich lächeln, aber das Heben meiner Mundwinkel führte zu einem stechenden Schmerz in der Stirn. Ich ließ meinen Kopf in die Hände sinken. »O Mann, Sophie, ganz ehrlich, ich bin vollkommen erledigt! Das ist alles total anstrengend!«

»Was denn?«

»Ich hatte mal ein gesittetes Leben«, wimmerte ich und hob den Blick. »Die Dinge, die mich beschäftigt haben, waren kohlehydratfreies Kochen und ob ich beim Joggen irgendwie komisch aussehe. Und auf einmal vermehren sich meine Probleme … was weiß ich … exponentiell! Ich habe permanent Schlafmangel, Sex ohne Beziehung, lande auf der Polizeistation. Und grade jetzt, ganz ehrlich, habe ich auch noch irgendwie Bock auf Drogen! Ist das normal? Ich glaube, ich müsste mal was rauchen, damit ich wieder 'nen klaren Kopf kriege! Ich war mal eine rationale Frau, nun bin ich ein körperliches und emotionales Wrack!«

»Die pralle Lebenssituation macht dich vielleicht etwas konfus, aber ich finde, das sind äußerst vielversprechende Probleme.« Sophie tätschelte meine Schulter. »Vor allem die Sache mit den Männern, da muss ich noch mal drauf zurückkommen. Als du gesagt hast, man wählt danach aus, ob etwas für immer ist, da ist mir was eingefallen: Im Urlaub waren wir an der *Brücke der Liebe* in Paris, da haben Millionen von Pärchen Schlösser dran aufgehängt, weil ihre Liebe *für immer* halten soll.«

»Ist doch schön«, sagte ich.

»Nein, es ist Unsinn. Es ist immer für immer. Jede Beziehung bleibt doch auf irgendeine Art bei uns, auch nach einer Trennung. Wer ein Schloss aufhängt und sich dann trennt, ist natürlich gescheitert. Das wirkt nach. Aber wer es von Anfang an offenhält, kann sich an die positiven Dinge jeder Beziehung erinnern und hätte nur Erfolgsgeschichten zu vermelden. Und könnte außerdem mutig sein, Neues auszuprobieren.«

Ich seufzte. »Ach, das ist dieser ganze *In-Liebe-loslassen*-Kram, den jeder zitiert, aber keiner umsetzt. Ist nicht praxistauglich. Außer vielleicht für so erleuchtete Leute wie dich. Aber du hast ja sowieso gut reden, du hast ja seit Ewigkeiten nur Paul.«

»Das denkt auch nur Paul.«

Ich reckte den Hals. »Bist du fremdgegangen, oder was?«

»Nein. Aber es gab immer mal wieder Männer, die ich interessant fand oder die mich interessant fanden. Es war nur am Ende keiner davon besser als Paul.«

»Du Glückliche.« Ich seufzte.

»Obwohl ich sagen muss, dass es gerade zum ersten Mal anfängt, ernsthaft zu kriseln.«

»Was?« Ich riss die Augen auf. »Was ist los?«

»Ach!« Sophie winkte ab. »Ich hatte doch gestern meinen ersten Tag an der Schauspielschule ...«

Ich nickte.

»... und in der Pause hat mich der Direktor angesprochen, er habe einen Bekannten am Schauspielhaus, der für eine moderne Interpretation der *Physiker* dringend eine Ersatz-Mathilde braucht. Die Schauspielerin hatte einen Bandscheibenvorfall, aber das Stück hat schon Ende der Woche Premiere. Also hoffentlich führt das Ganze nicht wieder zu einer Debatte über das zugelassene Höchstalter von Schauspielerinnen. Aber egal, jedenfalls haben sie mich vorgeschlagen und ...«

»Sophie, das ist jetzt nicht dein Ernst, oder?«, unterbrach ich Sophie, schob meine Beine von der Bank und blickte sie an. »Du bekommst an deinem ersten Tag einen Theaterjob angeboten, weißt du eigentlich, was das heißt? Ich meine, die meisten Schauspieler müssen sogar nach ihrer Ausbildung noch um Jobs kämpfen!«

Sophie hielt kurz inne, dann strahlte sie. »Ja, nicht wahr? Ist zwar nur 'ne Nebenrolle, aber ich habe gleich mehrere Auftritte, und danach sind wir auf Tournee. Und alles mit richtiger Gage.«

»Verrückt.« Ich schüttelte den Kopf. »Schaffst du die Rollenvorbereitung bis Ende der Woche?«

»Ich kann die Rolle.«

»Natürlich.« Ich lachte. »Aber was hat das Ganze jetzt mit Paul zu tun?«

»Ich habe es ihm noch nicht erzählt.«

»Was?« Ich fuhr herum. »Warum denn nicht?«

Sophie zuckte mit den Schultern. »Weil er in letzter Zeit nicht gut darauf reagiert, wenn's bei mir gut läuft. Und ich frage mich natürlich, woran das liegt und ob das früher auch schon so gewesen wäre, wenn ich überhaupt die Zeit dazu gehabt hätte, in irgendwas erfolgreich zu sein.«

»Hm.« Ich blickte auf die Pflastersteine. »Vielleicht ärgert es ihn, dass er, im Gegensatz zu dir, noch nicht so richtig durchstartet. Männer ziehen beim Schwanzvergleich gar nicht gerne den Kürzeren. Und schon gar nicht gegen Frauen.«

»Tja, falls es das ist, dann lass ich mich scheiden.«

»Was?« Ich schnappte nach Luft.

»Ich werde keine Beziehung führen, in der man sich nicht aufrichtig füreinander freuen kann. Ich bin Atheist, ich hab nur dieses eine Leben.«

»Sophie, jetzt überstürz mal nichts, vielleicht solltet ihr erst mal reden und …«

»Natürlich.« Sophie nickte. »Das ist sowieso der Plan. Ich lade ihn heute Abend zum Italiener ein und schaue mal, wie er auf die Information reagiert.«

Ich atmete wieder durch. »Ich bin mir sicher, es wird gut laufen. Dann könnt ihr auf deine erste Theaterrolle anstoßen, und alles ist wieder gut.«

»So.« Sophie stand auf und strich ihre Hose glatt. »Jetzt geht es allerdings wieder um dich. Und da ist es an der Zeit für ein ganz besonderes Frühstück.«

»Ach nee, lass mal, ich hab gar keinen Hunger, ich …«

»Es geht dabei nicht ums Essen.« Sophie winkte ab. »Warte hier, ich hol uns was. Dafür verpflichtest du dich, später Brötchen für das offizielle Frühstück mit Paul zu kaufen. Er fühlt sich vernachlässigt, wenn ich am Wochenende ohne ihn frühstücke.«

»Ich verpflichte mich … zu was? Aber ich wollte doch jetzt gar nichts …«, begann ich, aber Sophie war schon in Richtung des Cafés unterwegs. Ich seufzte und schaute ihr nach, als sie die Stufen nach oben ging und im Café verschwand. Durch die Scheibe des Ladens sah ich zwei Jungs mit Vollbärten an ihren MacBooks sitzen. Ich fragte mich, ob diese Stereotyp-Hipster schon bemerkt hatten, dass die Sache mit der Individualität nach hinten losgegangen war, seit man bei Zalando ein komplettes Hipster-Outfit versandkostenfrei bestellen konnte. Vielleicht war Hipster nur die Trendversion des Spießers. Und Vollbart der neue Gartenzwerg.

»Haste 'ne Flasche?« Ich schreckte hoch, als die zahnlose Frau vor mir stand, die täglich am Gartenfeldplatz das Leergut einsammelte. Da sie kein Geld annahm, hatte ich mir, genau wie Paul, Sophie und Ben, angewöhnt, meine leeren Flaschen jeden Morgen mit nach draußen zu nehmen und sie ihr entweder direkt zu übergeben oder, falls sie nicht da war, unter ihrer Bank abzustellen.

»Nee, heute nicht, sorry.«

»Gott segne dich trotzdem.«

»Danke.«

Ich stand auf und ging Sophie entgegen, als sie mit zwei Papiertüten und einem Papphalter mit Kaffeebechern in der Hand die Stufen des Cafés herunterkam. Als ich ihr die Becher aus der Hand nahm, wehte mir der Duft des heißen

Kaffees entgegen. Frühstück war doch keine schlechte Idee gewesen.

»Cupcakes zum Frühstück?«, fragte ich, als wir uns wieder setzten und ich in meine Papiertüte schaute.

»Das sind keine normalen Cupcakes«, sagte Sophie. »Das sind Klartextversüßer.«

»Was?« Ich blickte auf das Schokotörtchen mit rosafarbenem Sahnehäubchen in meiner Hand.

»Ich habe mich die ganze Zeit mit meiner Meinung zurückgehalten.« Sophie nahm den Deckel ihres Kaffeebechers ab und träufelte Dosenmilch hinein. »Ich vertrete ja die Haltung, dass jeder selbst seinen Weg finden sollte. Aber hier muss ich mich einfach mal einmischen und möglicherweise auch deutlicher werden, als du es von mir gewohnt bist. Sieh das Cupcake also bitte als eine Art süße Glasur, damit du die unbequeme Botschaft besser schlucken kannst. Als Puderzucker auf der Wahrheit.«

»Welche Wahrheit?« Ich war vollkommen verdattert.

»Dass du ein Dummkopf bist.«

»Sophie!« Ich setzte mich gerader hin. »Wie redest du denn mit mir …«

»Iss dein Cupcake«, herrschte mich Sophie an. »Und jetzt hör mir zu: Du machst dir alles kaputt, wenn du versuchst, Herzentscheidungen mit dem Kopf zu treffen!«

»Ich kann das.«

»Nein, das kannst du nicht können, weil es zwei verschiedene Organe sind, die auch unterschiedliche Aufgaben haben. Das ist, als wenn du versuchst, mit dem Kopf zu verdauen.«

»Das ist echt eklig, Sophie.«

»Pass gut auf, ich sag das alles nur einmal: Wer sich etwas Schönes mit der Frage zerstört, wohin es führt, ist ein Ignorant! Ich will nicht sagen, man soll überhaupt nicht an die Zukunft denken. Es ist eine Binsenweisheit, dass man jeden Tag leben soll, als wäre es der letzte. Aber du bist so kopflastig, dass du vornübergekippt bist und die Welt gar nicht mehr richtig sehen kannst. Zu viel Vernunft ist gefährlich.«

»Wieso das denn bitte?«

»In deinem Fall ist sie schlecht fürs Herz.« Sophie zwinkerte. »Und insgesamt schließt sie einen von so vielem aus. Leider wird einem heutzutage viel zu oft eingeredet, man müsse vernünftig sein. Und irgendwann kommt man da an, wo du jetzt stehst: Man weiß gar nicht mehr, was man will, weil man verlernt hat, irgendwas zu wollen. »

»Hm.«

»Dir fehlt ein vernünftiges Maß an Unvernunft«, fuhr Sophie fort. »Es ist nämlich so: Man kriegt die besten Dinge oft nur dann, wenn man sich was traut, von dem man nicht weiß, wie es ausgeht. Aber die schlechten bekommt man ganz sicher, indem man die guten erzwingen will. Stell dir folgendes Szenario vor: Du suchst dir absichtlich einen total langweiligen Typen aus, damit du auf der sicheren Seite bist, und dann schwängert er seine Kollegin.«

»Das ist gemein, Sophie!«

»Iss dein Cupcake.«

Ich blickte Sophie an und schüttelte den Kopf, dann biss ich in das Törtchen. »Oh! Das schmeckt ja fabelhaft.«

»Ich weiß.« Sophie packte ihr eigenes Cupcake aus. »Heute Abend bin ich mit Paul in der Stadt, da hast du Ruhe in der Wohnung. Du lädst Ben ein und sagst ihm, was du denkst. Sollte es dann nicht passen mit euch, ist es eben so. Aber lass es nicht an deinen bekloppten Prinzipien scheitern.«

»Aber …«

»Hast du dem Gesagten irgendetwas Vernünftiges entgegenzusetzen?«, unterbrach mich Sophie.

»Ach, jetzt darf ich wieder vernünftig sein?« Ich wischte ein paar Cupcake-Krümel von meiner Hose. Sophie sagte nichts darauf. »Hm.« Ich hatte nicht viel verstanden von den Dingen, die Sophie mir erklärt hatte. Aber genug, um vorerst nichts entgegenzusetzen. Ich blickte auf die Sonne, die wie ein pinkfarbener Wasserball zwischen den Gebäuden hing.

»Was macht ihr denn hier in der Kälte?«, fragte Tine, die über das Kopfsteinpflaster zu uns gejoggt kam. Dann blieb sie vor mir stehen und schnaufte. »Oh, verstehe. Mein Beileid.«

»Ist jemand gestorben?«, fragte ich.

»Nee. Aber du hast offensichtlich Scheiße gebaut.«

»Und du hast offensichtlich gute Kontakte zur Polizei.«

»Nö.« Tine deutete mit dem Kopf auf mein Cupcake. »Aber Augen im Kopf: Frühstück mit Sophie.«

»Ahhh.« Ich nickte. »Auch schon mal 'nen Klartextversüßer bekommen?«

Tine nickte und wischte sich den Schweiß von der Stirn. »Hat sie dich auch Armleuchter genannt?«

»Nee. Dummkopf.«

»Ah.« Tine nickte. »Ich wollte letztes Jahr schon vor meinem ersten Schultag das Abi schmeißen. Und was hast du angestellt?«

»Mhhh …«

»Sie hatte was mit Ben, und jetzt findet sie 's unvernünftig«, sagte Sophie, während Tine anfing, ihre Turnübungen zu machen.

Ich fuhr herum. »Geht's irgendwie noch irgendwie indiskreter?«

»Ach so, das«, sagte Tine, während sie den linken Arm über den Kopf beugte und dabei schwer atmete. »Den ersten Teil wusste ich schon.«

»Was?«, fragte ich mit schriller Stimme.

»Lea hat erzählt, dass Ben dich gesucht hat, weil du heute Morgen verschwunden warst.« Tine beugte nun den rechten Arm über den Kopf. »Da hab ich mir den Rest zusammengereimt. Seid ihr jetzt zusammen, oder so was?«

»Äh …«, stammelte ich. *Ben sucht mich?*

»Na ja.« Tine winkte ab. »Is ja jetzt auch heute nicht mehr so, dass man sagt, peng, jetzt haben wir 'ne Beziehung, oder? Das bahnt sich eben mit der Zeit an.«

Ich räusperte mich. »Und woran weiß man dann irgendwann, dass sich eine Beziehung zu Ende angebahnt hat?«

»Das spürt man doch irgendwie, also wenn beide vom Gefühl her …«, begann Tine.

»Wenn man im nicht betrunkenen Zustand gevögelt hat, ganz klar«, fiel Lea ihr ins Wort, die auf hohen Absätzen und in einem schwarzen Mantel hinter Tine aufgetaucht war.

»Hör nicht auf sie.« Tine joggte auf der Stelle und zog bei jedem Schritt die Knie an. »Lea hat da keine besonders hohen Werte.«

Ich blickte zu Lea. »Zählt bekifft?«

Lea schüttelte den Kopf. »Bei meinen niederen Werten bin ich immerhin strikt. Aber Glückwunsch erst mal.«

Ich seufzte und nahm einen großen Schluck Kaffee. Wenn es nun sogar Lea begriffen hatte, würde es wohl demnächst jeder wissen.

»Ich hab's immer gesagt«, fuhr Lea fort. »Du hast Potential! Ich meine, die blöde Diana-Zicke hat's ja echt mal verdient, oder? Aber wird halt teuer für dich, ne?«

Ich blickte auf. »Woher weißt du das denn alles schon wieder?«

»Ben hat's mir erzählt«, sagte Lea. »Aber wieso hast du bei ihm gepennt? Hast du deinen Schlüssel verloren oder so was?«

Tine und Sophie blickten sich an und unterdrückten ein Lachen. Ich zuckte zusammen, als auf der Straße hinter uns ein Auto hupte.

»Oh, ich werde abgeholt, Redaktionskonferenz. Tschüs zusammen.« Leas Stilettos klackten, als sie in großen Schritten über das Kopfsteinpflaster ging. Dann stieg sie zu Philipp ins Auto, der uns vom Fahrersitz aus zuwinkte.

»Ich muss auch mal weiter.« Tines Winken ging in ein Armkreisen über, und sie sprintete um die Ecke zu unserem Haus.

Ich blickte zu Sophie. »Was mach ich denn jetzt? Ben sucht mich! Ich weiß überhaupt nicht, wie ich mich verhalten soll ...« Sophie hielt den Kopf schief.

Ich seufzte. »Egal, was du sagst, das Leben war einfacher, als ich Jungs nach Lebenslauf und Ernsthaftigkeit der Absichten ausgesucht habe.«

Sophie zerknüllte ihre leere Papiertüte und warf sie in den Mülleimer neben unserer Bank. »Das Universum wird sich schon was dabei gedacht haben, dass es euch beide zusammenführt.«

»Das Universum ist ein Psycho.«

*

Ich saß auf unserem Wohnzimmersofa und trommelte mit den Fingern auf meine Oberschenkel. Immerhin war ich zu früh dran, obwohl der Tag nicht nach Plan gelaufen war. Seit ich hier wohnte, war das zwar nichts Ungewöhnliches, aber diesmal hatte es nicht an den äußeren Umständen gelegen, sondern an mir: Als ich mit Sophie zurück ins Haus gekommen war, hatte Willy an Bens Tür gestanden und sich über irgendetwas beschwert – ich hatte Ben unter vorgespielter Hektik erklärt, dass ich tagsüber verplant war, ihn aber für den Abend zu uns eingeladen. Im Anschluss war ich nervös geworden. Vor Verabredungen in der Anfangszeit war ich immer schon hibbelig gewesen. Eine Lächerlichkeit, wenn man bedenkt, dass ich keinen meiner bisherigen Partner mehr als *nett* gefunden hatte – aber selbst dann will man schließlich gut rüberkommen. Es hatte ganz harmlos damit angefangen, dass ich unter Hochdruck überlegt hatte, was ich am Abend anziehen könnte. Alle Ausreden für Büroklamotten außerhalb der Arbeitszeit waren aufgebraucht, andere Kleidung besaß ich aber nicht – bis auf meine Trainingshose und mehrere Jeans oder Pullis, die mir alle nicht mehr richtig passten. So weit war es gekommen: Ich überlegte morgens um elf, was ich abends um acht anziehen wollte. Lea hatte mal gesagt, an diesem Punkt gehe die ganze Misere der Frauen los: *Erst machen sie sich Gedanken, was sie für ihn anziehen und was sie für ihn kochen sollen, später, wie sie den Teilzeitjob so einrichten, dass sie für Ehemann und Kinder Frühstücksbrote schmieren können, noch später, ob sie das Bürotechtelmechtel des nun dickbäuchigen Ehemanns erdulden oder sich trennen sollen. Eigentlich egal, statistisch gesehen, fallen sie am Ende in Altersarmut und nörgeln sich irgendwann tot. So wird das nichts mit der Gleichberechtigung. Und mit der anfänglichen Sorge ums richtige Outfit steht und fällt der ordnungsgemäße Verlauf des weiblichen Untergangs.* Ich war zwar überzeugt davon, dass Lea grundsätzlich übertrieb, dennoch hatte ich am Morgen den dringenden Verdacht gehegt, dass nur ich gerade die Nerven verlor; schwer vorstellbar, dass Ben in seiner Wohnung gesessen und mit Herzklopfen darüber nachgedacht hatte, was er anziehen sollte. Ich war aber auch ein Sonderfall: Zwar sagten alle Frauen vor einer Verabredung, sie hätten nichts anzuziehen, bei mir stimmte es aber wirklich. Das lag daran, dass ich die letzten Jahre keinen Grund gehabt hatte, mich herauszuputzen, und dass ich mich sowieso noch nie für Mode begeistern konnte. Immer nur, wenn ich einmal im Monat mit der *Vogue* im Schaumbad lag, dann hatte ich große Pläne: die Blusenkragenform dem Trend anpassen, in High Heels laufen lernen, endlich einen eigenen Stil finden – oder wenigstens eine passende Übergangsjacke. Sobald ich aber aus dem Wasser stieg, warf ich das gewellte Heft in den Müll und zog das an, was auf dem Stapel oben lag, sich mehrfach als unauffällig bewährt hatte und nirgends zwickte. Ähnlich war es mit dem Schminken. Ich übte mich zwar seit Jahren in der Kunst des unsichtbaren Make-ups, also dem stundenlangen Schminken mit dem Ziel, ungeschminkt – und damit völlig absichtsfrei phantastisch – auszusehen. In der Realität sah es aber so aus, dass ich, wenn ich mich stundenlang schminkte, leider auch genau so aussah. Weniger Nude-Look-Model als viel mehr chantaleske Dorfschönheit, die ihre beste Freundin betriebssicher *»Ey, Bitch, Alter«* nennt. Also ließ ich es gleich ganz sein. Im Prinzip hatte ich mich längst damit abgefunden, dass ich weniger der betörende Frauentyp war als viel mehr der praktische. Natürlich wäre ich auch gern mal die sinnliche Verführerin gewesen, bei deren Augenaufschlag die Männer ihre sonst so stolz vor sich hergetragene Bindungsangst verleugneten. Aber man will ja immer das, was man nicht hat. Schlussendlich hatte ich mir von Sophie einen Lederrock, geringelte Leggins und ein Longsleeve mit Schriftzug geliehen. Dass ich mich, wenn ich mal hippe Klamotten brauchte, am Kleiderschrank einer Omi bediente, hatte mir zu denken gegeben. Noch dazu waren die Sachen etwas verstaubt gewesen, und ich hatte beschlossen, vor dem Brötchenholen alles in die Waschmaschine zu werfen – mit dem Ergebnis, dass ich mit einem Arm voller Wäsche beim Bäcker gestanden und nur fünfzig Cent für die Waschmaschine dabeigehabt hatte. Zurück in der Wohnung, hatte ich zwar erfolgreich eine Tasse Tee getrunken, das Portemonnaie aber erneut liegen lassen. Da ich mich ein drittes Mal nicht in derselben Bäckerei blicken lassen wollte, war ich ins Auto gestiegen, um zu einem Laden zu fahren, den ich von meinem täglichen Nachhauseweg kannte. Auf halber Strecke war mir eingefallen, dass ich keinen Führerschein mehr besaß, hatte den Golf panisch vor einer Einfahrt abgestellt und einen freundlichen Herrn mit Gehstock bequatscht, für mich umzuparken. Es war nicht ganz einfach gewesen, ihm die Gründe plausibel zu machen, ohne so richtig mit der Wahrheit herauszurücken. Als ich in der Bäckerei angekommen war, waren die Brötchen aus gewesen und ich hatte bis zum Bahnhof laufen müssen. Irgendwo zwischen der Mainzer Neustadt und dem Brötchenstand neben Gleis 4 musste ich aber unwissentlich die Grenze meiner Merkfähigkeit überschritten haben – dort angekommen, hatte ich nämlich nicht mehr gewusst, welche Brötchen Sophie bestellt hatte. Dinkel? Fitness? Irgendwas mit Körnern, so viel war klar. Oder Mohn? Ich hatte einen Mann mit Pferdeschwanz und Nasenpiercing gefunden, der drei Euro dafür verlangte, dass ich mal eben sein Handy benutzen durfte. Drogen könne er mir auch verkaufen, ganz gleich, welcher Art, hatte er gemeint. Sonst die Coolness in Person, war er mindestens zu achtzig Prozent verblüfft gewesen, als ich ihm daraufhin meine Visitenkarte zugesteckt und signalisiert hatte, dass ich eine solide Quelle für Mainzer Homegrown-Bio-Qualitätsgras vermitteln konnte. Nach dem Frühstück hatten sich Paul und Sophie für ihren Mittagsschlaf hingelegt, und ich hatte unseren Wohnzimmertisch abgeräumt, abgewischt und schon mal zwei Weingläser und Knabberzeug bereitgestellt. Das Ergebnis hatte mich aber nicht überzeugt, es sah mir viel zu inszeniert aus – beinahe so, als hätte ich den ganzen Tag nichts Besseres zu tun, als mein Date mit Ben vorzubereiten! Also hatte ich alles wieder abgeräumt. Aber bei dem Versuch, den Originalzustand auf dem Tisch wiederherzustellen, hatte ich feststellen müssen, dass angeordnete Unordnung unecht aussah. Meine Idee, die Dinge von weiter oben auf den Tisch plumpsen zu lassen, damit sie sich von selbst zu einem möglichst authentischen Durcheinander verteilten, hatte dazu geführt, dass ein Stapel von Sophies *Wohnen & Leben* gegen den Aschenbecher und der wiederum gegen einen Keramikkerzenständer gedonnert war, der auf die Tischplatte krachte. Die dünne Glasplatte war zersprungen und Paul davon aufgewacht. Mit wirrem Haar hatte er im Wohnzimmer gestanden, sich am Kopf gekratzt und gesagt, das sei alles kein Problem, da schließlich jeder normale Mensch eine Ersatz-Wohnzimmertisch-Glasplatte im Keller habe, so auch er. Statt mich zu wundern, hatte ich ihm geholfen, das Ding einzusetzen.

Ich blickte auf die Uhr, fünf Minuten noch, zumindest wenn Ben pünktlich auftauchen würde. Am nervösesten machte es mich, dass ich für das Gespräch keinen soliden

Plan hatte. Sophie und ich hatten noch einmal festgehalten: Ben wollte keine Beziehung, und ich wusste nicht, was ich wollte, nur kein Techtelmechtel – aber keiner von uns wollte, dass der andere etwas tat, das er nicht wollte. Sophie war der Meinung gewesen, die Sache offen anzusprechen und mal zu hören, was Ben dazu meinte, sei schon ein Plan. Da waren wir unterschiedlicher Ansicht gewesen – und nicht nur ein bisschen, so dass man auf der Vernunftebene noch einen Kompromiss finden könnte, sondern fundamental. Damit ein Plan seinen Namen verdiente, müsste er insoweit durchdacht sein, dass er für jeden etwaigen Gesprächsausgang eine praktikable und für mich befriedigende Lösung bereithielt. Ich hatte aber nur eine vage Vermutung, wie das Gespräch enden würde: Ben würde dabei bleiben, dass er keine Beziehung wollte, und ich würde ausgiebig erklären, dass ich das verstand und befürwortete, wäre aber insgeheim beleidigt. Das war weder eine Lösung noch ein Happy End. Vielleicht hätte ich einfach mehr Zeit zum Nachdenken gebraucht. Obwohl ich ja das Denken im Allgemeinen seit neuestem dadurch ersetzt hatte, dummes Zeug zu reden oder zu tun. Ich fragte mich, ob mein Denkapparat vielleicht sogar insoweit beeinflusst war, dass ich in der Bedienung von Maschinen beeinträchtigt wäre. In diesem Fall könnte man sagen, Emotionen wirken wie Schlaftabletten, nur dass man nicht schlafen kann. Warum war nur alle Welt so versessen darauf?

»Hey!«, sagte Ben, noch während er die Wohnungstür öffnete. Ich grapschte in letzter Sekunde nach einer der Zeitschriften auf dem Tisch.

»Hi«, sagte ich und starrte auf die Granufink-Anzeige auf der zweiten Seite der *Wohnen & Leben*.

»Was war denn heute Morgen los?« Ben schloss die Tür hinter sich und kam zu mir herüber.

»Ähm, nichts ... mir ist nur ... was eingefallen.« Ich blickte auf, als Ben sich neben mich setzte und mir wieder einen Kuss auf den Mund drückte. »Also 'ne Art Mail«, fuhr ich fort. »Also 'ne Büromail, die ich ... äh ... gestern vergessen hatte.«

»Ach so. Hatte mich schon gewundert.«

»Sorry.« Ich lächelte und blickte ihn an.

»Kein Ding.« Ben ließ sich rücklings in die Kissen fallen.

»Magst du 'nen Wein?«, fragte ich.

»Klar.«

Ich quetschte mich zwischen Bens Beinen und dem Wohnzimmertisch hindurch in Richtung Küche.

»Und, was haste heute so getrieben?«, fragte Ben, als ich bereits vor dem Kühlschrank stand.

»Ach, dies und das ...« Ich nahm eine Flasche Ketchup aus dem Kühlschrank. »Mehr so ... äh ... Planungssachen.«

»Verstehe«, sagte Ben, als ich wieder ins Wohnzimmer kam. Ich erschrak, als ich die Ketchup-Flasche in meiner Hand sah, und machte auf dem Absatz kehrt.

»Alles okay?«

»Nee ... ja! Nur ... äh, der falsche Wein.« Ich stellte das Ketchup zurück und nahm den Wein aus dem Kühlschrank.

»Hast du ernsthaft Rotwein kalt gestellt?«, fragte Ben aus dem Wohnzimmer herüber, während ich zwei Gläser aus der Vitrine holte und uns eingoss.

»Äh ...« Stimmt, da war was: Ich hatte tatsächlich mal gehört, dass man Rotwein nicht kühlt. Dass ich nie trinke und folglich keinen Schimmer von Alkohol habe, musste sich ja irgendwann mal rächen. Wie ein Banause wollte ich jetzt aber auch nicht dastehen. »Das ist was ganz Neues, ein, äh … ein … Eisbär … Eisbärwein! Also … der mag's kalt.«

»Ach so, na dann«, sagte Ben, als ich mit der Rotweinflasche ins Wohnzimmer kam und mich neben ihn setzte.

»Soll ich die Gläser holen?«, fragte er. »Die stehen nämlich noch in der Küche …«

»Ach ja, richtig!« Ich schluckte. »Danke.«

»Neues Outfit?«, fragte Ben, während er in die Küche schlenderte.

»Ja, das hab ich … neu.«

»Das sind übrigens Weißweingläser«, sagte Ben, als er wieder um die Ecke kam. *Angeber,* dachte ich. Aber dann fügte er an: »Ich gehe davon aus, das gehört zum neuen Konzept, und der Eisbär-Rotwein mag die lieber, oder?«

»Ganz genau.« Ich musste lachen und schnappte mir mein Glas, als Ben sich wieder neben mich setzte.

»Na dann, Prost«, sagte er.

»Auf den Weltfrieden.« Ich hob mein Glas.

»Ambitioniert. Ich befürworte das.« Ben nahm einen Schluck, und ich merkte, wie meine Aufregung verflog.

»Ich müsste da mal über was mit dir reden«, begann ich.

»Was gibt's denn?« Ben stellte sein Weinglas auf dem Tisch ab.

Ich atmete tief ein, und die Aufregung kehrte zurück. »Also wegen … gestern … und heute, also ich meine, generell wegen … also, du weißt schon, ich hab mit Sophie geredet und wir … also es geht darum, dass …« Ich räusperte mich und spürte mein Herz klopfen. Ich holte Luft und – zuckte zusammen, als die Wohnungstür aufflog und gegen die Wand krachte. Lea stürmte herein, die Locken zerzaust. »Die kann das komplett vergessen, dass ich noch einen Tag länger da oben wohne!«, schrie sie und stampfte quer durch das Esszimmer auf uns zu.

»Wer denn?«, fragte ich und zuckte ein zweites Mal zusammen, als Lea Pauls Sessel einen Tritt verpasste.

»TINE!« Lea quetschte sich am Wohnzimmertisch vorbei und ließ sich zwischen Ben und mich auf das Sofa fallen. Dann riss sie mir mein Rotweinglas aus der Hand. »Ihr könnt euch nicht vorstellen, wie es ist, mit einem Psycho zusammenzuleben!«

Ben und ich sahen uns kurz an, während Lea meinen Wein in einem Zug austrank. »Sacht mal, is der gekühlt?«

»Was nervt dich denn schon wieder an Tine?«, fragte Ben.

»Wie, was mich an Tine nervt?« Lea knallte das leere Weinglas auf den Tisch. »Tine! Und ihre gesamte … Tinigkeit! Ich warte ja nur noch drauf, dass ich 'nen Rückfall kriege und wieder cholerisch werde, oder so was! Das geht dann auf ihre Kappe!«

»Was hat sie denn gemacht?«, fragte ich.

»Ich hatte Streit mit Philipp.« Lea schnappte sich Bens Rotweinglas.

»Und Tine war schuld daran, oder wie?«, fragte ich in der Hoffnung nach, die ganze Sache vorantreiben zu können, damit Lea wieder verschwinden würde.

»Nein.« Lea nahm einen Schluck. »Sie hat ihm recht gegeben!«

»Vielleicht hat er ja recht«, gab Ben zurück.

»Bitte!« Lea verdrehte die Augen. »Selbst wenn wir davon ausgehen, dass das theoretisch möglich wäre: Ist eine beste Freundin im Falle des Streits mit dem Partner nicht generell dazu verpflichtet, zu mir zu halten, damit wir den Typen dann gemeinsam doof finden können?«

»Irgendwie schon.« Ich zuckte mit den Schultern. »Aber

andererseits ist sie auch dazu verpflichtet, dir die Wahrheit zu sagen, wenn du dich vielleicht in etwas reingesteigert hast.«

»Das ist politisch korrekter Bullshit, außerdem steigere ich mich doch nicht in Dinge rein!« Lea winkte ab und trank Bens Rotwein aus. »Anstatt zu mir zu halten, hat Tine das Ganze natürlich nur analysiert: Sie meint, da ich schon so viele Beziehungskatastrophen hinter mir habe, komme ich nicht damit klar, eine glückliche Partnerschaft zu führen, und *suche* die Probleme. Ich meine, mit dem ersten Teil hat sie ja recht, ich hatte Tausende Affären und Beziehungen mit Muttersöhnchen, Machos und Psychopathen. Ich wurde betrogen, gestalkt und einmal sogar ausgeraubt. Aber der zweite Teil, ich bitte euch! Tine meint ernsthaft, da ich jetzt eine wunderbar harmonische Beziehung führe, sei meine über Jahre antrainierte Problemlösungs-Kompetenz unterfordert, und deswegen flippe ich ständig aus.«

»Bist du denn früher nicht ausgeflippt?«, fragte Ben.

»Doch. Und außerdem ist es Unsinn, dass ich angeblich Probleme *suche*«, fuhr Lea fort. »Ich muss gar nichts suchen, es liegt auf der Hand!«

»Was denn?« Ich musste mir eingestehen: Ich war neugierig.

»Er hat was zu verbergen«, begann Lea, und ich rutschte etwas näher zu ihr. »Seit fast einem Jahr versuche ich rauszukriegen, warum er damals von seinem landesweiten Sender zu unserem Regional-Laden gewechselt hat. Und er rückt einfach nicht damit raus! Da ist doch was faul, oder? Der hat doch 'ne Leiche im Keller, ich sag's euch! Ich meine, vielleicht hat er dort 'nen Praktikanten erwürgt, oder was. Wäre mir beinahe auch schon mal passiert. Aber mit mir kann man doch reden! Ich meine, was ist das denn für eine Basis, wenn man Geheimnisse voreinander hat? Tine meint, es müsse jeder selbst entscheiden, wann er über welche Dinge mit wem spricht. Ich könnte wetten, das hat sie aus irgendeinem Buch. Bennie, nun sag doch auch mal was dazu!«

»Auf keinen Fall.« Ben blickte auf sein leeres Weinglas. »Das ist eine Sache zwischen dir, Philipp und deinem hoffentlich über alle Maßen qualifizierten Therapeuten.«

»Wieso steht denn hier die Wohnungstür offen?« Wir drehten alle drei die Köpfe in Richtung Esszimmer, als Paul hereinstampfte und hinter sich die Tür ins Schloss pfefferte. Seine Stirn in Falten und seine Mundwinkel nach unten gezogen, sah er aus, als plante er mal mindestens einen Doppelmord.

»Was ist los?«, rief ich Paul zu, der auf dem Weg in die Küche war. »Ihr wolltet doch essen gehen?«

»Ich sag heut kein Wort mehr, ist doch sowieso alles falsch.« Paul riss einer Bierflasche an der Küchenplatte den Deckel vom Kopf.

»Was ist denn passiert?«, fragte Lea, als Paul sich in seinen Sessel setzte, den Fernseher einschaltete und uns ignorierte. In dem Moment klopfte es an der Tür.

»Was ist denn hier heute los?«, fragte ich.

Ben zog die Schultern nach oben. »Ja, bitte?«

Die Tür öffnete sich einen Spalt, und Willy Brandt streckte den Kopf herein. Schweiß stand ihm auf der Stirn. »Hat irgendjemand Fluffy gesehen?«

»Nö, ist er weg?«, fragte Lea.

Willy Brandt verdrehte die Augen, als er sich mit einem Taschentuch die Stirn abtupfte. »Nein, ich habe nämlich nicht meinen Papagei, sondern meine guten Manieren verloren und frage nur deswegen, weil ich so gerne die Wochenendruhe meiner Mieter störe!«

»Ach Gottchen, kein Grund, gleich zynisch zu werden«, murmelte Lea.

»Ist doch immer dasselbe«, fügte Willy Brandt an. »Kinder schleppen irgendwelche Haustiere an, und plötzlich hat man selbst die Verantwortung! Wahrscheinlich hat ihn jemand geklaut.«

»Glaub ich nicht«, sagte ich. Ernsthaft, wer lässt schon einen gemeingefährlichen, obszönen Papagei mitgehen? Obwohl ich jetzt nicht behaupten könnte, dass es mir unrecht wäre.

»Glaub ich auch nicht!« Lea schüttelte den Kopf. »Es gibt tausend Gründe, warum er verschwunden sein könnte.«

»Hallo?« Paul drehte sich in seinem Sessel um und blickte uns an. »Wäre es vielleicht mal möglich, in Ruhe *Galileo* zu gucken?«

»Was soll denn bitte schön sonst passiert sein?«, fragte Willy Brandt, während Paul den Fernseher lauter stellte.

Lea stand vom Sofa auf. »Vielleicht hat er an den Socken von Klaus gerochen und ist von der Waschmaschine gekippt. Hamse denn überall im Keller nachgesehen? Ich komm mal mit runter.«

»Duuuu gehst überhaupt nirgends hin, meine Liebe!« Tine quetschte sich mit einem erhobenen Zeigefinger an Willy Brandt vorbei in die Wohnung. »Jetzt wird mal ausdiskutiert, warum du bei jeder Auseinandersetzung gleich davonläufst und …«

»Ich laufe davon, weil ich sonst ausraste!«, schrie Lea. »Mein Therapeut, *dein* Onkel, hat gesagt, ich darf eine Situation verlassen, wenn ich merke, dass ich die Kontrolle verliere!«

»Lea, jetzt reg dich doch nicht so auf«, begann ich.

»Ich hab noch gar nicht richtig angefangen!« Lea warf die Arme in die Luft.

»Grrrrmpf«, knurrte Paul und deutete auf den Fernseher.

»Geben Sie mir bitte Bescheid, falls Sie Fluffy sehen«, rief Willy Brandt noch einmal dazwischen und schloss dann die Tür von außen.

Tine ging auf Lea zu. »Du verstehst einfach nicht, dass ich auf deiner Seite bin, Lea!«

»Weil es unlogisch ist!« Lea tippte sich an den Kopf. »Wenn du auf meiner Seite wärst, dann wärst du nicht auf Philipps Seite!«

»Würde es dir zur Ausnahme vielleicht mal in den Sinn kommen, dass der Fehler bei dir liegen könnte?«, fragte Tine.

»Wozu soll ich meine eigenen Fehler suchen?«, fragte Lea zurück. »Das übernimmst schließlich du! Und zwar in einem Tempo, das ich sowieso nicht einholen kann!«

»Bevor wir über irgendwas reden können, musst du dich erst mal beruhigen.« Tine seufzte und ging auf Lea zu. »Dazu musst du wissen, dass wir alle dich auch dann lieben, wenn du gerade feindselig bist und …«

»Also ich nicht …«, brummte Paul.

»Wenn jetzt irgendwas Esoterisches kommt, ich schwör's dir, ich hau meinen Kopf gegen die Wand!« Lea drohte mit dem Zeigefinger, aber Tine fuhr fort: »… und ich wünsche dir jetzt einfach ganz viel Licht und Liebe, damit du wieder in deine Mitte findest und …«

»Licht und Liebe können mich am Arsch lecken, das weißt du ganz genau!«, rief Lea.

Paul stellte den Fernseher noch lauter.

»Was geht denn hier vor sich?« Sophie kam im Wintermantel und mit weißem Wollschal in die Wohnung. Sie hatte dunkel geschminkte Augen und am Kopf entlang geflochtenes Haar. Ich schaute sie an und zuckte mit den Schultern.

»Mach erst mal den Kasten leiser, Paul!«, rief Sophie.

»Ich denke überhaupt nicht dran«, erwiderte Paul, ohne aufzuschauen. »Glaubst du, du kannst mir Befehle erteilen, oder was?«

»Was ist denn bei euch beiden los?« Lea blickte zwischen Paul und Sophie hin und her.

»Nix.« Sophie warf Mantel und Schal auf die Küchenplatte.

»Nee, wirklich nix«, murmelte Paul. »Nur dass ihr Frauen einen immer zwingt, über alles im Detail zu reden, bevor man selbst seine Gedanken sortiert hat! Das hält doch kein Mensch aus.« Paul atmete mit einem Stoß aus und lehnte sich wieder in seinem Sessel zurück. Ich sah zu Ben und schluckte.

Sophie verdrehte die Augen und goss sich Schnaps in ein Weinglas.

»Du, ich muss bald los«, sagte Ben zu mir. »War es wichtig, was du mit mir besprechen wolltest?«

»Ach, pfff, nein.« Ich winkte ab. »Quatsch.«

»Gut.« Ben grinste. »Ich hatte schon Sorge, wir müssten eins dieser Wo-führt-das-hin-Gespräche führen.«

»Wo denkst du hin.« Ich vermied den Augenkontakt und winkte erneut ab.

»Schönen guten Abend zusammen!«, rief Philipp, der in dem Moment hereinkam und vergnügt in die Runde blickte. Sophie kippte wortlos ihren Schnaps hinunter, Tine stand mit verschränkten Armen neben dem Esstisch,

Lea blickte zu Boden, Paul starrte in den Fernseher, ich blickte zu Philipp, und Ben sagte als Einziger *Hi*. Philipp blieb mitten im Raum stehen. »Äh … Ist irgendwas passiert?«

»Frag bloß nicht!«, herrschte Lea ihn an. »Das ist doch alles deine Schuld!«

»Vorsicht, Fluffy ist wieder da!«, rief Willy Brandt aus dem Treppenhaus durch die offene Wohnungstür. »Hatte sich im Speicher versteckt!«

»Was?« Philipp duckte sich, als Fluffy in die Wohnung geflattert kam. *»Arrrrgh! Perra, perra!«*

»O nein!« Ich tauchte mit einem Satz hinter das Sofa ab. »Schaff mir bitte einer das Vieh vom Hals.«

8
Die achte Grundregel

»Sei immer gut vorbereitet.«

Mir wurde übel, als ich mein Blut durch den dünnen Schlauch laufen sah. Zuvor hatte die Arzthelferin zweimal an der richtigen Stelle vorbeigestochen. *Sie haben halt sehr dünne Venen,* hatte sie gemeint. Davor hatte ich drei Fragebögen ausgefüllt und einen Reaktionstest bestanden. Dass ich überhaupt hier saß, hatte ich Tine und ihren guten Kontakten in die Therapeutenwelt zu verdanken: Als ich feststellen musste, dass für die medizinisch-psychologische Untersuchung, für die ich mich anmelden sollte, um meinen Führerschein zurückzubekommen, eine massive Vorlaufzeit notwendig war, hatte mich das in eine mittelschwere Krise gestürzt. Wer will so etwas schon vor sich herschieben? Es hätte mich die ganze Zeit nicht losgelassen. Glücklicherweise war Tines Onkel Therapeut und hatte einen Studienkollegen beim TÜV, der mir noch für die gleiche Woche einen Termin vermittelt hatte. Im Grunde sollte die lange Wartezeit sicherstellen, dass man sich ordentlich auf die Sache vorbereitete: *Jemand, der kurz vor einer MPU steht, sollte dies nicht als Schikane betrachten, sondern als eine Möglichkeit, sich seines Fehlverhaltens bewusst zu werden, um einem Verlust der Fahrerlaubnis aktiv entgegenwirken zu können,* hieß es auf einer Website. Das sah ich ein. Sogar, dass mich das Ganze, zusätzlich zu den Reparaturkosten der beiden Autos, knapp vierhundert Euro kostete. Rache war teuer. Aber bitte, wer musste sich wochenlang auf den Idiotentest vorbereiten? Es war eine meiner Grundregeln, prinzipiell auf alles gut vorbereitet zu sein, folglich hatte ich damit Erfahrung und wagte die Einschätzung, dass hier kein wochenlanges Training vonnöten sei. Ich war schon immer der am besten organisierte Mitarbeiter meiner Firma gewesen – wenn ich für ein Meeting eine Power-Point-Präsentation vorbereiten sollte, hatte ich am Ende eine Power-Point-Präsentation, Handzettel und ein animiertes Video dabei. Und was die MPU betraf, so hatte ich herausgefunden, dass es nur eine einzige ernst zu nehmende Klippe geben würde: das psychologische Gespräch. Darüber machte ich mir keine Sorgen, schließlich hatte ich für die Vorbereitung zwei erfahrene Psychos mit immensem Wissensvorsprung in Therapieangelegenheiten zur Hand. Das konnte einem ja auch mal nützen. Tine und Lea hatten mir nach kurzer Einarbeitungsphase versichert, es gehe bei diesem Test ausschließlich darum, ein *Problembewusstsein hinsichtlich meines Fehlverhaltens zu zeigen*, eine *Veränderung im zukünftigen Verhalten glaubhaft zu machen* und, das Allerwichtigste, bei alledem vollkommen *stabil zu wirken*. Die ersten beiden Punkte erklärten sich von selbst, und was den letzten betraf: Wenn ich in zehn Jahren stocksteifer Arbeitswelt eines gelernt hatte, dann *stabil wirken* – auch, und gerade dann, wenn man es nicht war. Wer wollte schon als unbelastbar wahrgenommen werden? Nach außen war kein Mensch *stabiler* als ich. Außerdem hatte ich von Natur aus die nötige Distanz, um mit fremden Menschen nicht über persönliche Dinge zu sprechen. Es gab folglich keinen Grund, warum ich da drinnen nicht die perfekte Show abliefern sollte, selbst wenn ich im Augenblick alles andere als ausgeglichen war. Ben war noch am Samstagabend abgereist, ich wusste weder, wohin, noch, wann er wiederkam. Ich fühlte mich wie ein törichter Pausenclown. Wenn ich wenigstens gewusst hätte, was das zwischen uns genau war. Ich atmete auf, als mir die Arzthelferin die Nadel aus dem Arm zog und mir ein Stückchen Mull reichte, das ich fest in die Armbeuge drücken sollte. Für einen kurzen Moment war mir schwarz vor Augen, und mir schoss das bedrückende Bild in den Kopf, wie Paul mit wirrem Haar und verquollenem Gesicht im Aufzug gestanden hatte, neben ihm sein zerschlissener Rollkoffer und in der Hand ein winziger Kulturbeutel. Paul und Sophie hatten sich am Sonntag getrennt. Zu meinem emotionalen Ungleichgewicht war nun auch noch das gekommen: Ich fühlte mich wie ein Scheidungskind, das sich selbst Vorwürfe machte. Hatte ich den Ernst der Lage nicht erkannt? Hätte ich intensiver mit Sophie reden und weniger um meine eigenen Probleme kreisen und Samstagabend direkt einschreiten sollen? Oder hätte ich die Sache ohnehin nicht verhindern können? Die beiden waren sich einig gewesen: Jetzt, wo sie zum ersten Mal frei lebten, wussten sie nicht mehr, ob sie nur aus Gewohnheit zusammen waren, *weil es immer schon so war*, oder ob sie wirklich zusammengehörten. Ich wusste ganz sicher, dass Letzteres zutraf, aber davon wollten sie nichts wissen. Die Arzthelferin ersetzte das Mullstückchen durch ein Pflaster, und ich durfte erneut im Wartezimmer Platz nehmen. Mir war noch immer schwummerig, als ich den Flur entlangging. Im Wartezimmer angekommen, blickte ich durch ein Fenster, das mal wieder geputzt werden könnte, auf den tiefgrauen Himmel. Jan Hofer hatte am Vorabend in der Tagesschau gesagt, es würde der kälteste Tag des Jahres werden. Langsam wurde mir so übel, dass ich einen Brechreiz verspürte, obwohl ich noch gar nichts gegessen hatte. Ich lehnte meinen Kopf an die Wand hinter mir, schloss die Augen und hoffte, dass sich der Rest hier schnell und unkompliziert erledigen ließe, damit ich noch ins Büro konnte. Mit etwas Glück würde niemand merken, dass ich weg gewesen war – der einzige Fall, in dem sich mein geringes Maß an Verantwortung in der Firma als zweckdienlich erwies. Ich blickte auf die Uhr. Seit vier Stunden saß ich bereits beim TÜV fest.

»Halten Sie bitte Ihren Personalausweis bereit, Frau Hoffmann.« Eine Vorzimmerdame, die ihre Brille an einer Kette um den Hals trug, streckte den Kopf ins Wartezimmer. »Sie können gleich zum psychologischen Gespräch.«

»Danke.« Jetzt war nur noch die letzte Etappe zu bewältigen. Mein Kopf dröhnte, und meine Arme schmerzten, als ich endlich an die Sprechzimmertür des Psychologen klopfte. Entweder war eine Grippe im Anmarsch, oder dieser desaströse körperliche Zustand war die Folge des Schlafmangels der letzten Tage.

»Ja, bitte?«, rief eine Männerstimme aus dem Sprechzimmer. Ein Mann um die sechzig mit rundem Gesicht, rahmenloser Brille und weißem Haar blickte auf, als ich eintrat. Er erinnerte mich an einen freundlichen Märchenonkel aus dem öffentlich-rechtlichen Fernsehprogramm meiner Kindheit. Das Büro war klein, aber freundlich eingerichtet, mit einem wuchtigen Holzschreibtisch und mehreren Zimmerpflanzen.

»Guten Tag, ich bin Dr. Martin.« Der Mann beugte sich über den Schreibtisch und reichte mir die Hand.

»Guten Tag«, murmelte ich, als er mir den Platz gegenüber zuwies.

»Dann wollen wir mal.« Dr. Martin setzte sich wieder hin und griff nach den Unterlagen auf seinem Schreibtisch. »*Teilnahme am Straßenverkehr mit Unfallfolge nach Drogenmissbrauch*«, las er vor, dann schaute er auf: »Möchten Sie mir vielleicht zuerst einmal erklären, wie es dazu kam, Frau Hoffmann?«

»Ähm …« Ich schluckte, dann schüttelte ich den Kopf. »Also … so kann man das wirklich nicht sagen … Das hört sich ja an, als wäre ich …«

»Stimmt denn eine der übermittelten Informationen nicht?« Herr Martin runzelte die Stirn.

»Ähm … doch, aber … das hatte ich ja auf der Polizeistation schon erklärt … Ich, ähm … wusste nichts davon.«

»Wovon wussten Sie nichts?«

»Also … von … dem … ähm …«

»Stopp, einen Moment bitte.« Herr Martin setzte seine Brille ab und ließ die Unterlagen auf den Schreibtisch sinken. »Frau Hoffmann, es geht uns hier in erster Linie darum herauszufinden, ob die Personen die tieferen Ursachen ihrer Anlasstat kennen und in der Lage sind, sie in Zukunft zu vermeiden, von daher …«

»Ich weiß«, unterbrach ich ihn. »Ich bin ja auch einsichtig, ich …«

»Wie können Sie einsichtig sein, wenn Sie Ihrer Meinung nach von gar nichts wussten?« Herr Martin hob die Augenbrauen. Schlagartig wurde es mir klar: Der Mann hatte recht. Wie konnte mir dieser signifikante Widerspruch bei meiner Vorbereitung entgangen sein? Im Geiste gab ich Ben die Schuld. Ich hatte recht gehabt: Man verknallt sich, kann an nichts anderes mehr denken und versemmelt elementare Dinge. Und das heißt noch nicht einmal, dass es mit der Beziehung funktioniert. Ich blickte auf meine Hände in meinem Schoß. Meine Finger zitterten, und ich verschränkte sie. Irgendetwas musste ich sagen, am besten schnell. Ich konnte bei meiner bisherigen Version bleiben, das wäre stringent, aber dann würde ich durchfallen. Vielleicht sollte ich bei der Wahrheit bleiben, sonst verstrickte ich mich am Ende in Ungereimtheiten, und Herr Martin war als Psychologe ein Fuchs auf diesem Gebiet und würde mich sofort durchschauen. Mit einem Puls, bei dem vermutlich ein Herzinfarkt-Risikotest angebracht gewesen wäre, begann ich zu sprechen: »Wenn Sie tatsächlich die tieferen Ursachen meiner Anlasstat kennen wollen, muss ich etwas ... ausholen.«

»Das ist kein Problem, wir haben eine Stunde Gesprächszeit.« Herr Martin rückte seine Brille zurecht.

Ich räusperte mich. »Eins möchte ich gerne vorweg sagen: Eigentlich bin ich wohlerzogen, ziemlich unauffällig, und bisher noch nie mit dem Gesetz in Konflikt geraten und ...«

»Hmmhmm.« Herr Dr. Martin räusperte sich ebenfalls und setzte seine Brille wieder auf.

Ich stockte. »Was denn?«

»Nichts.« Er schüttelte den Kopf. »Ich bin nur über das Wörtchen *eigentlich* gestolpert. Was heißt eigentlich *eigentlich*? Wissen Sie, in vielen Fällen ist es ein Wort, das man getrost streichen kann. Es wird viel zu oft benutzt und bedeutet meist gar nichts. Gerade heute Morgen hat meine Frau gesagt: *Ich habe eigentlich keine Lust auf Tee*. Das heißt, sie hatte keine Lust auf Tee. Das Wörtchen war überflüssig. Bei Ihnen ist das nicht so. Hinter Ihrem *eigentlich* verbirgt sich eine Geschichte, hab ich recht?«

Ich seufzte. Da hatte ich es einmal eilig und erwischte eine erbsenzählende Quasselstrippe als TÜV-Psychologen. »Sie haben recht.«

»Dann erzählen Sie mir die Geschichte.« Herr Martin sah mich über den Rand seiner Brille hinweg an.

»Es war einmal mein Leben, perfekt strukturiert und durchorganisiert, ich war auf dem besten Weg, alle meine Ziele zu erreichen und …«

»Welche Ziele?«

Ich hob die Schultern. »Das Übliche: Karriere, Partnerschaft, Familiengründung. Jedenfalls hätte auch alles in den vorgegebenen Zeitfenstern funktioniert, wenn nicht …«

»*Vorgegebene Zeitfenster*?« Herr Martin hob die Augenbrauen. »Können Sie mir das näher erläutern?«

»Na ja, ich wollte eben im Job noch den ein oder anderen Karrieresprung machen, bevor ich Kinder bekomme und dann beruflich zurücktreten muss. Man weiß ja, dass man in Teilzeit beruflich eher stagniert und folglich auf dem Level stehen bleibt, das man vorher erreicht hat.«

»Ich verstehe«, antwortete Herr Martin, und nach einer kurzen Pause, fügte er an: »Zumindest die äußeren Umstände. Aber ich würde gerne noch etwas zu Ihren inneren Beweggründen erfahren.«

Ich blickte Herrn Martin an und setzte mich gerader hin. »Ehrlich gesagt, weiß ich nicht, was Sie da jetzt von mir hören wollen, ich … also, die äußeren Umstände führen ja geradewegs zu den inneren Beweggründen, ist doch logisch.«

»Nicht unbedingt«, antwortete Herr Martin. »Sie könnten auch zur Rebellion führen. Oder zu gar nichts, wenn man sie für sich selbst nicht als wichtig betrachtet.«

»Hm.« Ich starrte auf die Tischplatte. »Na ja, ich denke, ich betrachte sie als wichtig, da ich Angst habe, am Ende nicht alles zu bekommen, was möglich wäre. Ich meine, geht es heutzutage nicht allen so? Man will viel erreichen im Beruf, trotzdem eine Familie gründen und braucht auch noch Zeit für sich. Damit das alles klappt, muss man eben das Bestmögliche aus allem rausholen, das hab ich schon als Kind so gelernt.«

»Aha, da kommen wir der Sache doch näher.« Herr Martin hielt einen Zeigefinger in die Luft. »Sie sagen, Sie haben das *als Kind* gelernt. Kann man sich das so vorstellen, dass Ihre Eltern Ihre Lebensziele mitgeprägt haben?«

Ich runzelte die Stirn. Ein Tag, an dem man in keiner fremden Kindheit gewühlt hat, ist für einen Therapeuten sicher ein verlorener Tag. »Bei allem, was ich eben gesagt habe, hören Sie nur heraus, dass meine Eltern an irgendwas schuld sein sollen?«

»Wir arbeiten hier nicht mit Schuldzuweisungen, Frau Hoffmann. Darum geht es auch überhaupt nicht. Aber gerade beim Thema Drogenkonsum ist es ratsam, einen Blick auf die tiefere Persönlichkeitsstruktur zu werfen.«

Bei dem Wort *Drogenkonsum* wurde mir wieder bewusst, weshalb ich hier war. Ich sollte mich besser zusammenreißen – weniger unkonzentriert sein, dafür möglichst sympathisch. »Entschuldigen Sie.«

Herr Martin nickte und deutete ein Lächeln an.

»Natürlich kann man sagen, dass meine Eltern meine Lebensziele mitgeprägt haben«, begann ich. »Eltern versuchen einen doch immer auf die richtige Bahn zu bringen, weil sie wollen, dass ihre Kinder glücklich sind.«

»Waren Sie denn glücklich?«, fragte Herr Martin.

Das klang nach einer Fangfrage.

»Würden Sie mir erläutern, wie der Einfluss Ihrer Eltern konkret aussah oder aussieht?«, fuhr Herr Martin fort.

Ich spürte einen Kloß im Hals, und meine Beine schmerzten, weil ich sie so verkrampft übereinandergeschlagen hatte. »Ich … na ja, wahrscheinlich nicht so, wie Sie jetzt denken, sie setzen mich nicht unter Druck, oder so, aber man spürt eben, was sie sich für einen wünschen. Mein Vater hat mir zum Beispiel schon früh erklärt, dass es als Frau schwer ist, beruflich einmal die Führungsetagen zu erreichen und ich erst recht hart dafür kämpfen muss. Da hat er doch nicht unrecht. Vielleicht liegt es auch daran, dass er lieber einen Jungen gehabt hätte …« Ich stockte, als mir bewusst wurde, was ich gesagt hatte. Es gab Dinge, über die sprach ich sonst noch nicht einmal mit mir selbst.

»Und Ihre Mutter?«

»Hatte immer schon die gleichen Wünsche, wie es wahrscheinlich viele Frauen von ihren Müttern kennen: Sie möchte Enkelkinder. Noch dazu bin ich ihr einziges Kind, bei meiner Geburt ist einiges schiefgelaufen, und danach konnte sie nicht mehr schwanger werden. Da ist man dann ja sowieso etwas mehr in der Bringschuld …«

»Also kann man festhalten, dass Sie gleichermaßen Erfolgs- und Fortpflanzungsdruck aus Ihrem Elternhaus mitbekommen haben?«

»Das klingt jetzt aber sehr negativ. Ich wollte diese Dinge ja auch selbst. Und ist es denn nicht ganz normal, dass man die Erwartungen seiner Eltern erfüllen will?«

»*Normal* ist ein Wort, das wir Psychologen ungern gebrauchen.«

Natürlich, sonst gäbe es ja keine Kundschaft.

»Zumal ja auch die Möglichkeit besteht, den Eltern zu sagen: *Es tut mir leid, wenn ihr Erwartungen an mich habt, die ich nicht erfüllen kann, aber es muss mir egal sein.*«

Ich starrte ins Leere, und als ich mit einer Hand an meinen Kopf fasste, spürte ich meine Schläfe pulsieren. Das Thema wühlte mich auf.

»Kommen wir zurück zum Hier und Jetzt«, fuhr Herr

Martin fort. »Sie hatten gesagt, Sie waren auf dem besten Weg gewesen, all Ihre Ziele zu erreichen, nicht wahr?«

Schon wieder bildete sich ein Kloß in meinem Hals. »Richtig. Damit auch alles klappt, hatte ich früh angefangen, Pläne zu machen, Ziele zu definieren, Listen zu schreiben. Na ja, all das, was einem eben Sicherheit gibt, auf dem richtigen Weg zu sein. Und …« Ich spürte eine Enge in der Brust und konnte nur noch flach atmen. »Und … ich hätte sogar alles geschafft, weil ich meine Pläne nämlich perfekt eingehalten habe!«, sagte ich schriller als geplant. »Ich hätte wirklich alles geschafft, aber auf einmal ist alles schiefgegangen!« Die letzten Worte klangen erstickt, und ich spürte mit einem Mal Tränen aufsteigen. Um Gottes willen, nicht jetzt! Ich schluckte zweimal hintereinander und hoffte, dass Herr Martin nichts davon bemerkt hatte. Schnell sprach ich weiter: »Und ich konnte überhaupt nichts dafür! Nichts davon lag an mir!« Herr Martin hob die Augenbrauen, als ich mit der flachen Hand auf die Tischplatte schlug. Ich räusperte mich. »Entschuldigung, ich bin normalerweise nicht … ich …« Wieder stiegen Tränen auf, diesmal konnte ich sie nicht zurückhalten. Ich schlug die Hände vor mein Gesicht und schluchzte. Herr Martin gab einer Packung Kleenex auf seinem Schreibtisch einen Schubs in meine Richtung.

»Danke.« Ich zog mehrere Tücher nacheinander heraus und schneuzte hinein. »O Gott, ich dachte, ich wäre drüber weg, aber das bin ich scheinbar gar nicht.«

»Worüber?«, fragte Herr Martin mit ruhiger Stimme.

»Ach … ich …« Ich versuchte, mich zu beherrschen. »Über mein altes Leben.« Ich blickte auf, nachdem die Worte über meine Lippen gekommen waren.

»Welches alte Leben?«

»Die letzten Wochen waren … ich dachte, sie wären eine Chance, ganz neu anzufangen, aber … Sie sehen ja, was passiert ist … wo ich gelandet bin … im Büro eines TÜV-Psychologen! Also nichts gegen Sie, aber es geht mir nicht gut! Und vielleicht muss ich einfach einsehen, dass ein langweiliger Mensch eben auch in ein langweiliges Leben gehört.« Ich zog weitere Kosmetiktücher aus der Packung und schneuzte hinein. Für einen Moment überlegte ich, ob ich auf eine seltsame Weise sogar Steffen vermisste. Im Gegensatz zu Ben hatte es mit ihm nie Abenteuer gegeben, alles war ereignislos, sogar Ereignisse. Aber ich hatte immer gewusst, woran ich war, und nie war meine Welt so aus den Fugen geraten wie jetzt gerade. Noch während ich mich über mich selbst wunderte und darüber, dass ich einem wildfremden Mann persönliche Details erzählte, sprudelte es einfach weiter aus mir heraus: »Aber ich kann nicht zurück, mein Ex bekommt ein Kind, und zwar nicht mit mir! Noch dazu meldet er sich überhaupt nicht mehr bei mir, bin ich abstoßend, oder so was? Ich glaube schon, mein neuer Typ will nämlich auch keine Beziehung mit mir!« Wieder fing ich an zu schluchzen. »Und zu dem ganzen Stress kommt noch dazu, dass sich meine Mitbewohner getrennt haben, das geht mir nah! Ich liebe Sophie! Also nicht so, wie Sie jetzt denken, sie hat ja Paul! Also jetzt nicht mehr … aber deswegen wird man ja nicht gleich … O Gott, ich rede nur noch Unsinn!« Ich schüttelte den Kopf und stützte ihn in eine Hand, den Ellbogen auf Herrn Martins Schreibtischplatte. Er sah mich an und legte den Kopf schief.

Ich atmete mit einem Stoß aus. »O nein … ich bin hier durchgefallen, hab ich recht?« Weder hatte ich richtig erklärt, wie es zu der Tat kam, noch war ich bei dem Punkt angelangt, an dem ich glaubhaft versichern konnte, dass es nicht mehr vorkommen würde. Und mit der dritten und wichtigsten Komponente, nämlich stabil zu wirken, war ich vollends gescheitert. »O Gott, ich bin wirklich durch den Idiotentest gefallen!«

»Wir nennen es hier nicht Idiotentest, es …«

»Ich glaub es einfach nicht!«, rief ich und stand so ruckartig auf, dass der Stuhl zu Boden krachte. Herr Martin blickte mich an und schwieg. »Entschuldigen Sie bitte …«, sagte ich, als ich mich nach dem Stuhl bückte. »Ich kenne mich selbst nicht mehr, ich bin einfach nicht auf der Höhe …«

»Machen Sie sich bitte keine Vorwürfe«, sagte Herr Martin in seinem gewohnt ruhigen Tonfall, während ich mir die Tränen aus den Augenwinkeln wischte, meine Tasche schnappte und zur Tür ging. »Ich würde Ihnen allerdings empfehlen, sich einer engmaschigen psychologischen Betreuung zu unterziehen, Frau Hoffmann.«

Ich nickte. Ist ja entzückend. Als hätte ich nicht schon genug Probleme.

*

»Können wir kurz reden?«, fragte ich, als ich Tine im Treppenhaus traf. Ich hatte das dringende Bedürfnis, mich für den Eklat beim TÜV zu entschuldigen. Schließlich kannte sie Herrn Martin persönlich, was die ganze Angelegenheit für mich noch peinlicher machte.

»Klar, komm doch mit hoch.« Tine schnaufte, als sie drei Einkaufstüten vor der Wohnungstür abstellte und aufschloss. Lea lag vor dem Fernseher und blickte nicht auf.

»Hallo, Lea«, sagte ich, als wir die Wohnung betraten.

»Hi«, rief Tine. »Hast du dich abgeregt?«

»Hallo, Louisa«, sagte Lea.

»Ach, dann eben nicht.« Tine hievte eine der Einkaufstüten auf die Küchenplatte und wandte sich an Lea. »Weißt du was? Mir reicht's langsam, ich zieh aus! Hier hast du Süßkram für die nächsten zehn Jahrhunderte, du Psycho.«

Ich stand noch immer in der offenen Wohnungstür, als Tine in Richtung Flur ging. »Setz dich, Louisa, ich bin gleich bei dir.« Damit verschwand sie in Richtung Badezimmer.

»Wie geht's?«, fragte Lea.

»Na ja, es geht so, ich …«

»Gott, bleib mir bloß mit deinem Emo-Scheiß vom Hals!« Lea verdrehte die Augen.

»Hallo? Bist du irgendwie schlecht drauf, oder so?« Ich setzte mich an den Tisch. »Oder sauer?«

»Nee, wieso?«

»Du siehst sauer aus.« Ich blickte zu Lea hinüber.

»Ich bin nicht sauer.«

»Okay, wenn ich genauer hinsehe, siehst du eher irgendwie kränklich aus.«

»Nee, mir geht's gut.«

Ich reckte den Hals. »… du bist ja total blass. Was ist denn los? Du siehst ja echt scheiße aus!«

»Jetzt bin ich sauer!« Lea rappelte sich vom Sofa auf und kam zu mir herüber. »Wie war überhaupt die MPU?«

»Frag nicht.«

»Ich hab schon gefragt.« Lea setzte sich neben mich auf einen Polsterstuhl.

»Ich brauche einen neuen Termin.«

»Wie bitte? Echt jetzt, oder was?«, fragte Lea und fing an zu lachen. »Du bist durch den Idiotentest gerasselt?«

Ich lachte nicht mit. »Irgendwie hab ich mich in Rage geredet, und dann kamen Sachen hoch, die ich vielleicht so nicht hätte sagen sollen.« Ich blickte Lea an, die sich vor Lachen den Bauch hielt. »Hör auf! *Du* sagst mir doch ständig, ich soll öfter mal den Kopf ausschalten!«

»Das gilt für den normalen Alltag, du Hasenhirn!« Lea wischte sich Lachtränen aus den Augenwinkeln. »Eine MPU gehört zu den wenigen Momenten im Leben, bei denen man genau drüber nachdenken sollte, was man sagt oder tut! Was kann ich denn dafür, wenn du alles falsch rum machst?«

Vermutlich hatte sie recht. Ich starrte Lea an, als es in meiner Jacketttasche surrte. Ich holte das Handy heraus und blickte auf eine SMS von Ben: *Bin wieder da, wo bist du?* Ich hatte weder gewusst, wann er zurückkam, noch, dass er mich dann gleich sehen wollte. War es zu viel verlangt, ein paar Stunden vorher Bescheid zu geben? Ich seufzte. Nun hatte ich das nächste Gespräch vor mir, auf das ich nicht abschließend vorbereitet war. Ich steckte das Handy ein und stand auf. »Kannst du Tine sagen, dass ich gleich wieder da bin?«

»Ich rede im Moment nicht mit Tine. Sie hat an Halloween meine Kuhflecken-Schokolade an irgendwelche Rotzlöffel verfüttert.«

»Halloween war vor Monaten.«

»Aber heute hätte ich meine Schokolade gebraucht.«

So etwas hätte ich im Normalfall als kleinliches Einzelkind-Verhalten abgetan. Seit ich allerdings, als meine laktosefreie Milch verliehen worden war, beinahe einen Nervenzusammenbruch erlitten hatte, wusste ich, dass man solche vorschnellen Urteile überdenken sollte.

»Ist das ein Schwangerschaftstest?«, schallte es aus dem Flur, dann tauchte Tine in der Tür auf, ihr Gesicht blass und reglos, als hätte man es schockgefroren.

»Wühlst du in meinen Sachen?« Lea drehte sich zu ihr um.

»Der lag auf dem Waschbecken!« Tine deutete mehrmals hintereinander auf ein weißes Stäbchen. »Und der ist positiv!«

»Glaubst du, ich kann keine Striche zählen?«, rief Lea zurück.

»Du bist schwanger?« Tine riss die Augen auf. »Du bist wirklich schwanger?«

»Ja.« Lea zuckte mit den Schultern.

»Was?«, fragte ich mit schriller Stimme.

»Aber bleib bloß ruhig, ich sag's dir«, sagte Lea zu Tine, die auf sie zustürmte und ihr um den Hals fiel.

»Ein Baaaaaaby!« Tine warf eine Hand vor den Mund, und die Tränen schossen ihr in die Augen.

»Und schon geht's los …«, murmelte Lea, als sie sich aus Tines Umarmung wand.

»Glückwunsch!« Ich umarmte Lea ebenfalls. »Das ist …«

»Heilige Scheiße, Tine, ist das jetzt dein Ernst, dass du hier rumheulst?«, fragte Lea, während ich mich wieder hinsetzte.

»Ohhhhh, hoffentlich wird's ein Mädchen!« Tine wischte sich über die Augen. »Oder ein Junge!«

»Die Chancen auf eins davon stehen ausgesprochen gut«, warf ich ein.

»Wievielter Monat?«, fragte Tine.

»Zweiter, dritter, irgendsowas. Es ist schon länger irgendwas komisch, da hab ich halt mal einen Test gemacht.«

Tine hielt inne. »Sag mal, Lea, ist alles okay?«, fragte sie und setzte sich neben Lea. »Ich hab den Eindruck, dass deine Reaktion neutral bis negativ ausfällt. Machst du dir vielleicht Sorgen wegen …«

»Quatsch, ich bin überhaupt nicht negativ.« Lea verdrehte die Augen. »Nur weil ich nicht in Tränen ausbreche oder gleich eine rosa Wiege kaufe, heißt das nicht, dass …«

»Ich spüre da aber schon gewisse Schwingungen.«

»Wenn irgendwas Schwingungen in mir auslöst, dann höchstens, dass ich mich jetzt rechtfertigen muss!« Lea warf die Hände in die Luft.

»O Gott, hast du vielleicht Angst vor der Entbindung?«, fragte Tine. »Das hätte ich auch, muss man aber nicht! Heutzutage sterben nur noch zwei bis zehn von Hunderttausend Frauen bei der Geburt, und das auch nur in den ersten zweiundvierzig Tagen danach, wenn du die also rum hast, kannst du aufatmen und …«

»Tine, bist du eigentlich vollkommen wahnsinnig?«, zischelte ich in Tines Richtung, dann wandte ich mich an Lea. »Vielleicht weiß sie einfach nicht so recht, ob es der richtige Zeitpunkt ist …« Es hatte sich schon mehrfach als sinnvoll erwiesen zu intervenieren, bevor Lea explodierte. »Dann muss man das erst mal einen Moment sacken lassen und …«

»Setz ihr bloß keinen Unsinn in den Kopf, Louisa!« Tine sah mich an, als wollte sie mich im nächsten Moment professionell in Stücke hacken und einfrieren. »Ihr Karrieretanten und euer dämlicher Zeitpunkt! Kinder sind Leben. Leben ist ein Geschenk, und für Geschenke gibt es keine falschen Zeitpunkte. Sieht das hier irgendjemand ernsthaft anders?«

Selbst wenn, man hätte sich wohl kaum getraut, es zu äußern.

»Wenn ich auch mal was sagen dürfte …« Lea klang genervt.

»Ist es vielleicht wegen deines Jobs?« Tine strich Lea über

den Rücken. »Mach dir da keine Sorgen, wenn das Kind alt genug ist, findest du sicher wieder was Passendes. Du bist so klug, Lea, du könntest alles werden! Na ja, außer vielleicht Diplomatin, das könnte einen Atomkrieg auslösen …«

»Und es geht einfach weiter …« Lea ließ kurz den Kopf in die Hände sinken, dann blickte sie wieder auf. »Wieso sollte ich einen Job suchen? Ich habe einen!«

»Na ja, du kannst ja schwanger schlecht vor der Kamera …«

»Natürlich geht das! Die Pummel-Nadja vom Mittagsmagazin zeigen sie auch immer nur vom Hals aufwärts! Und komm mir jetzt nicht mit deinem Mutti-soll-zu-Hause-bleiben-Scheiß, sonst raste ich aus! Ich arbeite bis zur Geburt und danach auch wieder! Und ich habe auch keine Angst vor der scheiß Entbindung, ich bitte dich, schau dich doch mal um, jeder Einzelne, der draußen rumläuft, ist irgendwie auf die Welt gekommen! So ein großes Ding wird's schon nicht sein. Von mir aus gebäre ich vor laufender Kamera! Ohne Narkose!«

Ich glaubte ihr. Tine kratzte sich am Kopf. »Also … wenn ich es mir recht überlege, hätten wir es schon viel früher merken können, dass du schwanger bist. Ich meine, Louisa, du merkst es doch auch, dass Lea in letzter Zeit noch angriffslustiger ist als sonst, oder?«

»Hallo?«, rief Lea.

»Äh …« Darauf wollte ich nicht antworten. Es lief zwar gerade nicht besonders rund bei mir, aber ich war noch nicht lebensmüde.

»Tine!«, rief Lea. »Du weißt ganz genau, dass meine unterschwellige Aggression im Moment einzig und allein mit Philipp zu tun hat!«

Unterschwellig?

»Du dramatisierst die Sache …«, begann Tine.

»Eben nicht!«, unterbrach Lea sie und schlug mit der Faust auf die Tischplatte. »Es stresst mich, dass der Mist nicht geklärt ist, und ich fange deswegen andauernd Krach mit ihm an! Na ja, also heute war er selbst schuld, er hat mir vor laufender Kamera einen Satz korrigiert. Geht's noch? Aber echt mal, in einer ernsthaften Beziehung sollte man keine Geheimnisse voreinander haben, zumindest keine elementaren.«

»Was ist mit Geheimnissen?«, fragte Philipp, der in der offenen Wohnungstür stand, neben ihm tauchte Ben auf.

»Hi, ihr beiden«, rief Tine.

»Hi!« Ben strahlte und kam auf mich zu. »Hier versteckst du dich also.«

»Hi.« Ich blieb einfach sitzen, die Arme verschränkt, und obwohl ich Ben nicht ansah, konnte ich seinen Blick von der Seite spüren.

»O Mann, jetzt auch noch Philipp«, murmelte Lea, während der im Flur seinen Mantel an den Garderobenhaken hängte. »Da brauch ich *einmal* ein bisschen Ruhe, und es versammeln sich alle, mit denen ich im Moment einfach immer streiten *muss*, wenn ich sie sehe! Jetzt fehlen nur noch Hitler und der Papst!«

»Schatz, wir sollten mal in Ruhe reden«, sagte Philipp, als er aus dem Flur hereinkam.

»Das ist doch nicht dein Ernst, dass du den Vater deines Kindes mit Hitler vergleichst!« Tine stemmte die Hände in die Hüften und sah Lea an. Ihre Wangen waren gerötet.

»Kein Ding.« Philipp winkte ab. »Ich kenn sie nicht anders … Aber, *Vater*? Du redest von der Zukunft, oder?«

Lea sprang von ihrem Stuhl auf und stellte sich vor Tine. »Und es ist ja wohl nicht dein Ernst, dass ich es dem

Vater meines Kindes noch nicht mal selbst sagen kann, dass er der Vater meines Kindes wird!«

»O Gott!« Tine schlug die Hand vor den Mund und blickte zu Philipp. »Du weißt es noch gar nicht? Ich hatte ja keine Ahnung, ich …«

»Was?« Philipps Gesichtszüge entgleisten, als er Lea anblickte. »Stimmt das?«

Lea hob die Schultern, dann nickte sie.

»Super!«, rief Ben. »Glückwunsch, ihr zwei!«

Philipps Gesichtsausdruck wandelte sich innerhalb weniger Augenblicke von Schock zu Freude. »Das ist ja …« Er umarmte Lea. »Wahnsinn! Ich weiß gar nicht, was …«

»Freu dich nicht zu früh!« Lea hielt einen Zeigefinger in die Luft. »Die nächsten Monate darf ich so anstrengend sein, wie ich will! Und wenn unsere Tochter dann mal da ist, wirst du genauso viel Arbeit übernehmen wie ich!«

»Liebend gern.«

»Woher weißt du, dass es ein Mädchen wird?«, wollte Ben wissen.

»Bitte!« Lea verdrehte die Augen. »Ich bin Vollblut-Feministin, was soll es denn sonst werden?«

»Aber es könnte doch trotzdem …«, begann Tine.

»Mach sie nicht böse.« Philipp zwinkerte Tine zu, dann wandte er sich wieder an Lea. »Wie geht's dir denn? Ist dir übel, oder so? Warst du schon beim Arzt?«

Lea schüttelte den Kopf. »Morgen. Und keine Sorge wegen der Übelkeit, wenn ich was gegessen habe, gebe ich es nicht mehr her. Ich hab sowieso noch viel mehr Hunger als sonst.«

»Sehr gut, dann lade ich dich jetzt zum Buchholz ein.« Philipp zog Lea zu sich. »Oder ins Parkhotel. Oder beides, wie du willst.«

»Das ist doch mal ein Wort.«

»Was war das jetzt noch gleich mit Geheimnissen in einer Beziehung?«, fragte Ben.

»Das fragt der Richtige«, murmelte ich.

»Hm?« Ben blickte zu mir.

»Stimmt.« Philipp grinste und trat zu Lea. »Das würde ich auch gerne noch wissen. Wolltest du mir etwa die Schwangerschaft verschweigen?«

»Nein, es ist …« Lea blickte etwas unbeholfen zu Tine, dann wieder zu Philipp. »Es war nur … immer noch die Frage, warum du zu unserem Sender gewechselt hast. Ich verstehe es einfach nicht.«

»Ach, das.« Philipp seufzte. »Na gut. Unter den gegebenen Umständen sollten wir das jetzt vielleicht einfach mal klären. Du hast ein Recht darauf zu wissen, dass …«

Lea winkte ab. »Du musst das jetzt nicht vor allen.«

»Ruhe.« Philipp bugsierte Lea auf einen freien Stuhl uns gegenüber und setzte sich neben sie. »Also … wo fange ich an?«

»Ist irgendwas?«, wisperte Ben mir zu.

»Was soll denn sein?«

»Du bist so … anders.«

Ich schüttelte den Kopf und starrte auf den Boden. Irgendeiner könnte mal die Fugen zwischen den Fliesen saubermachen, dachte ich.

»… es war schon länger der Wurm drin in meinem alten Job, außerdem wollte ich etwas kürzertreten und habe angefangen, mich umzusehen«, erzählte Philipp. »Unter den Angeboten war auch eins von Rheinhessen TV, von Richard. Ich kannte ihn noch von der Journalistenschule, da war er Mitte der Neunziger mein Dozent …«

»Du bist echt ein alter Sack«, sagte Lea dazwischen.

Philipp lächelte sie an, dann fuhr er fort: »Und dann hab ich mal so durchgezappt, um mir euren Sender anzuschauen … und … dich gesehen.«

Ich riss den Kopf hoch und blickte zu Philipp. Auch Tine und Ben sahen ihn an.

»Was?«, fragte Lea. »Was soll das heißen?«

»O mein Gott!« Tine schlug die Hand vor den Mund. »Vielleicht, dass er sich gleich in dich verliebt hat?«

Philipp lachte auf. »Na ja, zumindest wollte ich sie gerne mal kennenlernen.«

»Und deswegen bist du gleich von Köln nach Mainz gezogen?« Leas Mund stand offen.

»Sagen wir mal so, es gab eine gewisse Motivation, mir die ganze Sache mal aus der Nähe anzusehen«, antwortete er.

»Und mit *die ganze Sache* meinst du mich?«, fragte Lea mit großen Augen. »Ich hätte verheiratet sein können! Oder 'ne Serienkillerin! Eine verheiratete Serienkillerin. Oder 'ne Zicke. Oder 'ne Transe. Heutzutage muss man doch mit allem rechnen.«

»Das stimmt, aber ich war relativ schnell sicher, dass das mit uns was wird.« Philipp grinste.

»Bitte?« Lea setzte einen pikierten Gesichtsausdruck auf.

»Na ja, dass du in den ersten sechs Wochen kein Wort mit mir gewechselt hast, konnte ja nur eins bedeuten: Du stehst auf mich. Außerdem hatte ich nichts zu verlieren. Mein Plan ist aufgegangen.«

»Das ist unglaublich romantisch!« Tine tupfte sich die Augen ab. Ich seufzte.

»Du Weichei.« Lea umarmte Philipp. »Ich glaub es einfach nicht …«

»Bild dir mal nicht zu viel ein«, sagte Philipp. »Es war am Anfang kein Festvertrag, ich hätte ganz schnell wieder weg sein können. Aber dass ich nach den zwei Monaten Probezeit hiergeblieben bin, hat euer Pippisender schon dir zu verdanken.«

»Wie bitte? *Pippisender?*« Lea runzelte die Stirn. »Wir sind immerhin der beste und beliebteste Regionalsender Deutschlands!«

»Wer sagt das?«

»Das steht auf unserer Website! Ich hab's selbst draufgeschrieben!«

Philipp lachte und holte Leas Mantel vom Garderobenständer. »Wir sollten mal los, es gibt was zu feiern.«

Mit verschränkten Armen blickte ich zu Lea. Sie hatte alles. Einen aufregenden Job, einen tollen Mann und bald ein Kind. Ich fragte mich, woran es wohl lag, dass immer die Frauen alles bekamen, die offenbar gar nicht so viel Wert darauf legten. Obwohl ich mich für Lea freute, gab mir das den Rest. Ich stand beruflich auf der Stelle und, mit nun bald dreißig, auch noch am emotionalen Tiefpunkt meines Lebens.

»Heiratet ihr jetzt eigentlich?«, fragte Tine, während Philipp sich den Mantel anzog und einen Schal umwarf.

»Nur weil ich schwanger bin, oder was?« Lea fuhr herum. »Klar! Und danach schick ich Philipp ins Bergwerk und stricke ein Häkeldeckchen, auf dem *Home Sweet Home* steht.«

»Du *strickst* ein Häkeldeckchen?«, fragte ich.

»Ja, eben nicht!« Lea warf die Arme in die Luft.

Tine verdrehte die Augen.

»Das mit dem Heiraten ist ein heikles Thema«, murmelte Philipp, als Lea bereits auf dem Weg nach draußen war.

»Wieso?«, fragte ich. »Rein theoretisch musst du ihr nur 'nen Antrag machen.«

»Hab ich schon mal«, sagte Philipp. »Danach musste ich mich entschuldigen.«

Ben lachte auf, und ich wollte bei Philipp nachhaken, aber Lea streckte noch einmal den Kopf zur Wohnungstür herein. »Jeden, der jetzt blöd fragt, zwinge ich, meine alte Oberseminar-Hausarbeit zum Thema *Die Ehe als jahrhundertealte Institution zur Frauenunterdrückung und -ausbeutung* zu lesen.«

»Ich bin schon durch, kann sie euch leihen.« Philipp winkte uns noch einmal zu, dann verschwand er mit Lea im Flur.

»Ich geh auch gleich mit runter, ich muss Folsäuretabletten kaufen. Und Wolle … Lea wird ja kaum Socken und Mützchen stricken.« Dann schnappte Tine sich ihre Handtasche und verschwand ebenfalls durch die Wohnungstür.

»Schön«, sagte Ben, als die drei im Treppenhaus verschwunden waren, dann blickte er mich an. »Ich frage mich, warum Happy Ends so 'nen scheiß Ruf haben.«

»Vielleicht weil sie scheiße *sind*.« Ich verdrehte die Augen. »Zumindest, wenn man immer nur danebensteht.«

»Willst du mir mal erzählen, was los ist?«

»Ach.« Ich winkte ab. »Nichts. Aber da es vorhin um Geheimnisse ging und du dich so dafür interessiert hast: Du hast mir noch nicht mal erzählt, woher du das Veilchen hattest, obwohl ich dich zehnmal gefragt habe! Aber offensichtlich habe ich ja kein Recht, so was zu erfahren.«

»Was?« Ben sah mich an und schüttelte den Kopf. »Ich spreche mit niemandem über die Dinge, die ich …«, sagte er und seufzte. »Mein Gott, Louisa, ich bin besoffen gegen 'ne Laterne gelaufen, und es war mir peinlich, es zu erzählen – bitte sehr! Aber lass mich raten, das ist nicht das Kernproblem.«

Ich blieb reglos und mit verschränkten Armen sitzen.

»Warum bist du sauer?«, hakte Ben nach. »Kannst du bitte ehrlich sein?«

»Willst du 's echt wissen?« Ich sah Ben an. »Die ganze Sache ohne feste Beziehung ist doch nicht mein Ding. Du hast es gleich gesagt, das war zwar fair, und ich hab gesagt, es stört mich nicht, aber jetzt macht es mich trotzdem wütend. Jetzt weißt du 's.«

Ben sah für einen Augenblick nachdenklich aus. »Keine feste …? Das hab ich überhaupt gar nicht gesagt, ich …«

»Doch, hast du.«

»Ich habe gesagt, keine *klassische* Beziehung.«

»Bitte …« Ich winkte ab. »Wo liegt der Unterschied?«

»Das ist ganz einfach, Louisa!« Ben wurde lauter und gestikulierte mit beiden Armen. »Klassisch heißt, man führt so eine Beziehung wie du mit deinem Exfreund: Man sieht sich jeden Tag, hat feste Strukturen und sich irgendwann nichts mehr zu sagen! Schon aus organisatorischen Gründen würde das bei mir überhaupt nicht klappen. Aber die meisten Frauen wollen es nun mal klassisch, das ist meine Erfahrung. Und genau deswegen wollte ich es von Anfang an sagen. Was hast du denn gedacht, was ich damit meine? Dass ich mich quer durch die Welt vögle, wenn ich unterwegs bin, oder was?«

Ja. »Nein, aber …«

»Und fest … was bitte heißt schon fest?«, unterbrach Ben mich. »Es gibt schon genügend Pärchen, die von ihren eigenen überdimensionalen Beziehungsidealen so erdrückt werden, dass sie nichts anderes mehr tun können, als in Schockstarre nebeneinander vor dem Fernseher zu sitzen.

Warum reden wir nicht lieber über eine *gute* Beziehung? Eine gute Beziehung braucht nur zwei Leute, die sich verstehen, aber weder eine Definition noch irgendwelche Versprechen.«

»Oder das Recht zu erfahren, wenn einer besoffen gegen 'ne Laterne läuft.«

»Das hab ich doch gar nicht gesagt!«, rief Ben.

»Weißt du was?« Ich stand auf und schüttelte den Kopf. »Das ist mir alles zu vage, von daher hattest du recht: Es passt nicht zu mir.«

»Was soll das denn jetzt?« Ben sah mich an. »Und mal eine Frage: Glaubst du, es hatte keine Bedeutung, dass ich dich gefragt habe, ob du bei meinem Projekt dabei sein willst? Ich habe noch nie jemanden irgendwohin mitgenommen! Hast du überhaupt ernsthaft drüber nachgedacht?«

»Nein, weil ich nicht einfach ungeplant zwei Monate irgendwohin fliege.«

»Natürlich nicht!«, rief Ben. »Weißt du was, Louisa? Kein Mensch hätte was gesagt, wenn du nicht willst oder dafür keine Zeit hast. Aber du ziehst so was noch nicht mal in Betracht! Du denkst noch nicht mal drüber nach, *das* ist das Problem! Wir haben alle gedacht, du änderst dich! Aber du wirst dich nie ändern!«

Für einen kurzen Moment blickten wir uns in die Augen. Dann donnerte ich meinen Stuhl gegen den Tisch, verließ im Laufschritt die Wohnung und knallte die Tür hinter mir zu. Als ich das Treppenhaus nach unten rannte, klingelte mein Handy. Es war Steffen. Ich ging dran.

9
Die neunte Grundregel

»Triff Entscheidungen mit Vernunft.«

Conny Rabe war nicht schwanger. Und ich wusste nun zwei Dinge: Erstens, es gab eine Website mit dem Namen *fakeababy.com*, bei der man gefälschte Ultraschallbilder bestellen konnte, die auf den eigenen Namen lauteten. Zum Zweiten, ich würde mir nicht mehr den Kopf über Herrn Martins Aussage zerbrechen, dass ich eine Psychotherapie gebrauchen könnte. Und da ich von Tine wusste, wie wenig Therapeuten es gab, wollte ich den ernsthaft gestörten Menschen wie Conny nicht den Platz wegnehmen. Entweder hatte sie die Lüge nur verbreitet, um Steffen für sich zu gewinnen, oder es hatte so viel Wunschdenken dahintergesteckt, dass sie selbst daran geglaubt hatte. Im Detail vorausplanend, wie Steffen nun einmal war, hatte er sich vorab über den Preis der IGeL-Leistungen im Rahmen einer Schwangerschaft informieren wollen, hatte aber Connys angeblichen Arzt nicht ausfindig machen können. So war alles aufgeflogen. Ob sie an dem besagten Abend überhaupt Sex gehabt hatten?

»Genau weiß ich es nicht«, gab Steffen zu. Wir saßen an unserem Küchentisch, und ich rührte in meiner Teetasse. »Hattest du was mit diesem anderen Typen?«, fragte er. Ich blickte auf. Ich hatte Ben lediglich in ein oder zwei Nebensätzen erwähnt – Steffen war also gar nicht so unempfänglich für Zwischentöne, wie ich immer gedacht hatte.

»Geht dich nichts an. Nicht bei der Situation, in die du uns gebracht hast.«

Steffen nickte und schob mit dem Daumen ein paar Krümel auf der Tischplatte zusammen. Warum er sich die ganze Zeit nicht bei mir gemeldet hatte, fragte ich nach einer längeren Pause. Auch wenn er dachte, er bekäme ein Kind, man ließ doch jemanden, mit dem man jahrelang zusammen war, nicht einfach so fallen.

»Ich weiß es nicht, ehrlich gesagt.« Steffen zuckte mit den Schultern.

Ich nickte und sah auf meine Kisten und Koffer, die noch im Flur standen. Ich war gerade vor einer Stunde wieder hier angekommen. Lea hatte mich während meines Auszuges zuerst angeschrien und mir später noch nicht einmal auf Wiedersehen gesagt. Tine hatte mir ein paar buddhistische Weisheiten mit auf den Weg gegeben, deren Sinn sich, wenn überhaupt, erst im Rückblick erschließen würde. Ben war verschwunden gewesen und Sophie der Meinung, ich solle gehen, wenn es das war, was ich wollte, solange ich am Freitag zur Premiere ihres Stückes erscheinen würde. Natürlich tue ich das, hatte ich geantwortet, und natürlich war es das, was ich wollte, ich würde nämlich darauf achten, dass wir nicht in unseren gewohnten Trott zurückfielen. Steffen stand auf. »Dann starten wir mal. Ich gehe einkaufen, und du kannst ja schon mal die Spülmaschine ausräumen. Was soll ich mitbringen? Willst du heute Abend was kochen?«

*

Warum zum Teufel ist Ben nicht da?, wollte ich fragen, hielt mich aber bereits den ganzen Abend zurück. Vermutlich wäre sonst sogar Lea auf die Idee gekommen, dass das irgendetwas zu bedeuten haben könnte. Hatte es natürlich nicht. Es hatte mich nur wütend gemacht, dass Ben zu Sophies großem Tag nicht aufgetaucht war. Auch wenn ich mich seit Tagen dabei ertappt hatte, mir das Aufeinandertreffen auszumalen: was Ben sagen würde, was ich sagen würde, was ich anhätte, wie wir uns verhalten würden. Nach einem zwanzigminütigen Applaus standen Lea, Tine und ich von unseren Sitzen auf und schlossen uns dem Besucherstrom nach draußen an. Ich war zum ersten Mal im Schauspielhaus. Sophie war grandios gewesen, ich hatte nichts anderes erwartet, aber auch sonst hatte es mir die Vorstellung angetan. Wäre ich nur nicht so abgelenkt gewesen von diesem riesigen Statisten mit Hut, bei dem ich die ganze Zeit das Gefühl gehabt hatte, er starrt mich an, und ich hatte vergessen, woher ich ihn kannte.

»Wie läuft's sonst so, Louisa?«, fragte Lea, als auch um uns herum alle Leute von ihren Sitzen aufstanden. Vor der Aufführung hatten wir noch keine Gelegenheit gehabt, uns zu unterhalten.

»Morgen hab ich wieder ein Gespräch mit meinem Chef«, antwortete ich. »Irgendwelche Tipps?«

»Zieh kein Hasenkostüm an, sonst nimmt er dich womöglich nicht ernst.«

Tine und ich sahen Lea dabei zu, wie sie sich an zwei älteren Damen vorbeidrängelte. Ich hatte es nicht eilig, zu Hause wartete nichts Aufregendes. Nach nunmehr drei ereignislosen Tagen mit Steffen fragte ich mich, ob er sich überhaupt freute, dass ich wieder da war, oder ob sein tieferes Selbst überhaupt registriert hatte, dass ich jemals weg gewesen war. Streng genommen, hatte ich keinen Grund zur Beschwerde – unser Alltag war bestens organisiert, die Wohnung sauber, unser Umgang miteinander höflich.

»Ich muss zur Toilette«, sagte Tine und drängelte sich nun ebenfalls an den beiden älteren Damen vorbei.

»Komm, wir schleichen uns backstage zu Sophie und gratulieren ihr«, zischelte mir Lea ins Ohr, als ich endlich auch aus der Stuhlreihe heraus in den Gang trat.

»Kann man da einfach so rein?«, fragte ich.

»Nein!« Lea blickte mich an, als wäre ich eine Dreijährige, die im ungünstigsten Moment in die Hose gepinkelt hat. »Sonst hätte ich doch nicht *schleichen* gesagt!«

»Wir können doch auch einfach warten, bis Sophie …«, begann ich, aber Lea packte mich am Jackenärmel und zog mich hinter sich her. Während das restliche Publikum nach hinten zur Ausgangstür strömte, gingen wir nach vorn in Richtung der schweren Bühnenvorhänge und gelangten durch eine seitliche Tür in einen langen Korridor.

»Ich war bei der Generalprobe schon hier.« Lea ließ mich los, sah sich einmal in alle Richtungen um und deutete mir an, ihr den Flur entlang zu folgen. »Ich weiß, wo's langgeht.«

Wir gingen um zwei Ecken und blieben vor einer offenen Garderobentür stehen. Ich spähte nach drinnen, wo mehrere Schauspieler durcheinanderwuselten, miteinander redeten, Perücken absetzten oder ihre Kleidung zusammensuchten. Lea klopfte am Türbalken an, aber niemand reagierte. Wir entdeckten Sophie, sie saß neben dem Mann, der den Inspektor Voß gespielt hatte und wechselte gerade ihre Schuhe.

»Du warst absolut phantastisch!«, sagte Lea, als wir uns zwischen ein paar Schauspielern zu Sophie hindurchgeschlängelt hatten. »Die Rolle passt perfekt zu dir. Und das Stück – herrje, so viele Aspekte, die man auf unsere moderne Zeit übertragen könnte.« Einmal mehr bewunderte ich Leas Dreistigkeit: Sie hatte während der kompletten Aufführung so tief geschlafen, dass Tine und ich sie zweimal hatten festhalten müssen, weil sie sonst vom Stuhl gerutscht wäre.

»Und was meinst du, Louisa?«, fragte Sophie.

»Absolut!«, sagte ich. »Äh ... toll!« Nun klang es auch noch so, als wäre ich diejenige gewesen, die geschlafen hatte. Ich blickte Lea mit zusammengekniffenen Lippen an.

»Was denn?« Lea war irritiert.

»Das darf ich jetzt jeden Abend machen.« Sophie strahlte, während sie einen ihrer Schuhe ausschüttelte. Dann blickte sie auf. »Und, Louisa, das wird dich freuen, nach der Tournee habe ich schon relativ sicher eine Rolle im *Wilhelm Tell*. Das ist doch mal ein ordentlicher Nebenjob geworden, oder? Von daher habe ich auch beschlossen, doch kein Gras zu verkaufen.«

»Das kann ich nur befürworten«, sagte ich.

»Und wofür haben wir dann jetzt den ganzen Balkon voll mit dem Zeug?«, fragte Lea.

»Für den Hausgebrauch.« Sophie hob die Schultern.

»Oh, gute Strategie.« Lea nickte. »Ihr, wir, Ben, Fluffy ... das kriegen wir schon aufgeraucht.«

»Fluffy?«, fragte ich.

»Na, was denkst du denn, warum der bei uns so zahm ist?«, fragte Lea. »Haschkekse oder Nussschokolade. Anders kommt man an dem hochnäsigen Federvieh doch nicht vorbei.«

»Aber ... du warst doch mal mit mir unten und ...«, stammelte ich.

»Hatte Ritter Sport Voll-Nuss in der Jackentasche. Haste nur nicht gesehen.«

Ich blickte Lea an. »Ihr habt mich verarscht!«

»Also ich nicht«, meinte Sophie.

»Ein bisschen«, sagte Lea.

»Jedenfalls sind wir, wenn wir nur für den Hausgebrauch anbauen, auch wieder im legaleren Bereich«, begann Sophie. »Da kann man schon mal Probleme kriegen, aber nicht allzu viele. Ich spiele einfach die liebenswerte, verwirrte Omi, die ganz durcheinander ist, als sie von den Beamten erfährt, was sie da all die Jahre gegossen hat.«

»Verwirrt und durcheinander zu sein ist in dem Fall aber verdächtig«, sagte Lea.

»Mach dir mal keine Sorgen, ich feile noch an der Rolle.«

»Müsst ihr diese Dinge unbedingt hier besprechen?«, zischelte ich und sah mich um.

»Sophie!« Ein älterer Herr kam auf uns zugestampft. Er hielt einen zerknitterten Zettel in der Hand und blieb vor Sophie stehen. »Was soll ich davon halten? Kannst du mir das bitte …«

»Lea, Louisa, das ist unser Regisseur, der Gotthold«, unterbrach Sophie ihn. »Gotthold, das sind …«

»Ja, ja, ja, guten Tag!« Bevor er uns überhaupt richtig angesehen hatte, wandte er sich wieder Sophie zu und hielt ihr den Zettel vor das Gesicht. »Also, was soll das?«

Hatte Sophie etwa einen Fehler im Text gemacht? Konnte ich mir nicht vorstellen.

»Worum geht's denn überhaupt?« Sophie reckte den Hals in Richtung des Zettels, während sie in ihrer Handtasche kramte. »Meine Güte, hab ich denn meine Lesebrille schon wieder verschusselt?«

»Das ist ein Brief! An dich! Von Gustav!« Gotthold tippte mehrmals hintereinander auf das Papier. »Du betrügst mich also mit dem Chorleiter!«

»Gotthold, ich bitte dich!« Sophie verdrehte die Augen. »Der Gustav ist ein neunundachtzigjähriger Tattergreis!«

Lea beugte sich zu mir herüber und flüsterte mir ins Ohr: »Da läuft nix mit Gotthold. Sophie war nur mal mit ihm essen und ist jetzt schon genervt, weil er so eifersüchtig ist. Gestern hat er ihr unterstellt, sie hätte was mit einem minderjährigen Szenenbild-Praktikanten.«

»Aha«, murmelte ich.

»Sophie kann Sie überhaupt nicht betrügen, weil sie nämlich *meine* Frau ist!«, schallte es durch den Raum. Wir drehten uns um und sahen Paul mit einem riesigen Blumenstrauß in der Garderobentür stehen.

»Paul?«, fragte Sophie, »was machst du denn hier?«

»Ich muss mit dir reden.« Paul ging auf Sophie zu.

»Wer sind Sie?«, fragte Gotthold.

»Oh, jetzt wird's spannend«, flüsterte Lea. »Zumindest nicht so langweilig wie das Stück da drinnen. Aber irgendwie auch 'n Klassiker, oder nicht?«

Paul ignorierte Gotthold und blieb vor Sophie stehen. »Sophie, es tut mir leid!«

»Paul, ich ...« Sophie stand auf.

»Nein, lass mich erst mal ein paar Dinge sagen.« Paul räusperte sich und drückte Sophie den Blumenstrauß in die Hand. »Ich bin nicht stolz darauf, aber ich muss zugeben, dass ich wirklich ein Problem damit hatte, dass sich plötzlich alles um dich gedreht hat. Ich meine, du bist jetzt so was wie ein Star und ich? Schüttle nur Cocktails! Ich musste das alles einfach erst mal verarbeiten und ...«

»Paul!«, rief Lea dazwischen. »Bist du vielleicht ein scheiß Höhlenmännchen, das nicht damit klarkommt, wenn seine Frau Erfolg hat und ...«

»Spinnst du?«, zischelte ich, hielt Lea den Mund zu und zerrte sie am Arm aus dem Raum.

»He!« Lea drückte meine Hand weg, als wir draußen auf dem Flur ankamen. »Ich will wissen, wie 's weitergeht!«

»Ein bisschen Diskretion, Lea, bitte!« Ich spähte um die Ecke und konnte sehen, wie sich Paul und Sophie umarmten. »Nur ein bisschen!«

»Mann, Mann, Mann«, sagte Lea, als Gotthold an uns vorbei durch den Flur stürmte und durch die gegenüberliegende Tür verschwand. »Ich verneige mich vor ihr! Bald siebzig, und ihre Bewunderer treten sich gegenseitig auf die Füße. Wahrscheinlich würden sie sich sogar prügeln, wenn sie noch könnten.«

Ich nickte. »Ist halt Sophie.«

»Hey, Louisa!« Jemand klopfte mir von oben so fest auf die Schulter, dass meine Knie nachgaben. »Hab dich schon im Publikum sitzen sehen, wie geht's dir?«

Noch während ich den Kopf hob, fiel mir endlich ein, wer der Statist unter dem Hut gewesen war: »Flavio! Hi! Was machst du denn hier?«

»Mist, wir haben Tine vergessen, wenn die zu lange allein in der Lobby steht, kriegt sie 'ne Panikattacke.« Lea flitzte den Flur entlang und verschwand durch die Seitentür.

»Tja.« Flavio grinste. »Ich bin nicht nur Eisverkäufer, sondern auch Künstler.«

»Find ich gut.«

»Wie geht's dir?«, fragte er.

»Mir? Super!«, sagte ich schnell. »Gut! Also ... bestens ... alles perfekt!«

»Wenn du noch eine weitere Formulierung findest, glaube ich dir.« Flavio hob eine Augenbraue.

»Nee, äh, es ist wirklich alles okay.«

»Na, das ist doch schön für dich«, sagte Flavio. »Ben geht's nämlich scheiße.«

»Was?«

»Ich mag dich echt, Louisa, aber ich muss dir das sagen: Du warst ehrlich zu mir, als es um meine Freundin ging, jetzt übrigens Verlobte.« Flavio hielt mir seine linke Hand entgegen und deutete auf einen Verlobungsring. »Und jetzt bin ich es zu dir auch: Nach dem ersten Streit direkt und wortlos zum Ex zurückzuziehen ist nicht cool.«

*

Ich saß auf dem Boden vor einem tiefen, asiatisch anmutenden Tisch ohne Stühle in einer riesigen Wohnung ohne Türen und starrte auf eine Statue, die so hässlich war, dass ich nicht wegsehen konnte. Zumindest blieb mein Blick noch daran haften, als sich mein Chef auf der anderen Seite des Tisches niederließ. Herr Müller hatte mich zu sich nach Hause eingeladen, eine Premiere. Zwar hatte ich die Gedanken an ein Studium nach dem Desaster bei der MPU verworfen (ernsthaft – wie sollte ich ein Studium schaffen, wenn ich schon beim Idiotentest durchfiel?), aber im Laufe der Woche waren die Aufnahmebestätigungen aller Hochschulen, Fachhochschulen und Fernunis, bei denen ich mich beworben hatte, nacheinander eingetrudelt und hatten mich noch einmal zum Nachdenken gezwungen. Ich hatte gemeinsam mit Steffen nach einer Lösung gesucht, und herausgekommen war eine weniger berauschende als viel mehr praktikable Lösung, mit der beide zufrieden waren und die auf den ersten Blick zwar etwas sperrig, aber bei näherem Hinsehen bis ins Detail vernünftig durchdacht war. Die Kiefer-Massiv-Schrankwand der Studienwahl sozusagen. Der Sprung von der Vollzeitberufstätigkeit in ein klassisches Studentenleben war finanziell gesehen zu hoch, und so war unsere Entscheidung auf eine der Fernunis gefallen, bei der man von zu Hause aus berufsbegleitend studieren konnte. Um das Ganze möglichst effizient durchzuziehen, hatte ich mein Recht auf Teilzeit geltend gemacht. Das war zwar nicht die Art von Studium, die ich mir gewünscht hatte, aber Steffen hatte nicht unrecht: Sollte es mit dem Studieren nicht hinhauen, stünde ich nicht mit leeren Händen da, sondern könnte meinen Job wieder aufstocken.

»Möchten Sie was trinken, Frau Hoffmann?«, fragte mein Chef. Ich schüttelte den Kopf und blickte wieder zu der Statue. Sicherlich sündhaft teuer. Ein Fuchs aus geschliffenem Stein, der mit schmerzverzerrtem Gesicht seinem eigenen Schwanz nachjagte. Daher war die Statue quasi ein Kreis. Vielleicht jagte das Tier aber auch rückwärts vor seinem Schwanz davon, ich fand, das kam jetzt rein durch die Optik nicht so gut raus. Da hätte man wohl in der Lebens- und Leidensgeschichte des Künstlers wühlen müssen.

»Ich habe Sie eingeladen, weil ich die Sache mit der verringerten Arbeitszeit nicht so stehen lassen will.«

»Was?« Ich riss meinen Blick von der Statue los und wandte mich Herrn Müller zu.

»Hören Sie, Frau Hoffmann, ich weiß, dass in den letzten Jahren nicht alles zu Ihren Gunsten verlaufen ist und …«

»Das ist gar nicht das Thema, ich …«, begann ich, aber mein Chef ließ mich nicht ausreden.

»… und ich weiß durchaus, was ich an Ihnen habe, auch wenn Sie das vielleicht nicht immer gemerkt haben.«

»Ich …«

»Jedenfalls hätte ich da etwas für Sie, das noch viel besser wäre als die Beförderung, die Sie schon so lange anstreben.«

Ich blickte Herrn Müller an, als er an seiner Krawatte herumnestelte.

»Sie wissen ja, dass ich schon seit einigen Jahren damit beschäftigt bin, unsere Zweigstelle in Zürich auf den Weg zu bringen«, fuhr er fort. »Nun, zum Herbst soll es losgehen, und ich werde zwar mehrmals im Monat dort sein, hätte Sie aber gerne die ersten Wochen als Geschäftsführerin vor Ort, um das Ganze zum Laufen zu bringen. Ich brauche jemanden, auf den ich mich verlassen kann! Danach können Sie es auch von hier aus managen. Was sagen Sie dazu?«

Ich riss die Augen auf. War das der Durchbruch? War es nicht das, worauf ich all die Jahre hingearbeitet hatte? Immerhin war es ein Berg an Verantwortung in Verbindung mit einem höheren Einkommen. »Ähm … Ich verstehe nicht ganz …«

»Über die Anforderungen des neuen Berufsbildes müssen wir uns natürlich noch detailliert unterhalten«, antwortete Herr Müller. »Das würde ich Ihnen selbstverständlich in angemessener Detailtiefe erklären.«

»Nein, ich meine, ich verstehe nicht, dass Sie mich zuerst überhaupt nichts selbstverantwortlich tun lassen und dann gleich eine ganze Filiale aufbauen?«

»Die guten Möglichkeiten kommen eben, wann sie kommen, Frau Hoffmann. Man darf sie nur nicht vertun.«

*

»Hi.« Steffen blickte nicht auf, als ich nach einem langen Tag im Büro in unsere Wohnung zurückkam. »Wie war dein Tag?« Hieß bei uns: *Was hast du bei der Arbeit gemacht?*

»Ach, ich hab endlich die Sache mit dem Business-Ausflug zu Ende gebracht«, sagte ich und hängte meinen Mantel an den Haken. »Jetzt kann ich langsam die Unterlagen für Zürich vorbereiten. Obwohl ich mich frage, ob ich die Fernuni wirklich sausen lassen soll.«

»Mhm.« Steffen hielt die Fernbedienung in die Luft und wechselte innerhalb weniger Sekunden mehrmals den Kanal.

»Ich bezweifle, dass du mir grade zugehört hast.«

»Was?« Steffen drehte sich zu mir um.

»Wegen des Zweitschlüssels für den Kellerraum.«

»Ach so, das, ja. Hab ich gehört.«

»Aha.« Ich schlüpfte aus meinen Winterstiefeln. »Und was tun wir da?«

»Ich frag morgen noch mal beim Hausmeister nach.«

Ich ging in die Küche, wo bereits das Abendessen auf dem Herd stand. Obwohl der überwiegende Teil meiner Aufmerksamkeit seit Tagen nur noch der Frage galt, warum Ben, wenn es ihm so schlechtging, sein verfluchtes Handy nicht einschaltete, ging mir, obwohl ich für Zürich schon zugesagt hatte, der Umstand nicht aus dem Kopf, dass es wieder kein Job im Controlling sein würde – und das war doch mein Ziel gewesen. Aber sollte man Ziele nicht flexibel halten, wenn sich Türen zu bemerkenswerten Chancen öffneten? Vor allem, wenn es Türen waren, die nur einen Moment lang offen standen? Das Wichtigste war, so etwas nicht im Affekt zu entscheiden, sagte ich mir immer wieder selbst. Sonst tat man am Ende Dinge, die man später bereute, aber nicht mehr ändern konnte. Zudem waren Bauchentscheidungen etwas für Bauchmenschen. Entschlüsse zu Veränderungen mussten bei mir erst reifen und dann mit Vernunft und Bedacht angegangen werden. Sophie war schon auf Tournee und nicht erreichbar – dabei hätte ich in dieser Frage dringend ihren Rat gebraucht. Oder ein Zeichen, wenigstens ein kleines. Mein Handy piepte. Eine Sekunde, nachdem ich Gott um ein Zeichen gebeten hatte, bekam ich eine SMS von Tine? Das konnte unmöglich sein Ernst sein. Ich öffnete die Nachricht: *»Sophie ist im Funkloch, hat aber gesehen, dass du angerufen hast. Sie lässt dir ausrichten, bis sie wieder da ist, sollst du bitte auf keinen Fall was Vernünftiges tun!«*

Ich lachte lautlos auf. Neben mir blubberte eine Bolognese, und Steffen starrte nach wie vor auf den Fernseher. Ich setzte mich auf die breite Fensterbank im Wohnzimmer und blickte nach draußen. Gegenüber standen zwei Gebäude mit Flachdach, dazwischen sah man den Rhein. Ich fragte mich, warum ich noch nie hier gesessen hatte. Was bringt einem eine Wohnung mit Rheinblick, wenn man nie in die richtige Richtung sieht? Draußen begann es zu nieseln. Ich zog meine Beine nach oben auf die Fensterbank und umschloss sie mit den Armen.

»Was ist los?« Steffen sah zu mir herüber.

»Was soll denn los sein?«

»Was machst du da oben? Da hast du noch nie gesessen.«

»Jetzt will ich eben hier sitzen.«

»Es ist Dienstag«, fügte Steffen an.

»Hast du schon die Medien informiert?«

»Auf deinen Socken steht Freitag.«

Ich blickte auf meine Füße. »Nur auf dem rechten.«

»Hm.«

Mein Blick schweifte durch die Wohnung, die ich früher so gemocht hatte. Nun kam sie mir anonym vor, man sah auf den ersten Blick, dass sich hier kein Porzellankätzchen an einer unpassenden Stelle versteckte; sie war kahl, blank, schnörkellos, frei von Kitsch oder unvorhergesehenen Winkeln und letztendlich ohne Seele. Wie das Leben, das vor mir lag – wenn ich nichts daran änderte.

»Lass uns was unternehmen!«, sagte ich.

»Es ist fast acht.« Steffen blickte nicht auf.

»Na und?« Ich ließ meine Beine von der Fensterbank herunterbaumeln.

»Es ist unter der Woche.«

»Na und?«

Jetzt drehte Steffen den Kopf zu mir. »Was um Himmels willen willst du denn jetzt noch unternehmen?«

»Keine Ahnung ... Rausgehen! Wir könnten zum Beispiel was essen, was wir noch nie gegessen haben! Oder irgendwo neue Leute kennenlernen, was weiß ich denn?«

Steffen setzte seine Brille ab. »Ich hab schon gekocht. Was soll das, Louisa? Es regnet!«

»Ist doch schön.« Ich sprang von der Fensterbank.

»Louisa, ich muss morgen um sieben raus ... und du übrigens auch.« Steffen stand auf und ging an mir vorbei in die Küche.

Ich blickte nach draußen. Der Regen tropfte an die Scheibe. Ich seufzte. Übermüdet zur Arbeit zu gehen war wirklich anstrengend.

»Du hast ja recht.«

»Wenn du zu viel Energie hast, kümmere dich doch mal um deine Sachen.« Steffen deutete auf meine Umzugskartons, die noch neben der Eingangstür standen. »Wieso hast du die nicht schon längst ausgeräumt? Oder wenigstens mal die Bilder wieder aufgehängt? Du schiebst doch sonst nie was vor dir her.«

»Mhm«, murmelte ich, während Steffen auf den obersten der Kartons deutete.

»Dein Organisationsbüchlein ist ja zerrissen«, sagte er.

»Ich weiß.«

»Was soll das denn heißen?« Steffen starrte auf meinen Eintrag vom siebzehnten Februar.

»Gresslmxx, Schnzlbrit«, las ich vor.

»Und was bedeutet das?«

»Ich habe absolut keine Ahnung.« Ich fing an zu lachen.

»Was ist so lustig?«, fragte Steffen.

»Na das!« Ich deutete auf das Heftchen und legte beide Hände auf meinen Bauch, so sehr musste ich lachen. »Die Wörter! Falls es überhaupt welche sind, beim Scrabble wäre man damit jedenfalls am Arsch!«

Steffen starrte mich an, dann wandte er sich ab und ging in die Küche. Es war mir früher schon aufgefallen: Er hatte überhaupt keinen Humor. Weder konnte man ihn zum Lachen bringen, noch hatte er mich jemals zum Lachen gebracht. Obwohl, einmal hatte er es geschafft: Als es ihm nämlich zu blöd gewesen war, nur wegen der frisch gewaschenen Topfhandschuhe in den Keller zu laufen, und er stur behauptet hatte, er könne seine Samstags-Lasagne ebenso gut mit ein paar Lagen Küchenpapier aus dem Backofen holen. Er hatte die viel zu heiße Auflaufform zweimal schreiend in die Luft geworfen, bevor das Ding mit einem ohrenbetäubenden Getöse auf dem Küchenboden zerdeppert war, gefolgt von einem schrillen auf- und abschwellenden Sirenenton, den Steffen von sich gegeben hatte, als er seine Hände unter den kalten Wasserstrahl gehalten hatte, und für den ihn jeder mittelalterliche Kastratenchor mit Handkuss aufgenommen hätte. Damals hatte ich wirklich so sehr lachen müssen, dass ich mir fast in die Hose gemacht hätte.

»Wir können gleich essen«, sagte Steffen, der in der Küche bereits damit angefangen hatte, die Töpfe zu spülen. Es war eine unserer Gewohnheiten, den Abwasch so weit wie möglich vor dem Essen zu erledigen. Ich stellte mich neben ihn und griff nach einem Geschirrtuch.

»Louisa, was ich noch sagen wollte«, begann Steffen. »Angesichts der Tatsache, dass wir nun seit fünf Jahren fest liiert und fast in dem Alter angekommen sind, das wir für eine Familiengründung angedacht hatten …« Entgeistert blickte ich zu Steffen, während er mit einem Pfannenwender Essensreste aus einem Edelstahltopf in den Mülleimer schaufelte. Hoffentlich sagte er nun nicht das, was ich vermutete. Nicht auf diese Art. »… sollten wir die Sache mit dem Heiraten langsam angehen, denn wir werden ja auch nicht jünger. Würde das Ganze dieses Jahr zeitlich passen? Wär doch vernünftig, oder? Was meinst du?«

Mein Geschirrtuch fiel lautlos zu Boden. War das jetzt mein Heiratsantrag gewesen? Vielleicht eher ein Heiratsvorschlag, falls es so etwas der Definition nach überhaupt gab. Zwischen Töpfen mit Hackfleischresten und dem Mülleimer. Theoretisch könnte ich nun alles haben, was ich mir immer gewünscht hatte: Erfolg im Job und eine voranschreitende Familienplanung.

Steffen drehte sich zu mir um. Jetzt erst blickte er mich überhaupt an. »Louisa?«

»Das … das geht nicht!«, sagte ich und ging in Richtung Tür.

»Wie bitte?« Steffen folgte mir.

»Du bist … es ist …«

»Was bin ich? Hab ich was Falsches gesagt?«

Ich schüttelte den Kopf. »Es liegt nicht an dir, es liegt an mir. Ich hab was Besseres verdient.«

10
Die zehnte Grundregel

»Sicherheit geht vor.«

Das Flugzeug hat sich noch immer nicht in Bewegung gesetzt. Die letzten Passagiere verstauen ihr Handgepäck und verteilen sich auf die Sitze. Ich höre Alufolie knistern, als meine Nachbarin ein Käsebrot auspackt. Ich blicke noch immer auf die Notizbuchseite mit den zehn Grundregeln und suche in meiner Tasche nach einem Kugelschreiber. Das kann so nicht stehen bleiben. Ein erfülltes, buntes und lautes Leben kommt sicher nicht durch das sture Befolgen von Regeln zustande. Und wenn doch, dann müssen die Regeln anders lauten. Ich lasse den Druckknopf meines Kugelschreibers klicken und fange an umzuschreiben:

1. ~~Beherrsche dich selbst~~ Vielleicht ist wirklich der am stärksten, der sich selbst beherrscht, aber sicher nicht am glücklichsten. Armer Seneca. Man kann sich auch mal gehen lassen, solange man sich wiederfindet.
2. ~~Halte dich immer an deine Pläne~~ Planung, die keine Umwege zulässt, führt in sicherheitsorientierte Ereignislosigkeit.
3. ~~Vergeude keine Zeit~~ Hier möchte ich Lea zitieren: *Es gibt niemals eine Entschuldigung dafür, an einem sonnigen Tag im Keller Blusen zu bügeln, statt draußen ein Eis zu essen. Gott sieht alles. Und sie ist streitbar.* Vergeudete Zeit ist die Zeit, an die wir uns später erinnern.

4. ~~Misch dich nicht in fremde Angelegenheiten ein~~ Was wäre das für eine grauenvolle Welt, in der sich wirklich jeder aus allem raushält? Eine, in der niemand eingreift, wenn jemandem in der Öffentlichkeit Gewalt angetan wird. Oder in der man keine Klartextversüßer bekommt, wenn man sie dringend braucht.
5. ~~Halte dich nicht mit Träumereien auf~~ In ein abgelutschtes »Folge deinen Träumen« werde ich die Regel nicht ändern. Aber vermutlich beginnt der echte Weg wirklich erst dann, wenn man Dinge tut, gegen die, objektiv gesehen, einiges spricht. Das Leben ist ein Experiment. Und bei Experimenten ist eins klar: Je mehr man ausprobiert, desto besser wird das Ergebnis.
6. ~~Tu nichts Verbotenes~~ Sophie sagt, wenn man die Leichtigkeit verliert, muss man Dummheiten machen. Was kann ich dafür, dass meine Dummheiten irgendwie illegal waren? Und ob man seine eigenen Grenzen überschreitet, hängt schließlich davon ab, wo man sie zieht.
7. ~~Verlier nicht den Kopf~~ Doch, das stimmt – falls man sich durch einen dämlichen Zufall vor einem ausgebüxten bengalischen Tiger wiederfindet. Da muss man unbedingt ruhig bleiben. Aber auch nur, weil wegrennen nichts bringt, die Viecher sind sauschnell. Ansonsten ist der Weg zum Happy End gepflastert mit verlorenen Köpfen.
8. ~~Sei immer gut vorbereitet~~ Wer Perfektion anstrebt, setzt sich damit eine Grenze – und erreicht im besten Fall auch Perfektion. Aber nichts, von dem er niemals gedacht hätte, dass er es erreichen kann. Außerdem, was ist das für eine bescheuerte Regel?
9. ~~Triff Entscheidungen mit Vernunft~~ Die Angst vor falschen Entscheidungen nährt sich aus der Angst, ir-

gendwo falsch abzubiegen. Deswegen wäre ich beinahe geradeaus in den Tod gerauscht. Es war keine rationale Entscheidung, die mich wieder nach Hause in die WG gebracht hatte, aber die richtige. Bisweilen ist es sehr vernünftig, auf den Bauch zu hören.

10. Sicherheit geht vor …

Sicherheit geht vor … Das ist die Regel, die ich erst jetzt so richtig gebrochen habe. Ich kaue am Druckknopf meines Kugelschreibers und zucke zusammen, als mein Handy surrt. Da wir noch nicht einmal in Richtung Startbahn rollen, ist es noch eingeschaltet.

»Ja?«

»Ich würde jetzt das mit dem Telefonat erledigen. Willst du mithören?«, fragt Lea.

»Klar, leg los.« Ich lasse mich im Sitz zurückfallen.

»Miller Consulting, Maren Meyer-Hintze am Apparat, was kann ich für Sie tun?«, höre ich unsere Empfangsdame.

»Frau Meyer-Hintze, hallo!«, antwortet Lea ihr. »Lea Kronberger hier, ich rufe für Louisa Hoffmann an. Könnten Sie mich zur Personalabteilung durchstellen?«

»Da findet zurzeit ein Meeting statt. Ich kann aber gerne etwas ausrichten«

»Prima.«

»Ja, bitte, worum geht's denn?«

»Schreiben Sie mit?«

»Selbstverständlich.«

»Frau Hoffmann möchte bei ihrer fristlosen Kündigung bleiben. Und die Personalabteilung soll ihre um Jahre verspätete Gehaltserhöhung zusammenrollen und aufrauchen. Oder sich quer in den Arsch schieben, ganz nach Belieben.«

»Oh«, höre ich Maren antworten, dann ist ein Knirschen in der Leitung zu vernehmen. »Dürfte ich das umformulieren in *Allerwertesten*? Das scheint mir von der Wortwahl her angebrachter.«

»Das können Sie ganz nach eigenem Ermessen entscheiden, Frau Meyer-Hintze. Achten Sie aber auf das Wörtchen ›quer‹, das wär mir wichtig.«

»Ist notiert, Frau Kronberger.«

»Wunderbar! Haben Sie vielen Dank, Frau Meyer-Hintze.«

»Gerne, Frau Kronberger. Wiederhören.«

»Wiederhören.«

Ich muss lachen.

»Haste gehört?«, fragt Lea. »Ist erledigt.«

»Hab ich gehört.«

»Danke, dass ich das übernehmen durfte, ich liebe ja so was.«

»Weiß ich doch.«

»Na dann, guten Flug. Sieh aber zu, dass du ein paar Tage vorher wieder da bist, also bevor du deine Einführungsvorlesungen hast.«

»Na klar.«

Ich stecke das Handy neben mir in den Getränkehalter. Dann blicke ich zu meiner Rechten.

»He, du hast gesagt, es wird total aufregend, und jetzt pennst du schon, bevor wir auf die Startbahn rollen?«, frage ich.

»In Nairobi wird 's noch aufregend genug«, murmelt Ben mit halbgeöffneten Augen.

»Wieso treff ich immer nur auf Langweiler?« Ich zwicke ihm in die Seite.

»Ruhe. Du hast auch deine Fehler.«

»Nenn mir einen.«

»Du denkst, Cabernet Sauvignon mag 's kalt.« Ben lehnt sich an meine Schulter und schließt die Augen. Ich streiche ihm über den Kopf. Ich habe mich für das Uni-Studium entschieden. Die Zeit bis dahin werde ich mit Ben bei seinem Entwicklungshilfeprojekt verbringen. Zum ersten Mal in meinem Leben habe ich keinen festen Plan und zum ersten Mal seit zehn Jahren kein geregeltes Einkommen. Ich habe auf den Job in Zürich und sogar auf die vorher angestrebte Teilzeitstelle verzichtet. Nicht, weil das besonders sinnvoll wäre, sondern weil ich es will. Damit ist nun auch die zehnte Grundregel gebrochen. Sicherheit ist eine Illusion, das weiß jeder Hamster, dem mal die Vorräte geklaut wurden. Ob Job, Beziehungen oder Geld, es kann ohnehin alles von einer auf die andere Sekunde weg sein. Und da sie so eine unzuverlässige Bazille ist, die Sicherheit, geht sie auch nicht vor. Zumindest nicht vor Erstsemesterpartys und Fernreisen in Länder, in denen es Bananenpudding mit Kokoscreme gibt. Ich wohne wieder in der WG, habe in Flavios Eisdiele einen Barista-Job ergattert und, um zusätzlich etwas einzusparen, alle meine Lebensversicherungen gekündigt. *Das ist eh was für Pessimisten,* hatte Sophie gesagt, *investier lieber in Erinnerungen. Oder Musikinstrumente.* Mein Handy surrt erneut.

»Was denn noch?«, frage ich.

»Mal so 'ne persönliche Frage …«, höre ich Lea.

»Dann aber schnell, wir fliegen gleich los.«

»Also … da ihr jetzt zusammen wegfliegt … ist nur so ein wirrer Gedanke … aber … könnte es sein, dass da zwischen Ben und dir … also …«

Ich unterdrücke ein Kichern und räuspere mich. »Ja, das könnte sein, Lea.«

»Woahh, krass!«, ruft Lea. »Sophie, Paul, Tine, wisst ihr das Neueste? Bei Ben und Louisa läuft was!«

»Neiiiiiiin!«, höre ich Sophie im Hintergrund in einem so überzeugenden Piepton rufen, dass ich selbst für einen kurzen Moment glaube, dass sie es noch nicht mitbekommen hat.

»Als Journalistin ist es quasi meine Pflicht, die Welt immer auf den neuesten Stand zu bringen, also werde ich die Nachricht natürlich verbreiten«, erklärt mir Lea.

»Mach das mal.«

Ich stecke das Handy wieder ein. Dann blicke ich aus dem Fenster auf eine Gruppe Flughafenarbeiter, die Koffer in den Bauch der Boeing nebenan laden, und denke an zu Hause. Sophies Pflänzchen gedeihen prächtig, werden aber weiterhin nur intern genutzt. Fluffy und ich sind Freunde geworden – ein Stück Nussschokolade, und er hört auf zu fluchen. Paul hat einen neuen Grabstein-Auftrag, der Chorleiter an Sophies Theater ist sich relativ sicher, dass er es nicht mehr lange macht. Lea bekommt Zwillings-Jungs. Tine hat erwirkt, dass ich die MPU nach meiner Rückkehr wiederholen darf, glücklicherweise bei einem anderen Therapeuten. Meine Entscheidung gegen Steffen hatte sie gutgeheißen: Feng-Shui-technisch gesehen sei die Gegend um einen Mülleimer herum wirklich kein geeigneter Ort für einen Heiratsantrag, zumindest nicht, wenn er eine glückliche Zukunft nach sich ziehen soll. Heidi Klum hatte sich als nicht trächtig herausgestellt, und alle waren erleichtert. Das Flugzeug fängt an zu rollen, die Flughafenarbeiter verschwinden aus meinem Sichtfeld. Ich schließe Bens Gurt, dann meinen. Nach den Verrücktheiten und Fehltritten der letzten Wochen frage ich mich, welchen Stempel man einem Film über mein Leben wohl jetzt aufdrücken würde? Die FSK könnte … Ich lehne mich zurück. Ach, die FSK. Mir doch egal.